一品指婚

3

風 文創 330

狐天八月 著

目錄

第四十六章

天色已經大亮了，鄔府內開始熱鬧了起來。

對比起東府的死氣沈沈，這相鄰的兩戶，氛圍天差地別。

巧珍上前輕聲對賀氏道：「二太太，四姑娘該去東府給老太君辭別了。再拖下去，怕過了吉時。」

鄔八月的妝已經上好了，粉面含春，俏麗之色一覽無遺。

賀氏將她拉了起來，輕聲道：「去給老太君拜別吧。等回來，多和妳祖母說說話，也不枉妳祖母疼妳一場。」

鄔八月緩緩點頭，穿了一件新娘常服，帶著朝霞、暮靄往東府而去。

大概是鄔陵桃去東府奏效，也可能是老太君來西府這一趟，讓東府下邊的人再不敢守門不讓人進，總之東府的角門大開。

鄔八月暢通無阻地進了東府，丫鬟引路，說老太君等諸位主子都在璿璣堂等待。

璿璣堂外的丫鬟見到鄔八月來了，忙打了簾子，朝裡朗聲通稟道：「四姑娘到。」

鄔八月提著裙裾，微微收著下巴，倒是大大方方走了進去，眼角餘光掃了一下周圍的人，走到最中間鋪好的蒲團上跪下、磕頭，道：「八月來給老太君、伯祖父、伯祖母、大伯父、大伯母和三嬸母磕頭了。」

璿璣堂裡，東府的主子盡皆在座。

老太君淡淡地「嗯」了聲，道：「起吧。」

鄔八月便站了起來，抬起了頭，準備看著老太君再說幾句場面話。

誰知道視線剛對上老太君，老太君卻是怔忡了一下，脫口而出。「雪珂？」

鄔國棟也是失聲叫道：「弟妹？」

鄭氏則是咬了咬唇。

鄔八月一怔。雪珂乃是她祖母段氏的閨名。

在座的所有人中，能記得段氏出嫁時模樣的，也只有老太君和鄔國棟夫婦了。

鄔八月抿了抿唇，提醒一聲喚道：「老太君……」

老太君這才緩過神來，微微低頭，揉了揉眉心。

鄔國棟也是尷尬地咳嗽一聲，道：「陵梔這般裝扮起來，倒是讓人以為回到了二弟和弟妹剛成親的時候……」

「可不是嘛。」鄭氏酸溜溜地說道。「那時候二弟妹光彩動人，不像現在，咱們都已經是垂垂老矣、乾縮縮的老嫗了。」

鄔八月聞言不喜，道：「祖母還是很年輕的。」

鄭氏重哼了一聲。鄔國棟嫌她丟人，開口對鄔八月道：「陵梔已經來過這邊了，還是別在這裡耽誤時間，免得誤了時辰，趕緊著回去吧，迎親隊應該就要到了。」

鄔八月躬身福了一禮，道：「八月告退。」

剛後退了幾步，還不待她轉身，鄭氏就已經率先站了起來，拂袖而去，極不給鄥八月面子。

鄥八月頓了頓，臉上表情未變，從容地離開了璿璣堂。

回了西府瓊樹閣，賀氏等長輩已經移步去了定珠堂。朝霞和暮靄按著留下來的全福嬤嬤的吩咐，給鄥八月換上了火紅的嫁衣，戴上了花冠。

「四姑娘，待您拜別了府中長輩，紅蓋頭方才能蓋上。」全福嬤嬤笑得一臉慈祥。

鄥八月起身給她施了個禮表示感謝，這才帶著朝霞和暮靄去給段氏等人磕頭。

定珠堂裡高朋滿座，鄥八月目不斜視地朝著最高座的鄥國梁和段氏款款走近。

她看得很清楚，上座的兩人見到她的那一刻，都愣怔了。

「八月……」

段氏輕輕掩口，眼中閃動著欣慰、懷念和不捨等種種情緒，淚光盈盈，洗透了那雙因年老而有些渾濁的眼睛。

鄥八月不由得鼻頭一酸。

如今的段氏，看到幾乎一個模子刻出來的孫女即將出嫁的場景，大概會心生感慨。原來這一生，就這麼在彈指間匆匆過去了。

鄥八月撩起裙襬，緩緩下跪。

定珠堂裡鴉雀無聲。

她沒有看鄥國梁的表情，只望著段氏，口齒清晰，一字一頓地說道：「祖母，孫女今日出閣，今日後，便從鄥家女成為高家婦。孫女會秉承祖母自孫女幼時便在孫女耳邊諄諄叮囑的話，做一個好妻子，扶持夫君，令家業興旺；做一個好母親，教子育女，使闔家歡愉；做一個好媳婦，侍奉公婆，無微不至。孫女唯有這般，方才對得起祖母十數年來的疼愛。」

段氏一邊聽著，熱淚止不住地往下流，幾次想起身將鄔八月給扶起來，卻都被陳嬤嬤給阻止了。

待鄔八月說完，俯首對段氏磕了頭，同樣眼眶濕潤的陳嬤嬤方才鬆開了拽著段氏的手。

段氏親自下了高臺，去將鄔八月扶起來。

明豔的一張臉，與她當年出嫁時多麼相似？

段氏輕輕撫著她幼嫩光潔的臉頰，輕聲道：「八月啊，今後就成了別人家的媳婦兒了，不能時時見祖母，也不能每日晨昏定省，承歡祖母膝下……雖然如此，但妳也要時常派人給祖母傳個話，讓祖母知道，妳過得很好……」

賀氏在瓊樹閣時已經落過淚，這會兒竭力克制著不讓自己失態，但聽到段氏這番話後，她也止不住背過身去，擦去眼角滑落的淚花。

鄔八月鼻頭微紅，她點點頭，道：「祖母放心，我會過得很好。」

「那就好……」段氏不住地點頭，將她擁在懷裡，一下一下輕輕地撫著她的後背。

應諾前來送鄔八月出嫁的鄔陵桃坐在賀氏身邊，輕輕拍著賀氏的背，道：「母親，八月會過得很好的。我這個長姊，不會讓人有機會欺負她。」

定珠堂裡的溫存並沒有持續多長時間，蘭陵侯府的迎親隊已經等候在鄔府門口了。

丫鬟一個接一個報著四姑爺現在的位置，全福嬤嬤不慌不忙地將紅蓋頭拿了出來，妥帖地蓋在鄔八月的頭上。

鄔八月呼了口氣。蓋頭一遮，視線所及便只有一片紅色。

看不見，聽力便變得十分敏銳。丫鬟的通報聲，漸趨熱鬧的打趣聲音，讓鄔八月臉上逐漸升溫。

終於，一聲哄鬧，高辰複跨進了定珠堂的門檻。

渾渾噩噩中，鄔八月隨著高辰複再次拜別了鄔府諸人。

鄔居正不在場，對高辰複的訓話便由鄔國梁來擔當。

鄔國梁只是公式化地囑咐了幾句，聽在鄔八月耳中沒有太多的真情實感。高辰複也應得十分平靜。

迎著吹吹打打的喜樂，高辰複引著鄔八月漸漸行出了鄔府。

府外的鞭炮聲猶如轟鳴，耳中淨是嘈雜的聲音。

但在這紛亂的聲音當中，鄔八月卻清晰地聽到了高辰複說話。

他說：「我們先去公主府，拜見了母親，再去蘭陵侯府。」

鄔八月怔愣片刻，想提醒高辰複這不合規矩，無疑是在打蘭陵侯爺和如今侯夫人的臉。

她正要開口，卻聽高辰複在耳邊說道：「我想讓母親第一個見到她的兒媳婦。」

鄔八月沈吟片刻，終是輕輕頷首，道：「好，去拜見母親。」

喜樂陣陣，迎親隊伍朝著蘭陵侯府的方向逶迤而去。

然而在離蘭陵侯府還有一段距離時，騎著駿馬、走在最前面的高辰複卻調了馬頭，往另一個方向而去。

跟在他身後的鼓樂隊一邊吹打手中的樂器，一邊以眼神和周圍的樂手示意，都在疑惑新郎官怎麼會走錯了路。

喜娘在花轎邊見狀，忙讓跟在她旁邊的小丫鬟趕上前去提醒，但高辰複充耳不聞，一行人就這般帶著微微的彆扭和疑惑，尾隨而行，終於停在了公主府門口。

靜和長公主乃是先帝太宗爺最寵愛的女兒，她出身顯赫，生母乃當今趙賢太妃，嫡母慈莊皇后也是她的親姨母，所嫁夫君乃當時爵位未降的蘭陵王。

兩者身分相當，按理來說，不應當修築公主府，讓駙馬隨公主居住在其中，但太宗因疼愛靜和長公主，還是特意令人修築了公主府，雖然靜和長公主婚後幾乎沒在公主府內居住過。

高辰複回京之後，令人將公主府修葺一新，此時的公主府也是喜氣洋洋，雖然奴僕的數量遠遠比不上蘭陵侯府，但站在公主府前，高辰複方才覺得自己娶妻了。

他頓了頓，走了回來，將鄔八月從花轎上牽了下來。

喜娘尷尬地在一邊小聲提醒，道：「統領，這、這不合規矩……」

「我就是規矩。」高辰複望了喜娘一眼，喜娘再不敢多言。

鄔八月被高辰複輕牽著手，跨過了門前的火盆，踏入了公主府。

一路直行，走到了公主府的正堂。正堂內也已經布置妥當，高位上擺放著靜和長公主的牌位。

高辰複帶著鄔八月跪在了蒲團之上，喜娘無奈地充當了唱禮官。

三拜之後，高辰複方才牽著鄔八月起了身，輕輕掀開了蓋頭。
紅蓋頭下，一張明豔動人的小臉讓高辰複有些微的失神。
他忽然想起當初在漠北時，第一次見到她嫩白腳丫的場景。
隨後是在前往北蠻地界去救她和彤雅時，曾經見過的那綢緞一般雪白的身體。
高辰複不可遏制地覺得有些躁熱。
他克制著自己的衝動，將蓋頭遞給了喜娘，輕聲對鄔八月說道：「給母親上炷香吧。」
鄔八月緩緩點頭，高辰複點燃了三炷香，遞給了鄔八月，隨後自己也執了三炷，一同給靜和長公主上了香。
「母親。」高辰複望著靜和長公主的牌位，道：「兒子今天娶妻了，以後不會再是一個人，母親也可安心了。」
鄔八月側頭望著他。男人面龐剛毅、劍眉星目，下唇此時抿得極緊，看起來並沒有輕鬆之感，反而讓人覺得他太過倔強。
鄔八月伸手輕輕拉了拉他的手，高辰複回過頭來，對她微微露出一個笑，道：「我們去蘭陵侯府。」
鄔八月緩緩頷首。
「放心。」高辰複輕聲說道。「我們不會在那裡長住。」
鄔八月再次點頭。
一對新人緩緩離開公主府，喜娘匆忙跟了上去，趕緊將蓋頭重新蓋在鄔八月的頭上，這才重重地吐了口氣。
迎親隊伍再次緩緩行動，繞了公主府一圈，這才趕到了蘭陵侯府。
而此時，所謂的吉辰已經過去了。
蘭陵侯府的賓客們面面相覷，不明白迎親隊伍為什麼會在路上耽擱時間。
蘭陵侯爺坐在高位上等得有些不耐煩，催了人去問。
一個管家模樣的人戰戰兢兢地走了回來，低聲在蘭陵侯爺耳邊說道：「侯爺，聽說大公子帶著迎親隊，先去了公主府那邊……」
蘭陵侯爺詫異地皺了皺眉，問道：「此話當真？」
「小的不敢胡說。」管家擦了擦汗。「不過這會兒大公子已經帶著迎親隊回來了。」
蘭陵侯爺重重地哼了一聲，很是不滿高辰複將他這個父親放在第二位，卻是趕著先去公主府。
他有些想起身離開，但又想著這是皇上賜婚，要是不給這對新人面子，豈不是不給皇上臉面？
想到這兒，蘭陵侯爺又只能偃旗息鼓地坐著，但臉色卻是從焦躁轉變成了陰沈。
喜樂聲到達蘭陵侯府時，賓客們已經翹首以盼多時了。
高辰複不慌不忙地接了鄔八月下花轎，走進了蘭陵侯府的大門。
蘭陵侯爺和淳于氏皆是高坐上座，高辰複恍若未見，只牽著鄔八月筆直走上前去，等著行完儀式便離開此處。

「慢著！」

他和鄔八月正要下跪，一聲清脆如黃鸝的聲音卻突兀地響了起來。

高辰複側望了過去。

平樂翁主高彤絲從人後緩緩行至前頭來，手中抱著一方牌位。

高辰複眼色一沈。

公主府裡供奉的靜和長公主牌位，是高辰複立的，而平樂翁主抱來的牌位，卻是她自己從高氏宗祠裡拿來的。

這兩日都幾乎沒見著高彤絲的身影，高辰複還疑惑她去哪兒了，沒想到她竟然去了高氏宗祠。

「侯爺夫人。」

高彤絲繞過高辰複和鄔八月，站在他們前面，面對著蘭陵侯爺高安榮和淳于氏，言笑晏晏地說道：「今日大哥大喜，也是我們高家的大喜事。母親雖然不在了，但也是父親的嫡妻，大哥娶親，母親當受大哥大嫂的敬拜。侯爺夫人覺得呢？」

淳于氏臉上微微僵著，維持著不自然的笑容，道：「翁主說的是……」

「那就請侯爺夫人起身挪步，讓出主位，如何？」

高彤絲眼睛燦亮如星，盯著淳于氏，卻讓她不寒而慄。「侯爺夫人乃繼室，嫡妻牌位在此，侯爺夫人當執妾禮。」

這話可是極其不給淳于氏面子，淳于氏臉上連最基本的笑容都無法維持。

高安榮皺了眉頭，出聲道：「彤絲，禮堂之上，由不得妳胡鬧！下去！」

高彤絲恍若未聞，抱著靜和長公主的牌位，直直地走上正位，對淳于氏微微一笑，隨即變臉，猛然出手，竟將淳于氏從座上直接拉了起來。

淳于氏一個不防，差點從高座上跌了下來，幸好身邊的高彤蕾及時伸手將她扶住，不然恐怕會在婚禮上鬧出血光之災。

「妳！」

高彤蕾怒喝一聲，淳于氏伸手拉住她，無奈地搖頭，道：「蕾兒，不許與妳姊姊大小聲。」

高彤蕾氣不過，扶著淳于氏說道：「可是母親，她——」

「算了。」淳于氏就勢成了一個遭原配嫡女欺凌的可憐繼室，苦澀地搖了搖頭，道：「我低於長公主，坐在下首也是應當的。」

「知道就好。」高彤絲才不在乎什麼名聲，淳于氏要的，她可不屑。

高彤絲冷哼一聲，靠近淳于氏，以只容二人能聽到的聲音說道：「別說是大哥，就是高辰書、高彤蕾、高彤薇成親，妳也只能坐在下首。這就是給人當填房的規矩。」

淳于氏暗暗咬了咬牙。高彤絲微微一笑，挺直身體，命人將方才淳于氏坐的椅子搬了下來，說是那把椅子被淳于氏坐過，已經髒了，不能讓原配嫡妻再坐，讓人另換了一把來。

這又打了淳于氏一記響亮的耳光。

直到椅子放好，高彤絲方才鄭重其事地將靜和長公主的牌位放了上去。

她回過頭來，對高辰複燦爛一笑，道：「大哥，現在可以帶著大嫂給母親行禮了。」

高辰複淡淡地應了一聲，攜鄔八月跪在蒲團上。

一拜天地，二拜高堂，夫妻對拜。

喜娘化解尷尬的本事一流，正常的流程很快便行完了。

從頭到尾，高安榮都面色不豫，委實是高辰複、高彤絲兄妹極其不給他面子。

他已經能想到，今日之後，朝中王公貴族、文武大吏會對他家的事議論到何等程度。

而這一切，都是從這兄妹二人回來後發生的。

原本因兒子女兒回家來的喜悅，蕩然無存。

儘管如此，高安榮還是克制著自己的情緒，完成了招待賓客的任務。

反觀始作俑者，高彤絲已經抱了靜和長公主的牌位不知道消失到了哪裡，高辰複也不見蹤影。

這場婚禮，只讓眾人留下了兩個印象：一是高統領更重視其母靜和長公主，二是平樂翁主與侯爺夫人淳于氏極其不對盤。

賓客散盡，華燈初上。

新房內，端坐在床邊的新娘，站在燭檯邊的新郎。

喜娘進屋來，端了合巹酒，輕聲提醒道：「大公子，該共飲交杯了。」

合巹酒喝完，新房中的人都退了下去，房門「吱嘎」一聲闔上。

鄔八月緩緩地深呼吸，對面坐著的高辰複輕聲問道：「餓嗎？」

「啊？」鄔八月騰地紅了臉，輕輕點頭。

整日她就只有早晨時吃了兩塊糕點，早就飢腸轆轆了。

高辰複起身去吩咐了一句，沒等一會兒，僕人便端來了三、五樣清淡的小菜，還有一碗粳米粥。

鄔八月默默端了碗，輕聲問道：「統領不餓嗎？」

高辰複搖了搖頭，道：「不餓，妳只管吃。」

鄔八月輕應了一聲，端起小碗細細地咀嚼著。

她不大清楚自己這般緩慢地進食是為什麼，也不敢去深想。

鄔八月喝下最後一口粥，輕輕地咳嗽了一聲。

高辰複遞過一方手帕，她有些遲疑地方才接了過來。

他們之間雖說已認識半年，但真正相處的時間卻不多。現在成為夫妻，做那親密之事，的確讓人有些尷尬……但那又是必須要過的一道坎。

鄔八月沈了沈氣，低垂著頭。

那一刻終究是要來的。

錦幔垂下，花被翻飛。

鄔八月覺得自己像是沈溺在寧靜湖水中的一條魚兒，放空了心神，隨著若有似無的微波輕輕蕩漾著，蕩漾著。

然而突然湧來的一股淺浪，一下子將她抛離得很遠。

冒出湖水的那一刻，她才得以深深呼吸一口氣，隨即又落入碧波的裏席。

淺浪時不時地襲來，然後是一記濤天巨浪，彷彿要把她淹沒在無止境的湖水之中。溫柔的湖浪泛起微波，重又將她納入溫暖的懷抱。

起起伏伏，浮浮沈沈，她在時而溫柔、時而強悍的對待中，漸漸沈溺。

連那刺痛幾乎都可以忽略。

而高辰複，正是包裹著她這尾小小魚兒，給予她天上地獄間來回感覺的湖水。

他是她的夫君，她是他的妻。今後兩人一體，必要攜手共進。

清晨的朝陽灑了下來。

鄔八月迷迷糊糊醒了過來，光裸的臂膀搭在旁邊火熱的軀體上。

她愣神了一瞬，立刻反應了過來，匆匆忙忙擁被坐了起來。

這也將高辰複從沈睡中喚醒。

「什麼時辰了？」

高辰複低啞的聲音像縈繞在她耳畔，鄔八月趕緊道：「辰時過了吧。」

他「唔」了一聲，已守候在屋外的朝霞輕聲道：「大爺、大奶奶，辰時一刻了，該起了。」

鄔八月應聲，抿了抿唇，回頭低聲道：「爺，該起了。」

高辰複點了點頭，鄔八月鬆了口氣，趕緊從帳幔外拉了衣裳進來，匆匆穿戴妥當，再轉回去打算伺候高辰複穿衣。

她回頭，卻是一愣。高辰複已經自己拿著衣裳，正在穿戴。

見鄔八月怔愣地望著自己，高辰複輕輕一笑，道：「怎麼了？」

鄔八月忙搖頭，有些赧然地道：「母親說，每日晨起伺候夫君穿衣洗漱，是出嫁女子本該做的事……」

高辰複看了看自己正要扣住的前襟，停下手道：「以前在漠北，已經習慣一個人做所有事情了。」

鄔八月見機站到了他前面，伸手替他整理衣襟、扣上前扣。

兩人不經意的視線觸碰，鄔八月趕緊挪開眼睛。

高辰複微微一笑，忽然伸手輕輕拍了拍鄔八月的頭。

「爺……」鄔八月輕叫了一聲，抬頭望他。

高辰複淺淺笑道：「到底還是個孩子。」

鄔八月比高辰複小了七歲，高辰複覺得她小，倒也不奇怪。

但這帶了寵溺的笑容，卻讓鄔八月有些起伏不定、忐忑不安的心，莫名鬆快了許多。

甚至，她覺得自己和高辰複之間的陌生和尷尬，也消弭了一些。

府裡的嬤嬤前來收了元帕，並提醒他們侯爺和夫人已經在茂和堂等著新人敬茶了。

高辰複讓嬤嬤下去，不慌不忙地讓朝霞去廚房吩咐，上了些吃食。

「爺……」鄔八月輕聲道。「讓侯爺和夫人在主廳等著……」

「沒事。」高辰複將筷箸遞給鄔八月，道：「今日妳肯定要在淳于氏面前立規矩，等她吃過早飯，輪到妳去用早飯，要過很長時間，妳那時肯定也飢腸轆轆了。」

鄔八月點了點頭。既然高辰複這般說，她也不需要矯情。

用過早飯，高辰複這才帶著鄔八月去茂和堂。

可想而知，等著新人敬茶後好用早飯的高安榮有多火大。

「我還以為你們不打算來奉茶請安了。」高安榮看著面不改色的高辰複，氣便不打一處來。

斜斜坐在旁邊的高彤絲頓時揚聲笑道：「父親這氣可生得不值當，大哥大嫂恩愛，還能早些讓您抱上孫兒，您合該高興還來不及呢，犯得著為大哥大嫂來遲而生氣？」

高安榮仍不滿高彤絲昨日行徑，哼了一聲道：「這是規矩！」

「我可從來沒聽說過，有公公給兒媳婦立規矩的說法。」高彤絲耷拉眼皮，單手端了茶盞，慢悠悠地說道：「至於婆婆嘛，母親都已經死了，大嫂也不用給誰立規矩。」

「妳！」高安榮頓時一個拍桌，怒道：「高彤絲，妳個混帳！」

「父親。」高辰複淡漠地開口道：「你還要不要喝媳婦茶？」

高安榮狠狠吸了口氣，方才按捺下心裡十二萬分的不爽，道：「怎麼不喝？你還有另一個父親不成?!」

高辰複不搭理他夾槍帶棒的話，領著鄔八月上前。

朝霞端了杯子，暮靄斟茶，鄔八月跟著高辰複奉茶給了高安榮喝。

喝了媳婦茶，高安榮在托盤上放了厚厚的紅包。

跪著的高辰複就此站起了身，倒也沒有為難淳于氏，正準備奉茶給她。

高彤絲卻出聲道：「大哥，順序錯了吧，該給母親奉茶才對。」

高辰複眉眼一沈，道：「母親不在這兒。」

「敬天也是一樣的。」高彤絲笑道。「蒼天有眼，母親這會兒正在天上看著咱們呢。」

淳于氏抿了抿唇，輕聲道：「翁主說的是，大爺該先敬長公主才是。」

淳于氏就勢扮賢良，高辰複當然也不會謙虛，當即和鄖八月走到茂和堂外，對著皇天后土敬了一杯茶。

淳于氏也喝了鄖八月的媳婦茶，笑得溫和慈愛，也給了厚禮紅包。

新婦第一次和全家吃飯，不能上桌，好在淳于氏從來不在這些地方為難人，授人話柄，讓鄖八月只站在身後伺候了一小會兒，便讓她也入席來。

因之前已經用過了一些，鄖八月沾了沾筷子便放下手，乖巧地坐著。

「哼。」高彤蕾與鄖八月之間隔了高彤絲，從昨日到今日，她一直都在暗暗觀察鄖八月，這時見鄖八月吃一點兒就不用了，不由沒好氣地道：「我說大嫂，我們蘭陵侯府是虐待妳不成？吃那麼點，不知道的還以為我們家養貓呢。」

鄖八月臉上表情頓了頓，淳于氏呵斥高彤蕾道：「蕾兒，不許胡說八道。」

高彤蕾也丟了筷子，道：「等那麼久，餓過頭了，我不吃了。」

「蕾兒！」

高彤蕾起身匆匆福了禮，路過鄖八月身邊時狠狠瞪了她一眼。

鄔八月倒是覺得有些莫名其妙——她幾時得罪了這位二姑娘？

「甭搭理她。」高彤絲懶洋洋地支著下巴，意有所指地道：「她以為自己將來是側王妃，比誰都地位尊貴。」

鄔八月張了張口，望向高辰複。

高辰複點點頭，淡淡地道：「太后娘娘作的媒，年底彤蕾就要嫁去軒王府為側王妃了。」

「了不得，了不得。」高彤絲掩口笑了笑。「做個妾還當撿了寶……」

「妳不說話沒人把妳當啞巴！」高安榮忍無可忍，「啪」一聲放下筷子，怒瞪著高彤絲。「妳吃飽了就給我出去！」

高彤絲笑了笑，照樣是懶洋洋地起身，道：「不用父親趕，我本就打算要出去。」她行了禮，笑道：「父親，吃好喝好，女兒告退。」

「滾！」

高安榮額角青筋都爆了起來，高彤絲微微一笑，嫋嫋婷婷地往外走了幾步，眼瞧著要跨出門檻了，忽然停下腳步。

「啊，對了。」高彤絲回過頭來，望著淳于氏道：「侯爺夫人，聽說您要把您姨姪女兒接來府裡，陪彤蕾直到她被抬進軒王府？這倒是一件好事，不過咱們醜話先說在這兒，那莫語柔說好聽些，是個富戶千金，說難聽些，也就是個商家女，地位卑賤，入不得人眼。您呢，可要同她先約法三章，有些地方，不能進，有些人，更不能近。要是妄想攀高枝，勸她最好早早打消這個念頭，我蘭陵侯府可不是什麼阿貓阿狗都能隨便進——」

「妳說夠沒有！」高安榮火大地怒拍了桌。「閉嘴！怎麼什麼事到了妳嘴裡，都齷齪不堪！」

「那也得那事高尚才行啊。」高彤絲臉上絲毫不見變色，她笑了笑，道：「女兒也不過就白說那麼一句，說不定莫語柔志當存高遠呢，倒是我以小人之心度君子之腹了。」她挑眉道：「女兒告退了，父親慢用。」

「……孽女！」

高安榮氣得不輕，當即連早飯也不用了，說胸口疼，讓淳于氏扶他回房。

第四十七章

不過才新婚第一日的早上，鄔八月便覺得蘭陵侯府真是裡外都不和順。

早飯後，高辰複便領了鄔八月回房。

今日新婚第一天，他們也該去宮裡向宣德帝和蕭皇后謝恩。姜太后那兒倒是不用去了。

兩人換了一身莊重些的衣裳。

高辰複坐在一旁，等鄔八月出來之後對她道：「府裡的人和事，等我們從宮裡回來了，再同妳細說。」

鄔八月點了點頭，隨著高辰複出了蘭陵侯府。

高辰複如今是京畿衛統領，平常時候輕易不會入宮，穿得十分儒雅。

鄔八月第一次見到高辰複的時候，就知道他不是一個草莽將軍。他出身高貴，卻不會讓人望而生畏，不著將袍鎧甲時，瞧著倒更像是個儒雅書生。

只是他也不怎麼喜歡笑，所以顯得面色嚴肅，似乎有些古板。

鄔八月卻覺得他笑起來很好看。

「夫人？」

鄔八月坐在馬車上，正想著入宮之後要是見到了姜太后，她說些意有所指的話，自己該怎麼應對，就聽到高辰複喚她。

「啊？」鄔八月茫然地望了過去，高辰複好笑道：「想什麼這麼出神？喚妳好幾聲了。」

「……走神了。」鄔八月靦覥地笑了笑，道：「爺喚我有什麼事？」

高辰複道：「此番入宮，我們肯定要去見見外祖母的。」他頓了頓。「不是姜太后，是趙賢太妃。」

鄔八月頷首。趙賢太妃是靜和長公主的生母，也就是高辰複的親外婆。趙賢太妃這一生也只育有靜和長公主這一個女兒，當年靜和長公主突亡，才出生不久的外孫子也隨之而去，對趙賢太妃來說是個不小的打擊。

「外祖母性子隨和，不會為難妳，這一點妳不用擔心。」高辰複輕聲叮囑鄔八月道。「不過外祖母對人不怎麼熱情，要是她同妳沒什麼話說，妳也別覺得失望，外祖母性子本就如此。」

在皇宮內住過的那段時間，鄔八月幾乎沒有見過趙賢太妃。印象中，趙賢太妃似乎是個深居簡出之人。

「我知道了。」鄔八月點頭應道：「我會好好和外祖母說話的。」

高辰複笑了笑，伸手輕輕拍了拍她擱在膝上的雙手。

「等回門禮後，我們就著手準備搬到公主府去住。」高辰複輕聲說道。「公主府閒置了很久，皇舅顧念舊情，沒有將公主府收回，只是改換匾額。若我們成親後不住進公主府，恐怕御史要上摺子，請皇舅將宅邸收回去了。」

鄔八月聞言問道：「那……」

「侯府那邊，妳不用操心。」高辰複說道。「我若要走，沒人能攔得住我。」

鄔八月呼了口氣，輕聲道：「之前便也聽官媒婆提過要搬去公主府住的事情，單姨那邊我也同她說了，待我們搬到公主府之後再將她接過來。」

說到這兒，鄔八月頓了一下，然後和高辰複同時開口。

「單姨還好嗎？」

「月亮還好嗎？」

兩人愣了下，然後都笑了。

高辰複點頭道：「月亮很好，養在公主府的花園裡，牠樂得很歡，我每日也會抽空去瞧瞧牠。」

鄔八月也道：「單姨也很好，母親和我都敲打過鄔府的下人，應當沒有人會為難單姨。」

提到單氏，鄔八月就不免會想到單初雪。

她輕聲問道：「爺，單姊姊那邊……可有消息？」

高辰複默然了片刻，才回道：「我離開漠北前，有拜託新上任的將軍留意此事。即便有消息，傳到燕京來，恐怕也需要一段時間。」

言下之意，就是沒有消息了。

鄔八月緩緩地吐出一口氣。

「我記得，那個劫走單姊姊的人，自稱薩蒙齊。他的族人，喚他薩主。」

「北蠻也有政權，他是貴族。」高辰複點到即止，不想多說。

鄔八月微微垂頭。

馬車嗒嗒，巍峨的皇宮就在眼前。

鄔八月隨著高辰複，跟著引路的小黃門一路行到後宮。

宣德帝正在蕭皇后的坤寧宮裡與她閒話，女官稟報之後，高辰複帶著鄔八月入內。

「臣攜新婦，拜見皇上，皇后。」

高辰複領著鄔八月下跪，磕了個頭。

宣德帝笑著叫了起，嘆笑道：「複兒終於娶妻了，皇姊在天上也該欣慰了。」

蕭皇后讓人給二人看座，關切地讓人上茶。

正當這時，一個小太監匆匆進來道：「啟稟皇上、皇后，四皇子——」

「父皇！母后！」

話音未落，從殿門外衝進來了一個小小身影，直朝著宣德帝和蕭皇后奔去。

鄔八月側首一看，原來是那個麻煩的小子——四皇子。

四皇子也大了一歲，長高了些，但還是眉眼彎彎，一副泡在蜜罐子裡的模樣。

蕭皇后將他攬在了懷裡，宣德帝斥道：「這麼大了還沒規沒矩的！」

蕭皇后嬌嗔一聲。「洵兒還小，說他做甚？」

宣德帝便閉了嘴，只拿眼瞪了朝他做鬼臉的兒子一眼。

「洵兒快下來，和你表哥表嫂見見禮。」

蕭皇后拍了拍竇昌洵的背，小昌洵依言下來，乖乖地和同樣站起身來的高辰複和鄔八月見了禮。

等他抬起頭來看到鄔八月的時候，小昌洵卻是「咦」了一聲。
「母后，我好像在哪兒見過表嫂。」
小昌洵鼓了鼓眼睛，皺著眉頭，似乎在為自己想不起來到底在哪兒見過鄔八月而苦惱。
蕭皇后頓了頓，笑道：「你在哪兒見過表嫂？別是見著表嫂漂亮，就想拿這話同你表嫂套近乎。」
「人家哪有？」小昌洵嘟囔了一句，卻是嘿嘿笑道：「表嫂是挺漂亮的。」
說著他挺了挺胸脯。「等我長大，要娶個比表嫂更漂亮的妃子！」
宣德帝笑罵了他一句，道：「夫子那邊的課業你完成了？誰准你動不動就往後宮跑的？同你母后膩歪一陣也差不多了，趕緊著回去了。」
宣德帝招了招手，等候在正殿角落裡的太監便趕緊上前來，好言好語地勸說小昌洵離開。
小昌洵哼了哼，抱著蕭皇后的手臂撒了會兒嬌，這才依依不捨地走了。
路過鄔八月的時候，他還仔細地盯著鄔八月看了會兒，嘟囔道：「我肯定在哪兒見過的，在哪兒呢……」
鄔八月後背出了些細密的汗。
她生怕小昌洵不懂事，像去年秋時在宮裡見到她那樣，脫口而出一句。「啊，妳是我的小大嫂！」那她就真的無地自容了。
鄔八月感激地朝蕭皇后看了一眼，蕭皇后理解地朝她微微頷首。
宣德帝身為帝王，在百忙中抽空來坤寧宮坐一坐，也並未有太多休閒時間。和高辰複說了兩句，便要起身回勤政殿處理政務了。
蕭皇后送了他出門，高辰複和鄔八月也躬身送駕。
謝過了恩，高辰複也沒有久留在此的意思，對蕭皇后道：「皇后娘娘，臣還想攜妻去看看趙賢太妃。」
蕭皇后點了點頭，感慨道：「太妃定然是盼望著見你帶著外孫媳婦去瞧她的。」
「多謝皇后。」
高辰複拱手施禮，正準備帶著鄔八月離開。
蕭皇后卻道：「且慢。」她看向鄔八月說道：「妳堂姊產下五皇子，對我皇室有功，但生育之苦，身為女子妳也該知道。她傷了身子，今後恐怕……」蕭皇后輕嘆了一聲，道：「妳們乃是本家姊妹，難得進宮，妳若是有空便去瞧瞧她。」
鄔八月怔愣了一瞬，方才躬身道：「若是臣婦得空，定會前往探望。多謝娘娘掛懷。」
蕭皇后笑了笑，擺擺手道：「本宮也不留你們，趕緊著去瞧趙賢太妃吧。今日你們進宮謝恩，想必趙賢太妃一大早就在慈安宮裡等著了。」
太后所居的宮殿乃慈寧宮，太妃們所居的便是慈安宮。慈安宮位置較偏遠，和慈寧宮隔著慈寧花園。
高辰複和鄔八月拜謝了蕭皇后，朝著慈安宮的方向而去。
鄔八月低垂著頭，盯著地上鋪列整齊的青石磚，不知道在想什麼。
高辰複向來不喜歡猜人心思，見她如此，便低聲笑道：「妳似乎總有心事。現在又是在想什麼？」

鄔八月抬起頭，眼中有些茫然和困惑。

「爺難道不覺得，皇上和皇后以及四皇子，他們之間相處就好像是一家人……」

是啊，宣德帝對蕭皇后說話的語氣和神態，簡直就像是個聽話懂事的丈夫，而非天子。

高辰複側頭看了鄔八月一眼，輕聲說道：「皇上和皇后是少年夫妻。」

因為是少年夫妻，所以兩人的感情已經持續了很長時間。

蕭皇后是宣德帝的嫡妻，生有他的嫡子，帝后之間的感情，尋常妃子根本無法插足。她們一是沒有蕭皇后陪伴在宣德帝身邊那樣長久的時間，二是沒有蕭皇后的人格魅力——至少在鄔八月看來，蕭皇后這樣的女子，配得上宣德帝溫柔以待。

那……寵冠後宮的鄔昭儀，在宣德帝的心裡又算什麼呢？恐怕……不過是個玩物吧。

鄔八月微微縮了縮脖子，高辰複輕輕拉過了她的手。

「都已是夏了，妳還覺得冷？」高辰複輕輕捏了捏她的手，道：「妳身體有些虛，今後可要好好補補。」

鄔八月緩了緩氣，方才對著高辰複笑了笑，難得地開了個玩笑道：「爺不嫌棄我胖就好。」

高辰複頓時低沈地笑了起來。

兩人到慈安宮時，午膳時辰也已經過了。

慈安宮門口翹首以盼的宮女見到他們的身影，激動地跑了回去通報。

等高辰複二人進了慈安宮正殿時，趙賢太妃並幾個老太妃都等候在那兒了。

「複兒……」趙賢太妃喚了高辰複一聲，聲音裡滿含感情。

高辰複牽著鄔八月上前，跪在了趙賢太妃面前，低聲道：「外祖母，外孫不孝。」

「好孩子……」趙賢太妃趕緊伸手去扶，不由濕了眼。「說什麼孝不孝，你好好活著，娶妻生子，就是最大的孝順。」

趙賢太妃身邊的老太妃們都出聲相勸。

在慈安宮中，趙賢太妃算得上是品級最高的宮妃了。

先帝不在了，這些曾經爭寵的宮妃宮嬪們也歇了爭鬥的心思，大家住在一宮之中，倒是其樂融融。

見到高辰複和鄔八月來，太妃們都像是見到自己的孫兒孫媳婦一般，對他們十分友善熱情。

「外祖母，這是八月。」高辰複輕輕拍了拍鄔八月的後背，鄔八月上前一步，恭敬地俯首道：「外孫媳婦給外祖母請安了。」

「好，好！」趙賢太妃笑了一聲，伸手去扶了鄔八月一把，欣慰地道：「長得真好……」

「誒，趙姊姊，妳瞧妳這外孫媳婦兒的模樣……我怎麼瞅著眼熟？」

臨近的楚貴太妃仔細地端詳了下鄔八月的相貌，道：「真的很眼熟。」

趙賢太妃拉著鄔八月的手拍了拍，說道：「聽說我這外孫媳婦兒肖似其祖母鄔老夫人。」

「啊！怪不得呢！」楚貴太妃頓時掩唇道：「真的呢，和雪珂年輕時簡直一模一樣！」

鄔八月看向楚貴太妃，楚貴太妃熱情地上前來對她笑道：「不怕妳這丫頭笑話，年輕時候我和妳祖母不大對盤，我爭強好勝，妳祖母卻是對我愛理不理。那會兒結了梁子，幾十年了也從來不聯繫，如今想想，倒是我年輕不懂事。」
　　鄔八月頓時輕笑一聲，卻是連道不敢。
　　趙賢太妃笑了笑，道：「行了，別一個個都杵在這兒，複兒和他媳婦兒肯定還沒用午膳，等他們用完了午膳再說。」
　　高辰複和鄔八月被十幾個老太妃簇擁著坐到了膳桌前，趙賢太妃催促他們趕緊著用膳。
　　高辰複和鄔八月用了午膳，楚貴太妃也不是那等沒眼色的人，跟著湊了熱鬧便也知足了，招呼別的太妃道：「讓這小倆口陪陪趙姊姊，咱們去慈寧花園玩去。」
　　高辰複和鄔八月福禮送了太妃們出門，趙賢太妃笑道：「她們尋常便是這般，宮裡日子寂寞，難得見到有人來慈安宮，你們一來，她們也想多和你們說說話。」
　　高辰複坐在了趙賢太妃身邊，輕聲問道：「外祖母在宮裡住著可還習慣？」
　　「習慣，怎麼不習慣？都住一輩子了。」趙賢太妃笑了笑，看向鄔八月，衝她招了招手。
　　鄔八月立刻走到趙賢太妃另一邊，趙賢太妃示意她坐著，笑道：「妳和妳祖母長得真的很像，瞧著就面善。」
　　趙賢太妃頓了頓，卻是對高辰複道：「宮裡有關於你媳婦兒和軒王的傳言，你別信。從老妖婦那兒搞出來的事情，多半不是真的。」
　　高辰複垂首低應了一聲，鄔八月卻有些心驚。
　　趙賢太妃當著高辰複和鄔八月的面，半點不忌諱。
　　「那老妖婦年輕時候就靠著些狐媚子手段，把先帝弄得五迷三道的，到老了還不省心。」趙賢太妃看向鄔八月，問她。「妳到底是因為什麼和她結了怨？讓她夥同著那麗容華陷害妳？」

鄔八月吶吶道：「外祖母怎麼知道那件事情是太后娘娘和麗容華娘娘陷害我……」

「明眼人都看得出來。」趙賢太妃道。「那件事情過後，大皇子就成了軒王，哪有那麼趕巧的事？」趙賢太妃頓了頓。「到底是因為什麼，不能說嗎？」

鄔八月輕輕搖了搖頭。

「也罷。」趙賢太妃同高辰複一樣，並不逼迫鄔八月言明。她輕輕笑了笑。「我看複兒的模樣，應該也是不知道的。不過，總有一日妳會主動同複兒說的。」

鄔八月起身，鄭重地朝著趙賢太妃叩拜。

趙賢太妃輕聲道：「你們倆要記得好好過日子。」

高辰複和鄔八月輕輕點頭。

「對了，複兒。」趙賢太妃看向高辰複，遲疑了片刻才問道：「彤絲……她怎麼樣了？」

高辰複一頓，輕聲回道：「還是老樣子。」

「還是跟你父親作對嗎？」趙賢太妃輕輕嘆了一聲，似乎也是對此無可奈何。

她憂慮地道：「你妹妹也已經雙十年華了，當年的事，皇上那兒也應該平息了。她要是爭氣些，我們在皇上面前求一求，興許還能讓你妹妹覓一個好歸宿。」

高辰複道：「可要她能改變心意才行。她如今這樣……看似溫和，實際上為人更加尖銳，言語如刀，皇舅那兒怕也不好交代。」

趙賢太妃沈默地搖了搖頭。

「外祖母，我們不說這個。」高辰複輕聲道。「今日來便是陪外祖母的，彤絲的事情您不必憂心，不論如何，我也會保護她。」

「你是哥哥，保護妹妹是應當的。」趙賢太妃輕輕拍了拍高辰複的手，道：「我希望你們兄妹倆都能好好的，我能為你們打算的不多，一切還得靠你們自己。」

「孫兒知道。」高辰複輕輕點頭，暗中給鄔八月使了個眼色。

鄔八月便笑著湊上前來，道：「外祖母，外孫媳婦今兒來也有好些事要請教外祖母呢。外孫媳婦和爺才成親，很多爺的愛好和習慣，外孫媳婦還不知道，少不得要請外祖母幫忙解惑。」

鄔八月將話題轉了過去，趙賢太妃年紀大了，自然也喜歡說晚輩小時候的事，登時和鄔八月聊了起來。

離開慈安宮時，鄔八月還有些依依不捨。

趙賢太妃瞧著不是一個利慾薰心的人，和她相處起來很舒服。

鄔八月不由想起當初撞見姜太后和祖父幽會的場景。

那時，姜太后口口聲聲說，宮裡太妃要分她的權，恐怕也只是她在自導自演，想要讓祖父憐惜她吧？

順理成章地，鄔八月又聯想起祖父在她於宮中發生那等事情之後，對她說的話。

他說姜太后言出必諾，卻說她撒謊成精。

如果真是這樣，姜太后還真是個謊話連篇的人。

離開慈安宮時，已經過去了半個下午。

高辰複記得蕭皇后說的話，詢問鄔八月是否要去探望鄔陵桐。

高辰複道：「如果妳要去鐘粹宮，那我就在出宮門那兒等妳。」

鄔八月輕輕點頭，遲疑了下，問道：「我們從慈安宮出來，也臨近慈寧宮，要不要再去慈寧宮？如果不去，我擔心有人會以此大做文章……」

高辰複搖了搖頭，道：「不用。前日不是已經去過了？」

鄔八月鬆了口氣。「爺說不去，那就不去。」

高辰複「嗯」了一聲，問道：「那妳去不去鐘粹宮拜望鄔昭儀？」

鄔八月想了想，道：「還是去吧。雖然現在西府和東府不和，但大姊姊……對我倒是沒有其他不好的。我去看看她，全了我關心的心意也好。」

高辰複點了點頭，道：「我不宜去後宮，在宮門甬道那兒等妳。」

鄔八月應了一聲，高辰複又與領路小黃門閒話了幾句，這才目送鄔八月往鐘粹宮的方向而去。

鐘粹宮裡沒有太多喜慶，大概是因為鄔陵桐傷了身子，且五皇子還有可能是個傻子，鐘粹宮裡的氣氛反倒還有些陰沈。

女官稟報過後，鄔八月得以進了宮去看鄔陵桐。

產子也才幾日時間，她仍舊在坐月子。

如今五月天氣，正午到半下午的一段時間有些悶熱，即便如此，房裡卻仍舊是封閉得死死的。

鄔八月一進去，便覺得有些呼吸不暢。

她望向拔步床上半坐著的鄔陵桐。

雖然沒有形銷骨立、臉頰凹陷，但她的模樣也完全沒有為人母該有的光輝神采。

見到這樣憔悴的鄔陵桐，鄔八月有些難過。

花朵一般的女人，在這深宮之中，為了帝寵，為了子嗣，已經凋零得不成樣子了。

「統領夫人請。」女官躬身請了一句，鄔陵桐低沈地開口道：「都出去吧，需要妳們伺候的時候，自會喚妳們來。」

女官便帶著其他人退出了寢房。

「昭儀娘娘……」鄔八月抿唇，往前挨近鄔陵桐，低聲喚了一句。

鄔陵桐輕聲道：「八月與我生分了，連聲大姊姊也不肯喊。」

以往鄔八月喚她大姊姊，鄔陵桐以「本宮」自稱，逼得鄔八月不得不改了稱呼，尊稱她一聲「昭儀娘娘」。

而如今喚她昭儀娘娘，鄔陵桐反倒是覺得這稱呼生分。

說黑的也是她，說白的也是她。鄔八月無奈地笑了笑，從善如流地喚了一句大姊姊。不過是個稱呼，她喜歡，這般叫也無妨。

鄔陵桐拍了拍床沿，讓鄔八月坐了過去。

「今兒是妳進宮謝恩的日子吧。」鄔陵桐咳了咳，問道：「都去見了些什麼人？」

鄔八月如實回答道：「見了皇上、皇后娘娘、慈安宮裡眾太妃，然後便來了這兒。」

鄔陵桐眼睛閃了閃。「見到皇上了？在哪兒見到的？」

鄔八月低垂了眼，道：「坤寧宮。」

鄔陵桐擱在被子外面的手緊了緊，笑了笑道：「皇上和皇后娘娘伉儷情深，皇上在坤寧宮，也不是什麼稀罕的事。」

鄔八月沈默，不打算接這個話。

鄔陵桐又問道：「蘭陵侯府如何？」

侯府中事，鄔八月也不好與鄔陵桐說，只道：「還好。」

敷衍之辭，鄔陵桐也聽得出來。

她頓了頓，輕笑了一聲說道：「倒是我糊塗了。不管侯府如何，高統領自然會護在妳這邊的。」

鄔陵桐意有所指地說道：「這門婚事，當初我這個做姊姊的，也是為妳選對了。」

鄔八月聞言微微一笑。

鄔陵桐這話是什麼意思，她很明白。

無非就是在她面前邀功罷了。她在提醒她，這門好親事，若是沒有她的安排和推波助瀾，鄔八月沒有可能會嫁給高辰複為妻。

到底是不是這樣，鄔八月不知道，但她仍舊不喜歡這樣為了自己算計他人婚事的行為。

如果高辰複是個位高權重的紈袴，或者他有些特殊的「癖好」，鄔八月也不懷疑，為了權勢，鄔陵桐亦會將她推入這樣的火坑。

鄔八月唯一慶幸的是，高辰複是一個正直善良的好人。

「八月。」鄔陵桐喚回了鄔八月的注意，她掩口低垂著眼，掩飾住自己的表情，問鄔八月道：「皇上和皇后娘娘那兒，都說了什麼？」

鄔陵桐問得隱晦，但鄔八月知道，她這是在問自己，皇上皇后有沒有提到過她。

鄔八月想了想，實話實說道：「皇上略坐了一會兒便走了，只恭喜了我們，便沒說別的，皇后娘娘倒是提了讓我來看看大姊姊。」

鄔陵桐臉色頓時又蒼白了幾分。

正當這個時候，寢房外的女官輕輕掀了門簾進來，道：「娘娘，五皇子醒了，要不要抱來給娘娘看看？」

鄔陵桐懨懨地擺了擺手，道：「醒了便讓奶娘餵奶。」

女官頓了頓，道：「往日娘娘在這時候都要看看五皇子的……」

鄔陵桐吐了口氣，這才道：「抱他過來吧。」

宮裡傳言紛紛，說五皇子出生的時候，因鄔昭儀難產而在產道中憋久了，出生後許是傷了腦子。

每日這個時候，鄔陵桐都會讓人抱了五皇子過來，瞧瞧他到底有沒有傷了腦子。

大概看了幾日，她已經從期望成了失望，直至絕望了。

奶娘抱著餵飽了奶的五皇子進了寢房，鄔陵桐連抱也沒抱，看了兩眼，逗了幾下，便毫無耐心地讓人將五皇子抱到一邊。

鄔八月多看了五皇子幾眼，鄔陵桐看到了，開口道：「八月想抱抱他嗎？」

鄔八月驚訝地道：「我能抱他嗎？」

鄔陵桐笑了一聲，懶洋洋地道：「妳是他的姨母，又是他表嫂，怎麼不能抱他了？」

鄔八月點了點頭，按照奶娘的小心提醒，將五皇子抱到了臂彎。

五皇子瘦瘦小小的，鄔八月幾乎感覺不到他有多少重量。

襁褓中露出的小臉很平靜，鄔八月對他笑，他的眼睛直盯著鄔八月，卻沒有回應鄔八月。

鄔八月的手指點在他的臉頰邊，他也毫無反應。

「怎麼逗他都這樣。」鄔陵桐懨懨地說道。「怪不得都說他是傻子。」

鄔八月有些難過，不是為鄔陵桐，而是為五皇子。

別人怎麼說，身為母親的鄔陵桐或許管不著，但就連身為母親的鄔陵桐都認為五皇子的確是個傻子。

母親都這樣，又怎麼能讓別人不將五皇子看做傻子？

鄔八月抱著五皇子在懷，看著他雖然面無表情，卻仍舊幼嫩而恬靜的小臉，手圈得更緊了些。

然後她感覺到手上有了些許濕熱。

五皇子之前剛喝了奶，鄔八月想著大概是他尿了，頓時笑著望向奶娘道：「奶娘快看看，五皇子是不是尿了？」

奶娘忙將襁褓抱了過去，一看，五皇子的確是尿了。

「統領夫人，真是對不住……」奶娘迭聲道歉，鄔八月笑道：「沒事，我身上也沒濕，讓宮女打盆水來洗個手就好。」

奶娘千恩萬謝地抱了五皇子下去收拾，宮女則是打了水過來，伺候鄔八月淨了手。

這其間，鄔陵桐一直看著鄔八月。

待鄔八月一切都收拾好了，鄔陵桐方才輕聲說道：「之前宮裡的妃嬪也有來看過皇兒，抱過他。」

鄔八月抬頭看向鄔陵桐。

鄔陵桐接著說道：「同妳方才那般，抱了皇兒在懷，卻正巧皇兒尿了，有一個妃嬪差點把皇兒摔出去，別的妃嬪即便沒露出大驚失色的模樣，也少不得眼裡露出嫌惡。」

鄔陵桐淡淡地笑了笑。「沒想到卻是妳不將這當一回事，也並不覺得難堪。」

鄔八月靜靜地聽她說完，笑道：「五皇子不過是個什麼都不懂的小嬰兒。」

其實她覺得，五皇子若真的腦子有缺陷，對他而言，或許還是件好事。

輔國公府一早就打算扶持鄔陵桐生的皇子，五皇子若是健康，將來不管他願不願意，都會置身於爭鬥之中。

如果他真是個「癡兒」，早早沒了爭奪皇位的可能，儲君之爭與他無緣，只要鄔陵桐認得清形勢，五皇子吃喝玩樂一生，總能得個善終。

但輔國公府會就此甘休嗎？鄔陵桐又是否會就此甘心呢？

鄔八月不知道。她只是可憐襁褓裡那個小小的孩子。

「大姊姊，時候不早了，我得出宮了。」鄔八月低首輕聲道。「爺還在宮門口等我。」

鄔陵桐點了點頭，道：「去吧。」

鄔八月起身，福禮告退。

將出寢房的時候，鄔陵桐在她身後說道：「八月，妳要記得這樁婚事，是我替妳求來的。」

鄔八月頓住腳步，鄔陵桐的聲音清晰地傳來。「無論如何，妳都欠我一個人情。欠人情，總得要還。」

鄔八月握了握拳，然後大踏步離開了鐘粹宮。

宮裡的氣氛，著實讓人有些喘不過氣來。

直到走到離宮門口不遠，看到在夕陽之下，佇立在光裡的高辰複時，鄔八月方才感覺到了些許的安心。

她挺直了背，朝著高辰複走了過去，越走越快，幾乎要奔跑起來。

「跑什麼？」見到鄔八月近乎是「跑」來的動作，高辰複好笑地道。「有惡犬在後面追妳嗎？」

鄔八月笑了笑。沒有惡犬，卻有一個滿嘴獠牙的怪物。她怕在這怪物附近待得久了，被牠吞噬到黑暗之中……

高辰複自然地牽住了鄔八月的手，道：「時辰不早了，我們該回去了。再過會兒天就黑了。」

鄔八月低應了一聲，乖巧地任由高辰複牽著她出了宮。

回蘭陵侯府的路上，高辰複不由問起她去見鄔陵桐的情況。

鄔八月抿了抿唇，道：「大姊姊不怎麼好。」

高辰複「嗯」了聲，道：「聽說五皇子有些先天不足，鄔昭儀今後也生育困難，這對鄔昭儀來說，無疑是很沈重的打擊。」

說著，他問鄔八月道：「有說幾句開導妳大姊姊嗎？」

鄔八月搖了搖頭，道：「我在她面前，也沒有說那些話的立場。」

她頓了頓，卻是笑道：「不過我抱了五皇子。雖然……宮裡說他是傻子，但他不哭不鬧，很乖巧。我想，只要以後宮人能好好教他，他也會成為一個乖寶寶的。」

高辰複望著鄔八月的臉，夕陽從窗外透射了進來，給她的臉蒙上了一層淺淡的光暈。

他輕聲道：「喜歡孩子嗎？」

「嗯？」鄔八月茫然地看向高辰複，然後猛地反應過來，頓時臉色微紅。

「喜歡的話，我們生一個。」高辰複伸出手輕輕揉了揉她的頭。

鄔八月仰頭看他，在心裡暗暗應道：好。

第四十八章

按大夏的官制，高辰複此次成親有五日婚假。

第二日，高辰複帶著鄔八月去了公主府，整整一日後才回來，高安榮不高興也無可奈何。

第三日，三朝歸寧，高辰複早早就讓人安排好了各式各樣的禮，攜鄔八月回門。

淳于氏還是得作賢良狀，在他們離開之前叮囑道：「去了鄔家替我向親家太太問聲好。」

高彤絲靠在屋牆邊嗤笑。「誰是您親家太太哪？高辰書和陳王妃的婚事早就告吹了，哪兒來的親家太太？」

淳于氏如今也對高彤絲隨時隨地的夾槍帶棒免疫了，她笑了笑，並不搭理高彤絲。

高彤絲輕哼了一聲，對高辰複道：「大哥，早去晚回，大嫂年紀輕，肯定還捨不得離家呢。」

高辰複沈沈地應了一聲，看向鄔八月問道：「可以走了？」

鄔八月笑著點點頭，對幾人福禮。

高安榮勉強點了個頭，淳于氏笑容滿面地頷首。

高彤絲燦笑道：「大嫂再見。」

高辰書坐在一邊，低垂著頭，彷彿周遭事都與他無關。

高彤蕾傲嬌地哼了一聲，撇過頭去。

而最小的高彤薇則不耐煩地嘀咕道：「還不走？」

高辰複率先走了出去，鄔八月緊隨其後。

馬車上，高辰複對鄔八月道：「辰書自從摔斷腿不能自由行走之後，便有些厭世。他並非針對妳，妳不要放在心上。」

鄔八月點了點頭，再看向高辰複時，卻見他在閉目養神。

但這種視線高辰複如何察覺不了？他無奈地睜眼，道：「有什麼疑問？」

「我只是好奇。」鄔八月搖了搖頭，道：「爺耳聰目明，肯定也知道我們走的時候，蕾兒和薇兒對我們的態度也不好，但爺只替二爺解釋了，蕾兒和薇兒……爺卻是沒提她們。」

高辰複眼神頓了頓，道：「嗯，是這樣。」

「那爺……」

「我與她們沒什麼感情。」高辰複低聲道。「辰書因是男孩，自小喜歡黏在我身邊，我們相處的時間比較多。蕾兒和薇兒從出生起便一直跟在淳于氏身邊，我與她們也沒什麼接觸。」他停頓了下，道：「我也不喜歡她們。」

鄔八月嘆了口氣，輕聲問道：「二爺的腿傷，是不是真的沒辦法治了？」

高辰複點了點頭。「前任太醫院院使盛老爺子都說沒救了，那幾乎是沒有希望了。」

「那二爺……」

高辰複看了鄔八月一眼，道：「放心，辰書是理得清事的人，不會因為陳王妃的關係，而對妳有偏見。」

鄔八月低聲道：「二爺年紀也不小了，若是沒出這等事，如今他也娶了妻，或許連孩子都有了。」

高辰複「唔」了聲，道：「現在提辰書的婚事，不大合適。」

鄔八月沈默地點了點頭。

到達鄔府時，側門上已經有人等著了，見著蘭陵侯府的馬車到了，便有人趕緊著去通報，一邊迎了高辰複和鄔八月進去。

「四姑奶奶，太太們都在老太太那兒等著呢。」引路的婆子笑道。「二太太說四姑奶奶回門，最想見四姑奶奶的肯定是老太太，便讓四姑奶奶回來後第一時間就去老太太跟前，讓老太太知道您過得好。」

朝霞散著打賞銀子，眾人都圍上來，一路歡笑，很快就到了段氏的正院。

鄔國梁如今協理科舉之事，今日本是休沐，但他沒有在府中。

高辰複和鄔八月上前給段氏見禮，段氏忙讓人扶了他們起來，笑道：「好，好！都是好孩子！」

段氏給了厚厚的紅包，賀氏、裴氏、顧氏等人也在高辰複和鄔八月同她們見禮後給了紅包。

段氏讓眾人落坐，笑著看向高辰複問道：「四姑爺，蘭陵侯府裡一切都還好吧？」

高辰複恭敬地回道：「回老太太的話，都還好。」

「還叫老太太呢？」段氏笑了起來。

鄔八月輕聲道：「爺，該叫祖母……」

高辰複未曾見過自己的親生祖母，蘭陵侯的母親在侯爺少年時候就去世了。

高辰複有些彆扭地開口喚了一聲「祖母」，對這個稱呼有些生疏。

段氏不以為意，伸手將鄔八月招了過去，在她耳邊輕聲問道：「四姑爺對妳好不好呀？」

鄔八月點頭道：「好。」

段氏見她臉色紅潤，眼中也是新嫁娘的幸福和甜蜜，便放心地點了點頭，道：「這便好。」頓了頓，段氏又問道：「蘭陵侯府的其他人呢，對妳怎麼樣？」

鄔八月老實回答道：「第一日早上一起吃了一頓飯，其他倒沒怎麼接觸。」

段氏輕聲道：「可是要搬去公主府住了？」

「現在還不知道。」鄔八月道。「爺說不用我管這些。」

段氏便點了點頭，笑道：「是個疼人的。」

鄔八月臉有些燒。

屋裡多是女眷，高辰複在這樣的環境中雖然不自在，但還是坐得規規矩矩的，目不斜視。一會兒，丫鬟來稟報可以入座用午膳了，段氏便讓人都起身挪座。

陪高辰複一桌的有兩個長輩，四老爺鄔居明和五老爺鄔居寬。與他同輩的三爺鄔良梧、四爺鄔良植和五爺鄔良株依次陪坐。

除此之外，還有一個賀修齊。

賀家已經搬出了鄔府，賀修齊倒是說要多住兩日，和已經在朝為閒官的鄔良梧交換一些經驗。

桌上，賀修齊一直戲謔地打量著高辰複。

高辰複知道這是鄔八月的表兄，也是即將在明年春闈中參選殿試的學子，但他不明白為何賀修齊要用這樣的眼神看著自己。

高辰複回望了過去，平靜地與他對視。

賀修齊主動收回了視線，嘴角微微一揚。

這頓飯鄔八月吃得溫馨，高辰複吃得鬧心。

飯後，賀修齊主動開口，說要與高辰複這個表妹婿聊聊天。

鄔八月有些緊張。自己這表哥有些「神經」，她擔心賀修齊會在高辰複面前胡言亂語一些不該說的話。

她想阻止，但她不懂，對高辰複來說，賀修齊的舉動已經可以稱得上是「挑釁」了，他不可能開口拒絕。

高辰複隨著賀修齊走向了鄔府的湖景花園。

「賀公子似乎對我有些意見。」高辰複率先開口，聲音沈穩。「可是我哪兒得罪過賀公子？」

「豈敢。」賀修齊頓時笑道：「表妹婿乃人中龍鳳又光明磊落，與我之前也並不認識，何來『得罪』二字？」

「明人之前不說暗話。」高辰複站定腳步，側首望向賀修齊。「賀公子若不是對我有意見，飯桌之上又何必頻頻側目？更不會主動邀約，與我閒聊。」

賀修齊頓時哈哈大笑。「表妹婿誤會了，就不能是我這個表兄見到表妹婿之後，起了惺惺相惜之感，想與表妹婿套近乎？」

「是嗎？」高辰複沈了沈眼，輕聲反問了一句。

賀修齊並不否認。

他撣了撣衣襬，繼續朝前行著，一邊淡淡說道：「八月那丫頭，跟以前不一樣了。」

高辰複沈默著，並不言語。

賀修齊道：「從前她雖然還小，但性子極為潑辣，大概是仗著老太太的疼愛，有些無法無天。我那時頂不喜歡她的性子，但礙於表兄妹關係，也只能與她來往嬉鬧。此番再見，卻發現她早已沒了少時任性妄為的模樣。」

賀修齊頓了頓，道：「我本以為，即便她長大，也會因為自小受到的寵愛而驕矜自傲。沒想到，長大後的她變成了溫婉嫻靜的大家閨秀。」

他笑著搖了搖頭。「著實讓人有些吃驚。」

高辰複低聲道：「賀公子同我說這些，有何用意？」

「沒有什麼用意。」賀修齊懶洋洋地道。「只是曾經被家母嘮叨過，說賀家應當與鄔家聯姻，親上加親。那會兒便想過，要是我將來娶了那個讓人頭疼的表妹，會怎麼樣……」

高辰複眼色一深，賀修齊頓時笑著道：「你放心，那不過是我會錯了意。姑父乃醫道中人，曾說血緣太近，所生子嗣多有不如意處，他當然不會讓賀、鄔兩家聯姻。」

高辰複想起在漠北關時，鄔居正做事認真細緻又溫和大度，這個岳丈讓他很滿意——至少，有這麼一個岳丈在，還有一個明事理的岳母，妻族那邊不會妄想從他身上撈好處。

「岳父大人英明。」高辰複低聲說了一句。

賀修齊頓時好笑道：「你拿這話擠兌我。」

「賀公子的表妹，如今是我的夫人，自然由不得你妄想。」高辰複口氣中隱隱帶了警告的意思。

「這男人哪，一遇到女人的事情，就有些沒了理智。」賀修齊懶懶地哼了一聲，說道：「你放心，我自然不會對我已為人婦的表妹有什麼企圖。找你這麼個對手，實在不明智。」

「那麼——」高辰複看向賀修齊，直接問道：「你尋我私下談話，到底是要說什麼？」

賀修齊笑了笑，指了指遠處的涼亭，道：「我們那邊說。」

黃昏時候，高辰複帶著鄔八月辭別了鄔府諸人，回蘭陵侯府。

鄔八月覺得有些堵心。

半下午後，高辰複和賀修齊一道回來，兩人面上的表情都淡淡的，也不知道他們到底談了什麼。

當著段氏、賀氏等人的面，鄔八月也不好開口詢問，好不容易等到只有二人時，她湊過去悄聲詢問高辰複，高辰複卻只說他們沒有談什麼。

鄔八月覺得有些敷衍，卻也不能緊追不捨。

鄔八月情緒的變化，高辰複還是看得出來。回府的馬車上，他微微閉著雙目說道：「妳表兄與我所談之事，與妳沒有什麼關係，妳若是想知道，我也不妨說給妳聽。」

高辰複睜開眼，看向鄔八月道：「妳表兄想尚主。」

「尚主?!」鄔八月頓時驚呼一聲，然後迅速掩住嘴。

尚主，顧名思義，就是要做駙馬——賀修齊想要娶公主！

不，與其說是娶公主，那不如說是「嫁」給皇家公主。

鄔八月喃喃。「為何？」

自古以來，尚主的駙馬，都沒有什麼自由。一則，公主地位自然在駙馬之上，駙馬在家多半還要聽從公主的一應安排。二則，公主要是無子，也不同意駙馬納妾，那駙馬就可能終身無子嗣。三則，一旦公主生病或亡故，駙馬往往脫不了干係。

太宗朝時，靜和長公主之前還有好幾位公主，其中一位瑤光長公主自小身體不好，各世家貴族都不敢娶。太宗皇帝雖然也不怎麼喜歡瑤光，但女兒親事，他也不能敷衍，擇了一名中庸世家的子弟趙氏與瑤光長公主匹配。婚後，瑤光長公主只熬了半年，便因病不治而亡。趙家戰戰兢兢伺候了瑤光長公主半年，最終得了這麼個結果，還得面臨太宗皇帝的龍顏震怒。

最後趙家家道中落，本就在世家當中踽踽獨行、艱難生存的趙家，自此退出了大夏的政治舞臺。

如靜和長公主與如今的蘭陵侯爺那般，公主、駙馬平起平坐，地位幾無相差的情況，少之又少。

若不是太宗爺疼愛靜和長公主，恐怕是不會讓她嫁予高安榮的。

鄔八月有些難以置信。「表兄難道不想在朝政上一展拳腳嗎？為什麼要娶公主？」

高辰複輕聲道：「他認得清朝堂形勢，不想身陷其中，他想做個富貴閒人。」

鄔八月仍舊有些無法理解。「即便表兄有這樣的想法，他怎麼不找別人，卻找爺呢？」鄔八月睜大眼睛望著高辰複。

高辰複笑了笑，道：「他對自己很有信心，來年春闈，他肯定會金榜題名。」

高辰複頓了片刻，接著說道：「他打聽過了，小皇姨今年已十五了，還未訂親，明年皇上必會給她賜婚。之前便有傳言，說皇上定然會在金榜學子中為小皇姨擇定良緣，他不想錯過這個機會。」

高辰複口中的小皇姨是太宗皇帝的遺腹子，宣德帝最小的妹妹，陽秋長公主。她的生母岑妃在她出生後亡故，宣德帝追封其為岑太妃。

陽秋長公主年幼，宣德帝和蕭皇后因那時無子嗣，幾乎是將其當作自己的女兒一般撫養。只是，據說陽秋長公主貌醜無鹽，一直被養在深宮，無人能知。

這樣一個被傳聞說是「醜女」的公主，自然也乏人問津。姜太后也不將其婚事放在心上，甚至是不將此人放在心上，以至於陽秋長公主的婚事拖到現在，尚無眉目。

「他想讓我幫忙在宮中人面前提一提他。」高辰複道。「如果能入了皇上的耳，娶小皇姨的事情就能多一層保障。」

鄔八月摸了摸鼻子，不由嘟囔道：「真是個神經……」

另一邊，離開鄔府的賀修齊正與人對弈，猛地打了個噴嚏。

他望了望天，道：「八月那妮子肯定在罵我。」

坐他對面的男子很年輕，眉宇之間有一股戾氣。

「當然要罵你了，你這是在讓人拉皮條。」男子道。「你既能金榜題名，為何不敢在官場上施展一番拳腳？」一邊說著，男子下了一子，笑道：「你可要到絕路了。」

「我敢啊，只不過，現在不是最好的時機。」賀修齊一邊說著，一邊低眼一看，頓時莞爾一笑，緊跟著下了一子，道：「有一詞叫置之死地而後生。沒到終局，可不能下斷言。」

男子頓時一愣，然後惱道：「你誘計！」

賀修齊哈哈一笑，開始逐個撚子入棋盒，道：「兵不厭詐，是你只想眼前而不思今後。」

男子頹然地投了子，罵罵咧咧道：「輸了輸了，不來了！」

賀修齊也並不生氣，將棋子都收拾好了，方才蓋上棋盒，慢悠悠地飲了口茶。

「喂。」男子伸腿踢了踢桌腿，帶得賀修齊身體搖了搖，手上的茶杯也晃悠了兩下，灑了幾滴茶出來。

「有事便說事，別動手動腳。」賀修齊沒好氣地將茶杯放下，看向男子道：「你是不滿我沒幫你同八月說上話，還是不滿我與你小叔相談甚歡？」

「跟你說過，我不認他是我小叔。」

男子頓時瞪了賀修齊一眼，眼中竟還瀰漫了些微殺氣。

「明焉，不要躁怒。」賀修齊淡淡地笑道：「你不認他是你小叔，但他總是我的表妹婿。何況和他鬧僵對你來說，並沒有什麼好處。」
與賀修齊對坐著的，竟是明焉。
「你少同我講那些大道理，我才不會活得跟高辰複一樣虛偽。」
明焉面露不屑之色，對賀修齊道：「我是想提醒你，你娶了陽秋長公主，可就不能參與政事，除非等到她離世。就算傳聞說她身體不好，保不齊她能活到七老八十呢？」
賀修齊輕輕一笑。「那我就做一輩子富家翁。」
「那官呢？不做了？」明焉怒道。
「當然得做啊。」賀修齊莞爾。「明面上不做，暗地裡也可以做嘛。」
明焉搖頭。「要我說，你還是尋鄔老替你周全的好。他在朝堂上總有些影響力，有他在，你為官也總能有人護著。」
賀修齊輕輕哂笑，搖頭道：「我要是真去找了鄔老，恐怕將來不會有好結果……」
「怎麼說？」明焉皺了眉頭問道。
賀修齊卻是輕輕將右手食指比在了唇中間，「噓」了一聲，道：「不可為外人道也。」
五日婚假很快便過去了，明日，高辰複就得回京畿大營裡做事。
鄔八月有些捨不得。
有高辰複在，她不用和淳于氏等人打交道。他一走，身為蘭陵侯府女眷中的一員，她不得不和淳于氏等人打交道。

鄔八月有自知之明，淳于氏偽善，高彤蕾因軒王爺之事，對她也有些偏見。

而平樂翁主雖然看起來是和她站在一邊的，但她心裡明白，平樂翁主明面上幫著她說的那些話，其實也不過是攻擊淳于氏的武器罷了。

所以，鄔八月既不想和高彤絲打交道，也不想和淳于氏、高彤蕾往來。

高彤薇話雖然不多，但顯然也不是善類。

儘管如此，這種不能避免的事情，她總要學著面對。

另一方面，她也不想讓高辰複覺得她沒用，令他失望。

因此鄔八月內心糾結，有些惶惶不安，一副心事重重的模樣。

鄔八月的悶悶不樂，高辰複早已注意到了。

夜深寧靜，高辰複摟著鄔八月，兩人額上還淌著薄汗，錦花被下的身軀重疊在一起。

「去公主府的事得過一段時間，總要找個藉口。如果這時候便搬過去，難免落人口舌。」高辰複耐心地對鄔八月解釋道。「一月之後是母親冥誕，到時候我藉著夢見母親之由，提出前往公主府陪伴母親之事，顯得順理成章。」

鄔八月往他懷裡靠了靠，輕聲道：「我不是在想這件事，只是覺得，明日你離開侯府，每隔三日才會回來一次……」

話未盡，高辰複便傾身在她鼻頭輕啄了一下，笑道：「別太想我。」

鄔八月臉微微紅，想反駁一句，說自己不是這個意思，但話到嘴邊又給嚥了下去。

她何嘗不會想他呢？

「別怕。」高辰複的聲音沈甸甸的，卻讓鄔八月覺得很安心。
他的手撫在她光裸的後背上，一下一下，像是在撫摸一疋上好的綢緞。
他在她耳邊輕聲說道：「妳想做什麼、想說什麼，都不用顧忌。蘭陵侯府不是我們的家，即便是得罪光了府裡的人又何妨？我總在妳前頭擋著。」
高辰複伸出健壯的手臂，抬手抓了抓鄔八月的頭髮，笑道：「天大的事，我給妳扛著。」
鄔八月心下有些酸楚，她動了動唇，抬起一雙湛亮的眼睛，定定地望著高辰複道：「如果……這天大的事，真的會讓天塌下來呢？」
紅燭微搖，高辰複回視著鄔八月，道：「天塌下來，也有我頂著。」
「頂不了呢？」鄔八月的雙手不由自主地收緊。「要真是頂不了呢……」
「頂不了的話……」高辰複一笑。「那就生同衾死同槨，做一對同命鴛鴦，行不行？」
鄔八月埋下頭，蹭向高辰複的頸窩。
她不禁想，要是將來高辰複知道她心裡藏著這麼大的秘密，會不會後悔娶了她？
「別怕。」高辰複仍舊在安撫鄔八月。「我每三日回來一晚，又不是一直待在京畿大營。侯府裡我也有安排人，有什麼事發生，我會很快知道。」
鄔八月低低地應了一聲，齉聲齉氣地道：「你放心，我一個人在侯府裡，也會好好的。要是你在京畿大營還要操心我，那就是我的不是了。」
高辰複輕輕刮了刮她的臉，聞著她身上的淡香，輕聲道：「我樂意將妳的事放在心上。」
鄔八月莞爾一笑，圈住高辰複的腰，道：「睡吧，明日你要起早，要是到了京畿大營卻睡眼惺忪，部下會笑話你的。」
高辰複低低一笑，再次在鄔八月額上輕吻一記，道：「嗯，睡吧。」
翌日，高辰複早早地就起了身，沒有吵醒熟睡中的鄔八月。
朝霞趕在辰時一刻將鄔八月喚了起來。
雖然高辰複並不將淳于氏當作母親尊敬，卻也不會給她難堪。鄔八月也不想落人話柄，每日晨昏定省，她還是會規規矩矩做的。
只不過前幾日都有高辰複陪同，今日卻只有她一個人。
倒是高彤絲仍舊出現在了鄔八月面前，如往常一般，從一大清早就含沙射影地拿話擠兌淳于氏。
淳于氏笑著讓鄔八月落坐，鄔八月這才注意到淳于氏身邊站了一個妙齡少女。
鄔八月和高彤蕾同歲，這少女瞧著年紀也與她們相當。
「複兒媳婦兒不認識她。」淳于氏笑著介紹道：「這是我的姨姪女語柔。」
淳于氏喚過少女，道：「語柔，給妳嫂嫂請安。」
莫語柔長相俏麗，眉宇之間隱約還有些英氣，倒是讓人一見便心生好感。
然而鄔八月對她的好印象卻在她開口時戛然而止。
莫語柔上前，還算規矩地給她行了個禮，聲音膩得人能起雞皮疙瘩。
她嬌笑著道：「姨母讓語柔喚鄔姊姊嫂嫂，可語柔與高大哥雖在幼時見過，並不大親近；倒是鄔姊姊，語柔與您一見如故，鄔姊姊要是不嫌棄，就容語柔喚您一聲姊姊如何？」

淳于氏笑著開口道：「妳這丫頭，來府裡倒是交上新朋友了。妳鄔姊——」

「抱歉莫姑娘。」鄔八月淡笑著開口道。「我家中有妹妹，倒是不好隨意亂認妹妹，莫姑娘若是覺得喚我嫂嫂讓妳為難，那便喚一聲統領夫人，我也受得。」

莫語柔表情頓時一僵，大概是沒想到鄔八月竟然伸手打了她這個笑臉人。

高彤絲嗤笑一聲，沒說什麼。

但這已經足以讓淳于氏和莫語柔難堪了。

廳中氣氛有一瞬間的凝滯，淳于氏扯了扯嘴角。「複兒媳婦兒說得也對，語柔這般胡認姊姊，也有些不妥。語柔性子開朗，難免有些唐突，複兒媳婦兒可不要見笑。」

鄔八月笑著回了一句。「不會。」

淳于氏扯了兩句場面話，鄔八月跟著回了兩句，便起身說屋裡還有事要處理，先告辭了。

淳于氏自然沒有留她。

見鄔八月起身，高彤絲也懶洋洋地站了起來，悠閒自得地跟在鄔八月身後。

「大嫂。」高彤絲往前喚住鄔八月，笑道：「我們一起走。」

高彤絲走在鄔八月右側，還是那副漫不經心的模樣。

她的懶散只是表面上的，鄔八月一直覺得高彤絲更像是一頭伺機而動的豹子。

「對付淳于氏，就該這樣。」高彤絲輕輕笑了起來。

第四十九章

鄔八月淡淡看向高彤絲道：「翁主，您與夫人有什麼恩怨，我並不想參與其中。」

「是嗎？」高彤絲頓時一笑。「那妳方才急著撇清，不想和莫語柔稱姊道妹，就不怕惹怒了淳于老婦？」

鄔八月笑了聲道：「翁主聰慧，又如何看不出來，莫家姑娘恐怕有些小心思。能在一開始掐掉苗頭，自然最好，若是掐不掉，任其生長，豈非後患無窮？」

高彤絲哈哈大笑道：「好，好！大哥一走，大嫂便也露出爪子了。」

「我並非貓狗，何來爪子。」鄔八月淡淡地一笑，道：「只是，屬於我一個人的，不容許別人覬覦罷了。」

「這話說得對。」高彤絲眼瞳轉深，笑意收斂。「自己的東西，為什麼要讓別人給占了去？而那些被占去的，就必須收回來。」

鄔八月深深地嘆了口氣。「翁主若是無事，去我院裡坐坐吧。」

「好啊。」高彤絲挑眉，滿口答應。

高辰複和鄔八月所居的院子名為一水居，取自「上善若水，一體而成」之意。在高辰複不在燕京的時間裡，這所院落一直空置著，直到高辰複回來，下令讓人徹底清理，這才住了進來。

靜和長公主便是在一水居中難產去世的。

高彤絲走到一水居匾額前，停頓了片刻，方才跟在鄔八月身後走了進去。

「母親過世的時候，我不過才兩歲，大哥也只有四歲。」高彤絲一邊往前走著，一邊輕聲說著。「我連母親的模樣都記不清，大哥即便有些微記憶，恐怕也很單薄。但很奇怪，大哥對母親有零星的記憶，但他對母親的思念，卻沒有我這對母親毫無印象的人深。」

鄔八月輕聲道：「爺他為人內斂，情緒並不外露。」

「是嗎？」高彤絲一笑。「我看大哥娶親的時候，就很高興。」

鄔八月並不作聲。

「大哥一直覺得，沒有淳于老婦害母親性命的證據，便不能定淳于老婦的罪，可我不這麼覺得。」高彤絲道。「除了淳于老婦，誰能對母親下毒手？父親在母親懷著弟弟的時候，與淳于氏往來甚密，在那個時候就已經計劃著要接淳于氏來府做小，偏偏母親產子而亡，哪有這麼巧的事？」

她冷哼一聲。「我去太醫院查閱過母親臨產的紀錄。母親生大哥、生我都一帆風順，弟弟在母親腹中時也一直很乖巧，太醫把脈都說胎位正，臨盆出問題的可能很小。可即便這樣，產房外有婦科聖手坐鎮，產房內還有經驗一流的宮中產嬷嬷伺候著，母親卻也能難產而亡……說沒人動手腳，誰信？」

鄔八月暗暗嘆了一聲。

雖然高彤絲言之鑿鑿，但難產而亡，也不是沒可能的事……

例如連現代醫學都沒能解決的羊水栓塞，若是靜和長公主遇到的是這樣的情況，母子均亡也不是沒有可能的。

見鄔八月不語，高彤絲便冷笑一聲，道：「我知道妳在想什麼。妳肯定以為是我在偏執地相信這一事實，對不對？」

鄔八月輕聲道：「翁主一切只出於懷疑，沒有證據，是不爭的事實。」

高彤絲蔑笑道：「有的事情，根本不需要查證。」

說話間的工夫，她們已經到了一水居花廳。

二人入了座，鄔八月讓朝霞去沏了茶上來，高彤絲揮退了閒雜人等，不讓她們近旁伺候。

「大嫂，妳年齡雖然比我小了幾歲，但論資排輩，我還是得對妳尊稱。」

高彤絲端著茶，輕輕撇著茶沫子，道：「妳應該還記得吧，在濟慈庵，我告訴妳的那個宮闈私密。」

鄔八月正端著茶的手頓時一抖，灑出幾滴極燙的茶水。

「記得。」鄔八月輕聲道：「翁主說，姜太后有一個情夫。」

高彤絲輕輕一笑。「妳果然記得。」

「只是我仍舊不明白。」鄔八月看向高彤絲。「翁主將這個秘密告訴我，是希望透過我達到什麼樣的目的呢？翁主想表達的，無非就是侯爺夫人害死了婆婆，然後又聯合了姜太后，將翁主趕出宮廷，貶到玉觀山。翁主如想要報仇，那要對付的人可就多了。單說姜太后，整個大夏最最尊貴的女人——」

「最最尊貴？哈哈，哈哈哈……」

高彤絲頓時不可遏制地大笑了起來，鄔八月微皺眉頭看著她。

「最最尊貴？」高彤絲極盡譏諷地道。「是最最淫蕩才對吧。」

鄔八月微微低頭，道：「翁主也沒有證據說姜太后有情夫。」

「證據？我有啊！」高彤絲笑道。「我不就是證據？我親眼見到的！可惜啊，我這個證據便成了旁人的笑話，沒人肯相信我說的話。若非如此，四年前我又何至於如此憋屈地被人趕出宮中，在玉觀山上青燈古佛，淒涼至極？誰害了我，我怎麼會不知道？」

高彤絲輕輕地搖頭。「想要報復姜太后，只能透過皇上。可對皇上說，他的親娘偷人，即便這是真的，皇上也肯定會壓下來，他只會暗中處理了姜太后的情夫，至於姜太后，頂多就是一個軟禁。我當年太傻，這般暴露了姜太后的陰私，她不對我下手，對誰下手？」

鄔八月忽然抬手道：「翁主且等一下。」

高彤絲頓住，看向鄔八月道：「怎麼了？」

「翁主方才說……當年，妳是當著很多人的面抖露姜太后有情夫此事？」鄔八月盯住高彤絲問道。

高彤絲點頭道：「是，很多人都知道此事，不過宮人應該被處理掉了，至於宮中妃嬪，也應該被下了封口令。」

「姜太后下的令？」鄔八月緊跟著問道。

「倒不見得。」高彤絲道。「更有可能是皇上下的令。」

鄔八月頓時瞳孔微縮。她低了低頭，眼神掩藏在了陰影之下，並不能看清她的表情。

高彤絲還在埋怨著命運的不公，訴說著自己的怨恨，但鄔八月已經統統聽不進去了。

好不容易等到高彤絲嘴裡不再蹦出怨憤之詞，鄔八月方才輕聲道：「翁主，我得見一見一水居中各管事，待得空了，我再和翁主閒聊。」

高彤絲大概也覺得今日說得有些多，聞言便站起了身，道：「行，我改日再來。」

鄔八月應了一聲，喚了朝霞相送。

暮靄竄了出來，道：「大奶奶，小廚房做了些小點心，您要不要吃點？」

鄔八月搖了搖頭，道：「妳嘴饞想吃便吃吧，我沒什麼胃口。」

「大奶奶怎麼了？」暮靄歪了歪頭，想了片刻道：「啊，我知道了，大奶奶一定是被翁主給煩的。」

暮靄數落道：「翁主的話也的確滿多的，每次見到她都似乎在跟人劍拔弩張，即便是說好話也像是夾槍帶棒……」

暮靄說起話來也是個沒完，等朝霞送了高彤絲回來，將暮靄攆去了小廚房，鄔八月的耳朵才算是得以清靜。

「朝霞，我有些不安。」鄔八月輕輕說了一句，朝霞立刻蹲下身來，關切地道：「大奶奶怎麼了？」

鄔八月還未來得及回答，朝霞便道：「可是為了那莫姑娘的事？」

她頓時笑道：「大奶奶放寬心，莫姑娘是肯定不能進蘭陵侯府的。不管侯爺夫人打什麼主意，那莫姑娘到底是個商賈之女，即便是嫡女，也改不了銅臭身分，即便是進蘭陵侯府做小，也不是那麼容易。」
鄔八月動了動嘴唇，道：「我也不是這個意思……」
「那大奶奶是……」朝霞頓時覺得棘手，盯著鄔八月道：「大奶奶有什麼心事，只管和奴婢說。」
鄔八月苦笑了笑，道：「也不知道怎麼說……就是總有些不安的感覺。」
她看向朝霞，輕聲問道：「朝霞，如果是妳，心裡有一個很可怕的猜測，越想越覺得，這個猜測可能離現實很近……妳要怎麼辦？是當作並沒有猜測過這樣的情況，繼續過原本的生活，還是……未雨綢繆？」
朝霞狐疑地看向鄔八月，輕聲道：「大奶奶……」
「妳回答我。」鄔八月道。
朝霞舔了舔唇，道：「如果已經察覺到了，且覺得這就是真相的話……那當然要儘早開始未雨綢繆才行，不然等到情況不可控制，即便那個時候想補救也不行了。」
「可如果……」鄔八月也舔了舔唇。「可如果妳的力量，根本不能和現實抗衡呢？」
「會嗎？」朝霞笑道：「那就借助別的力量。何況不到最後一刻，大奶奶怎麼知道，最終無法對抗現實呢？」
鄔八月沈默地盯著地面，眉間的摺皺沒有消失過。
朝霞心中暗嘆，道：「大奶奶繼續皺眉頭的話，可要成小老太太了。」
鄔八月苦澀一笑，道：「成老太太倒是好了，就安安靜靜地每日等著日出、候著日落，等哪天被老天爺召回去就好……」

鄔八月的情緒非但沒有好轉，反倒是更加心事重重了。

時隔三日之後，高辰複回到蘭陵侯府，本能以為是府裡某個人讓鄔八月不高興了。

他詢問鄔八月，鄔八月卻沒有給他一個讓他滿意的答案。

暮靄卻是忍不住，告訴高辰複道：「大爺，侯爺夫人將她的姨姪女莫姑娘接到了侯府來，莫姑娘見到夫人便喚夫人姊姊，給夫人下馬威。」

「暮靄。」鄔八月不贊同地斥了她一句，道：「爺別聽她的，什麼下馬威……」

「本來就是啊，哪有上趕著稱呼夫人姊姊的，又不是大爺房裡的人……」

「妳還說！」朝霞呵斥了她一句，將她拉到一邊，道：「大爺，暮靄不分輕重，還請大爺勿怪。」

高辰複鎖了鎖眉頭。

莫語柔來蘭陵侯府的事情，他也是知道的，三日前一大早，他離開蘭陵侯府時，正好聽說了此事。為了避免麻煩，他還特意繞開，沒與莫語柔來一個「巧遇」。

如果說是因為莫語柔，高辰複倒覺得應該不是。

鄔八月的性子並沒有那麼小氣，她不可能為這種事情悶悶不樂三日。一定有別的原因。

已是夜間，鄔八月揮退了下人，親自伺候高辰複沐浴。

雖只有三日，但也是小別勝新婚，兩人如膠似漆、卿卿我我了一陣，鬢髮半濕地躺到了床上。

鄔八月枕著高辰複的前胸，聽著他結實有力的心跳。

醞釀了片刻，她方才開口道：「爺，前兩日，翁主尋我說了些話……」

高辰複身體微頓，輕輕將鄔八月扶了起來，捧著她的小臉仔細看著，問道：「是因為她說了些讓妳不愉快的話，所以妳心情不佳？」

鄔八月搖了搖頭，道：「不是因為這個……」

高辰複沈吟了片刻，方才道：「妳繼續說。」

鄔八月吸了口氣，輕聲道：「翁主尋我說，當年她被攆出皇宮，貶至玉觀山，是因為她當著眾多人的面，說了一些太后娘娘的……陰私。」

高辰複面上一頓，隨即輕聲道：「確有此事。不過皇上已經下令，不得再談論此事。」

高辰複看向鄔八月，言下之意是，這件事她也不許提。

鄔八月本是聰明之人，高辰複認為自己既然這般說了，她就不會繼續提及這個話題。

但出乎意料的是，鄔八月卻頗有一股執拗的架勢。

她攀著高辰複問道：「當時是個什麼樣的情況，爺能跟我聊聊嗎？」

高辰複微微鎖了眉頭，問道：「妳打聽這個來做什麼？這與我們的生活沒什麼干係。」

鄔八月摟著高辰複手臂，輕聲跟他撒嬌。「爺，和我說說成嗎？我好奇……」

的。

高辰複無奈地一嘆，想一想，現在談，也不過是他們夫妻之間的秘話，倒也沒有什麼不能說

他伸手攬住鄔八月，粗喘了兩口氣，抓著她的手道：「別亂動，再動就沒得聊。」

鄔八月便乖乖地靠在他臂彎。

高辰複回憶了一下，方才輕聲道：「那天，宮裡舉行賞花會，很多有品級的夫人太太都帶著自己的媳婦、女兒進宮。賞花會是太后舉辦的，大家都很給面子，彤絲跟著淳于氏，也在其中。」

「跟著侯爺夫人？」鄔八月有些不敢置信。

「她們只是一同進宮。」高辰複補充道。

鄔八月點了點頭。

高辰複接著說道：「賞花會分了好幾個區域，彤絲待在太后一邊，和另幾名貴夫人作伴。那幾位夫人也帶了女兒進宮，彤絲和她們倒也相談甚歡。到中午的時候，一切都還很風平浪靜，可彤絲不知道忽然發了什麼瘋，她拿著一把剪刀，衝到了姜太后和皇上面前，說母親是淳于氏害死的，讓太后和皇上替母親作主。」

高辰複頓了頓，道：「太后和皇上自然覺得她胡鬧至極，當下便要命人將她拖下去，彤絲也不知道是怎麼的，忽然就脫口而出宮闈中的骯髒事。其他的事都不提了，唯獨一件事讓人十分吃驚。彤絲竟然說，太后有一個情郎。」

鄔八月的心都提了起來，她試探地問道：「皇上對此是什麼反應？」

「皇上自然是說她一派胡言，好在當時跟著的人並不多，事後那些宮人都不見了蹤影，應該是被處理掉了。」

高辰複輕嘆一聲。「太后被她那番言論氣得不行，當即便退出了賞花會，回慈寧宮靜養。皇上也對她大逆不道的言行舉止震驚，不但降了侯爺的爵位，還想將彤絲賜死，是外祖母百般懇求，皇上思及母親早逝，也只有彤絲一個女兒，便起了惻隱之心，讓人將彤絲帶到玉觀山，下令讓她永不許再入宮闈。」

鄔八月吸了吸氣，問道：「那……皇上對翁主說的事情，就連一分相信也無？」

「別的倒還能查證，只是太后之事如何查證？」高辰複道。「事關皇室清譽，彤絲這般做，只可能讓皇家厭惡。皇上對她也已失望透頂，即便她說的是事實，這樣的事情，她也應該永遠埋在心裡，當作不知道。」

鄔八月沈默了下來。

良久，她方才低低地問道：「可是……如果翁主說的是真的，會不會因為這件事，招惹來殺身之禍？」

高辰複笑了笑，道：「誰殺她？太后嗎？如果她真的被人殺害了，那太后『偷人』的罪名豈不是也要落實了？最不會殺她的，就是太后了。」

鄔八月輕輕點了點頭。

「說起來……」高辰複卻是忽然頓了頓，低頭看著鄔八月烏黑黑的髮頂，道：「我記得，姜太后似乎也十分針對妳。我問過妳，妳卻沈默，沒有回答。」

鄔八月渾身一僵。

高辰複伸手摸了摸她的頭髮，道：「還不打算同我說嗎？妳今晚上旁敲側擊都在打聽姜太后和皇上的事情，可是有什麼想法？」

鄔八月緩緩吐出一口氣。

她慢慢地坐了起來，雙腿彎曲，手環住了膝蓋。

「我不知道……該不該和你說。」鄔八月輕聲道。「有件事情，我心裡埋了很久，在漠北，你提出要娶我的時候，我就想告訴你，讓你考慮清楚再做選擇，可一直沒有這個勇氣。後來回到燕京，賜婚聖旨來得太突然，這樁婚事也再不容人反對……」

鄔八月頓了頓，高辰複也已經慢慢坐了起來，從原本慵懶的神情變得異常認真。

「前兩日，我聽翁主說起了四年前的事情，忽然就想到了一個可怕的推測……」鄔八月看向高辰複，深吸一口氣，道：「翁主說的，是真的。」

高辰複微微皺了眉頭，然後霍地瞪大眼睛。

「妳怎麼知道?!」高辰複壓低聲音問道。

鄔八月輕聲道：「和翁主一樣，親眼所見。」

「妳……」高辰複有些理不清頭緒。「妳的意思是，妳親眼見到姜太后……偷人？」

「是。」鄔八月點了點頭，道：「當年翁主只知道姜太后偷人，卻不知道那個男人是誰。而我……不但親眼所見兩人幽會，更被兩人當場發現……」

高辰複吃驚地伸手握住了鄔八月雙肩。

他腦中的思緒不由得翻滾、重組。

怪不得會有她妄圖高攀軒王的流言，怪不得她會被狼狽地趕出宮中，怪不得她嬌滴滴的一個世家千金，會去漠北那樣的苦寒之地……

高辰複一直猜測鄔八月是得罪了姜太后，卻沒想到會是因為這樣的事情……

那麼，她心裡的那個巨大的包袱，難道就是這秘密嗎？

「這就是妳心裡存在的疙瘩……」

高辰複輕輕撫了撫鄔八月的頭，伸手將她圈在了自己懷裡，道：「傻丫頭，妳該早點同我說的。」

鄔八月搖頭，道：「我不能同你說……」

「為什麼？」高辰複低頭看向鄔八月，可惜她的頭低埋著，看不清楚臉上的表情。

高辰複腦中忽然靈光一閃。

八月是被姜太后和那情夫當場發現——

「那男人是誰……」高辰複沈聲問道。

鄔八月咬了咬唇，不知道該不該說出來。

「是妳認識的人。」高辰複自己下了斷言。「非但是妳認識的人，還極有可能是妳的親人。」

鄔八月緩緩抬頭，看向高辰複，風馬牛不相及地問道：「你……你會不會後悔娶我？」

高辰複一愣，頓時無奈地道：「妳這傻丫頭，又把話題給扯遠了。」

高辰複嘆了一聲，輕輕揉了揉鄔八月的頭，道：「我不是說過了嗎？天大的事我扛著，天塌了，我頂著，要是頂不了，咱們大不了做一對同命鴛鴦，也算全了這一世的夫妻情義。」

高辰複的話總是會讓鄔八月莫名安心。

她輕輕點了點頭，極輕地說道：「你猜得很對，那人……不但是我認識的人，還是我的至親。」

鄔八月眼中有些酸楚。「他是我的祖父。」

高辰複頓時僵在當場。

「如果是別人知道了這件事情，恐怕早就沒命了。」鄔八月輕聲道。「可這件事情是我看到的，祖父到底顧念了祖孫情誼，沒有將我趕盡殺絕。」

鄔八月低著頭，將這件事情的前因後果和盤托出。

她道：「我知道這件事情，是去年七、八月跟去清風園時，無意間知道的。太后和祖父並沒有當場發現我，但我塗抹的香味卻暴露了我的身分。」

高辰複眼神幽暗，輕聲道：「怪不得妳平日從不塗香。」

鄔八月笑了笑，道：「對，我對此心有餘悸，再不敢用香。」

她輕嘆一聲。「祖父給過我一次警告，讓我將這件事情封存在記憶深處，永遠不能暴露出來。我也知道這件事情若是被人知曉，定會招惹禍患，所以也決心將此事爛在心裡，當作從不知道。」鄔八月頓了頓，道：「可是……姜太后卻不肯放過我。」

她抬頭看向高辰複，道：「我親耳聽到的，因祖父娶了祖母，和祖母這些年相敬如賓，過得也和和美美，所以姜太后嫉妒，連帶著，也怨憤和祖母長得八、九成相似的我。

「回燕京之後，姜太后召我入宮，讓我近身伺候。後來先有與大皇子……也就是軒王爺的流言傳出，再有宮女指證，皇后娘娘為我說了幾句公道話，麗婉儀……如今的麗容華娘娘卻言之鑿鑿。我本打算死也不承認的，可麗容華卻忽然爆出父親疏忽職守，使得寧嬪娘娘仙逝之事。我聽得姜太后言辭中有警告威脅之意，怕因我之故，讓父親再遭厄運，便只能以一句『無話可說』終結此事。

「姜太后以此話，斷定我真的與軒王爺私相授受，將我趕出宮廷，借此也敗壞了我的名聲。」

鄔八月鬆了口氣，繼續說道：「我本以為此事到底也就算了了，雖無法證實確實是姜太后在背後動了手腳，但到底我也無心無力去查證。沒想到此事還未完。」

鄔八月低了頭，道：「回府之後，因擔心家族中人以我敗壞鄔家名譽為由，讓我自盡以保全鄔家名聲。祖母和母親護我，讓我和父親一同趕赴漠北。即便是在邊關極寒之地苟延殘喘，我也想活著……」

高辰複輕輕撫著她的頭，柔聲道：「不用害怕，如今沒有人能隨意誣陷妳……」

鄔八月輕輕點了點頭，接著說道：「我同姜太后和祖父保證過，去了漠北之後，再不回來。沒想到人算不如天算，我去了漠北也不過數月，便又回了燕京。」

鄔八月頓了頓。「大婚前一日，姜太后宣召我們進宮，是我回京之後第一次見到她。她雖然只是說了一些……讓你誤會的話，並沒有別的動作，可是……」

鄔八月咬了咬唇，道：「可是我覺得，她一定不會就此罷手。留我在這兒，始終是一個隱患，何況……我還有一個十分駭人的猜測。」

高辰複頓時問道：「妳有什麼猜測？」

鄔八月抬起頭來，直視著高辰複。「爺，我們的婚事，雖說鄔昭儀一直強調是她在皇上面前提了，方才成就了這段姻緣，但這次入宮謝恩，見到坤寧宮和鐘粹宮的不同景象後，我明白了一件事。皇上對鄔昭儀即便有感情，也很稀薄。所謂的盛寵不衰，根本就是鏡花水月，也只是鄔昭儀的一廂情願……」

鄔八月曾經同高辰複感慨過，覺得宣德帝、蕭皇后和四皇子就像是一家人。

高辰複之前也只道帝后乃是少年夫妻，情誼自然不同常人。

如今想來，她那時候的感慨也是別有深意。

「皇上對鄔昭儀是否有情，與此事有何關聯？」高辰複皺眉沈聲問道。

鄔八月輕聲道：「翁主四年前在御前失儀，被貶往玉觀山；三年前，大姊姊就進了宮，成為了後宮寵妃，在時間上，是否有些太過接近了？」

鄔八月頓了頓，道：「再有，便是這次皇上賜婚……既然大姊姊在皇上面前並沒有那麼重要，皇上又何必聽她的為我們賜婚呢？」

高辰複一頓，神情有些莫測。

宣德帝安排的這樁姻緣，早在漠北的時候，高辰複便知道了。也正因為如此，他才會對鄔八月有更多的注意。

如今想來，皇上為什麼賜婚？

那時候，高辰複只認為皇上是要對鄔家下手，要借他的力量。若要取之，必先予之；將鄔家捧得高高的，再讓它狠狠摔下去，鄔家便再翻不了身。

雖然他心裡並不苟同以女子為餌，但皇命不可違，他也只能告訴自己，將來對妻子好便可以了。

可現在再想想，皇上又為什麼要對鄔家下手呢？

一日為師、終身為父，鄔老曾經也是帝師，皇上得他教授經史子集、天文地理，受益良多。鄔老並無任何結黨營私、意圖謀反的跡象，鄔家也老老實實，皇上緣何對鄔家下手？就因為文臣皆以鄔老為首嗎？

如今想來，卻是一切合理了。

鄔老和姜太后之間有一段情，皇上不會容許自己的親娘和一介臣子過從甚密。

鄔八月看向高辰複，輕聲道：「爺，皇上他……是不是要對鄔家下手？」

高辰複一怔。

他正想到這點，沒想到妻子的思維也這麼敏銳。

高辰複動了動唇，道：「別胡思亂想。」

鄔八月低著頭，道：「我總覺得，這一切都和皇上的想法脫不了干係。或許皇上早就在翁主披露姜太后和祖父的事情時，便起了疑心。要是……皇上真的想對鄔家下手的話，不論鄔家做什麼都毫無用處。」

高辰複輕聲道：「皇上要是一早知道，恐怕早就暗暗處理姜太后了。」
「會嗎？」鄔八月茫然道：「姜太后是皇上的親娘，皇上會捨得對自己的親娘下手？大夏重孝道，皇上不可能將姜太后的醜事公諸於眾，對姜太后施以懲罰。」
鄔八月說得也很有道理，高辰複不能反駁。
他停頓了片刻，只能道：「或許，一切都只是妳的猜測……」
鄔八月低聲喃喃。「對啊，就同翁主一直說侯爺夫人是害死婆婆的幕後黑手一般，都只是猜測，沒有絲毫證據……」
高辰複望向她，輕聲道：「我會去調查這件事，妳不用多想，想也無用。」
鄔八月茫然地看著高辰複，有些不確定地問道：「爺也在朝堂之上，應該知道，皇上對鄔家到底是個什麼態度才對。爺覺得……皇上是不是要對付鄔家？」
高辰複心裡了然，皇上是從一開始就打算對付鄔家的。
但他不能這般告訴鄔八月，讓她擔心害怕。
高辰複只能道：「皇上對鄔老一向敬重，此次科舉，雖然鄔老百般推辭，皇上卻還是讓鄔老領了閱卷官一職，可見對鄔老倚重甚深。」
「是嗎……」鄔八月有些恍惚地反問。
高辰複擁住她的身子，輕聲在她耳邊道：「多想無益。我三日才回來一次，明早又要早早便離開，可不想看到妳愁眉不展的模樣。」
鄔八月勉強擠出一個笑，高辰複輕輕在她嘴角落下一個輕吻，輕聲卻堅定地道：「相信我，不論如何，我都擋在妳前頭。」

鄔八月甕聲甕氣地應了。「嗯。」

高辰複輕聲道：「還有，記住此事再不能與第三人說。」

鄔八月點頭道：「我沒同任何人說過，只有你。」

高辰複將她摟得更緊了些。

清晨時分，高辰複便起了身。

鄔八月也跟著起了身，親自在一邊伺候了他穿衣洗漱，目送他離開一水居。

她照例去給淳于氏請安，莫語柔自然也在。

只是她面色不大好，見到鄔八月也只是勉勉強強地行了個禮，再沒有前兩日的殷勤。

高彤蕾抱著雙臂，冷嘲道：「大嫂每日都來得這麼晚，讓大家等妳一個，不覺得不好意思嗎？」

高彤絲坐在一邊座上，聞言笑道：「大嫂肯來都是給妳母親面子，要嫌來得晚，那妳讓大嫂乾脆別來呀。」

高彤蕾當然不是高彤絲的對手。她冷哼了一聲，道：「做人兒媳婦的，哪有不給婆婆請安的？妳是沒嫁人，不懂規矩，我不與妳說。」

「合著妳就是嫁了人的？」高彤絲頓時冷笑。「別說妳現在還沒被抬進軒王府，就是進了軒王府，妳那也不叫『嫁』，一個妾還懂什麼嫁人的規矩？」

「說夠了沒有？」高彤薇陰沈著臉，面色不善道：「就妳厲害？妳也不過就是個半道出家的老姑娘。如今到底是還俗沒還俗？要是還俗了，就別在家裡當老姑娘，趕緊著嫁了了事。要是沒還俗，佛門弟子把什麼妾啊規矩啊的放在嘴邊是什麼意思？佛門沒點清規戒律嗎？」

高彤絲頓時冷臉。

「好個高彤薇，從哪兒學得這麼口齒伶俐？」

「妳這般說話又是從哪兒學的？妳那個死了的娘嗎？」

「賤人！」

高彤絲頓時從座上站了起來。

第五十章

她的動作太快，鄔八月都沒來得及反應。

高彤絲直接竄步上前，當著高彤薇的臉便甩了她一個耳光。

這耳光響亮，在場的所有人都聽了個清楚。

高彤薇今年不過十三歲，這些年來在高安榮和淳于氏的溺愛之下長大，尤其是這四年間沒有高彤絲和她作對，高彤薇可謂是要風得風，要雨得雨。

如今高彤絲回來，高彤薇眼見著母親淳于氏在高彤絲面前做小伏低，姊姊也屢次被高彤絲出言譏諷，忍了些許日子後，她終究是忍不住了。

「啊！」被打了這麼一記耳光，高彤薇頓時驚聲尖叫。

她愣了一瞬，然後立刻張牙舞爪地朝著高彤絲撲了過去。

「妳打我！妳竟敢打我！」高彤薇一邊尖叫著，一邊手成爪狀，要去抓高彤絲的臉。

場面眼見著要失控，淳于氏慌張地讓人趕緊將兩人拉開。

高彤絲也被高彤薇這般瘋狂的舉動給激得沒了理智，也朝著高彤薇撲了過去，作勢要抓她的臉，撕她的嘴。

「家醜！家醜啊！」

淳于氏紅著眼上前去抱住高彤薇直往後退，丫鬟婆子們齊齊上前攔著高彤絲，不讓她近淳于氏母女倆的身。
高彤蕾被嚇壞了，呆愣在原地。
鄔八月也愣在原地，倒不是嚇的。
她只是清楚自己上前也幫不了什麼忙，說不定反而會使本就混亂的情況更加混亂。
因此她只是候在一邊，等眾人將她們二人拉開了，鄔八月方才上前，拉住高彤絲一邊手臂，道：「翁主，妳怎麼能和三姑娘這般廝打……三姑娘再怎麼說也比翁主小這麼多……」
高彤絲粗喘著氣，眼睛瞪得有如銅鈴。
淳于氏悲憤而怪責的聲音傳來。「翁主就算對我不滿，也不該將氣撒在薇兒身上，她還那麼小——」
「妳少在我面前裝腔作勢扮慈母！」高彤絲冷哼道。「妳寶貝女兒就沒那資格提我母親！她再提，我還打！妳能把我怎麼著?!」
淳于氏哽咽道：「翁主既要這般說，那我無話可說……郭嬤嬤，去，去請侯爺來評評理……」
郭嬤嬤立刻應了一聲，趕緊出去叫人請高安榮。
高彤絲本掙扎著要往前的動作停了下來，她站在原地，冷哼道：「淳于泠琴，妳也就只有這點本事罷了。」
淳于氏正待說什麼，高彤絲卻「啊」了一聲，道：「也不對，妳的本事遠不止這一點。」她冷笑道：「我方才知道，大哥回京的途中被自己的親兵背叛了，險些喪命。」

淳于氏眼中目光微閃，然後立刻顯露出驚愕的模樣，不可置信地道：「翁主提及此事，是為何意？難道是在暗示此事與我有關不成？」

高彤絲冷冷地看著淳于氏。「我還是那句老話，若要人不知，除非己莫為。妳做過什麼，總有一天會有報應的。看看高辰書，報應不就來了嗎？」

「妳！」

淳于氏頓時要上前，周圍的人自然攔著。

高彤絲不等高安榮前來，袖襬一甩，施施然地離開了嶺翠苑。

鄔八月對淳于氏福了個禮，追了出去。

回京路上，高辰複被親兵所叛，此事鄔八月也是知道的。此事幕後之人手段高明，連叛變的親兵都不知曉下黑手的到底是何人。

回京之後，高辰複未曾提過此事，鄔八月也幾乎忘在腦後。

今日聽到高彤絲提起，她方才又想了起來。

鄔八月覺得，淳于氏一個婦道人家，定沒有這麼大的能耐，但若真的和她有關，一定還有別人在她身後為她保駕。

難不成……是忠勇伯府？

鄔八月一邊想著，一邊追上了高彤絲，喘著氣粗聲問道：「翁主，妳、妳剛才所說的話……」

「大嫂應該也知道的吧，畢竟大嫂和大哥是一同從漠北回來的。」高彤絲站定腳步，看向鄔八月道。「我說的話，大嫂心裡應該也有兩分計較。想要我大哥的命的人，除了淳于老婦，我想不到第二人。」

鄔八月抿了抿唇。如果是淳于氏下的手，那她的目的自然很清楚。

高辰複一死，蘭陵侯府只剩高辰書一個男丁，繼承侯爺之位的，也只能是高辰書——即便他身有殘疾又如何？

可這般做也太明顯了。

鄔八月輕嘆一聲，對高彤絲道：「即便翁主懷疑，也不該這般堂而皇之地說出來。沒有證據，要是鬧到侯爺面前，翁主也只有被侯爺厭棄的分，何況今日翁主還出手打了三姑娘……」

「我還沒打高興呢。」高彤絲冷笑一聲，對鄔八月道：「天大的事，我都扛得住，還怕她一個乳臭未乾的小姑娘？哼，笑話！淳于泠琴我都不怕。」

高彤絲辭別鄔八月，大踏步走遠了。

鄔八月呼了口氣，朝霞擔憂地道：「大奶奶，要是侯爺追究……」

「也只能靜觀其變了。」鄔八月嘆道。「翁主就是脾氣太急，嘴上也不饒人……」

京畿大營裡，趙前正在給高辰複磨墨。

周武站在一邊，為難地開口道：「統領，隋家小子的娘跑了，家裡只剩他一個，也沒親戚收留……」

趙前掃了個眼風過去，周武撇了撇嘴，還是道：「屬下瞧著他怪可憐的，那小子也才五歲……」

趙前開口道：「再可憐，那也是叛徒之子。」

「話也不是這麼說……他一個小娃娃懂什麼。」周武嘟囔了一句。

趙前道：「統領調了那些人的檔案，回京之後也暗暗給了他們家人一些幫助，也算仁至義盡了。說起來，一切都是他們咎由自取。」

周武不語，只看著高辰複。

高辰複正在批公文，許久之後才停下了手中的狼毫，抬頭看向周武，問道：「隋家小子在哪兒？」

「統領！」趙前頓時出聲。

「還在他家中。」周武立刻回道。「屬下給他家鄰居交代過，讓他們幫忙照顧一二。」

高辰複默默地點了點頭，道：「明日帶他來我面前吧。」

周武激動地道：「屬下遵命！」

第二日，周武便將隋家小子帶了來。

隋家小子名為隋洛，他的爹是回京途中叛變暗殺高辰複的人之一。在隋洛出生之前，他爹便已經去了漠北，是以隋洛對他爹沒有任何記憶。

隋洛的娘知道隋洛爹已死，不肯帶著隋洛熬日子，便捲了家中值錢的東西跑了。

隋洛的爺爺奶奶也已過世，娘一走，他便成了孤苦伶仃的孤兒。

站在高辰複面前的隋洛顯然是被整理過一番的，瞧著乾淨又討巧。

不過，面對高辰複這樣的「大人物」，隋洛顯得很拘謹。

高辰複問了他幾個問題，覺得他還算聰明伶俐，想了想問他道：「將來長大了，你想做什麼？」

隋洛有些茫然地思考了片刻，小心翼翼地道：「周叔叔說，我爹是壞人，對不起統領大人……我、我將來要給我爹贖罪，我想、想在統領大人身邊伺候……」

對隋洛這麼一個小孩來說，跟在大人物身邊伺候，其實也只等同於可以有飽飯吃。他也只有這麼簡單的願望。

高辰複心裡輕輕嘆了聲，想了想道：「你去大奶奶身邊伺候吧，等你大些了，到軍營來。」

隋洛頓時眼前一亮，周武代他連連道謝。

高辰複讓周武帶了他下去，叫了趙前近前，輕聲問道：「那件事查得怎麼樣了？」

趙前點頭道：「他們應當沒有說假話，的確有被人拿了家人來威脅。因都是自己親人的貼身之物，所以他們也沒有懷疑。不過，待屬下等人查到和其家人接觸之人時，這條線索便斷了。」

「斷了？」高辰複皺眉道：「怎麼斷了？」

「與其家人都有接觸的人並不多，屬下鎖定了幾人，一一查了過去，沒有發現任何可疑的跡象。也有可能，那些東西只是被賊偷了，與這幾人都沒有關係。」

高辰複敲了敲桌子，忽而一笑，道：「倒也真是好手段。一層一層命令下去，中間一層給抽掉了，上下連不成一條線，如何能查到？」

「那……統領，接下來我們怎麼辦？」趙前問道。

高辰複笑答道：「以不變應萬變。一擊不中，幕後黑手應該會策劃第二擊。」

隋洛到蘭陵侯府當日，高安榮發了一場大脾氣，指著蘭陵侯府外，讓高彤絲「滾蛋」。

高彤薇捂著還有些紅腫的臉，一臉快意地看著高彤絲。

淳于氏只在一邊低泣，不發一言。

高彤蕾火上澆油道：「父親讓妳走，妳還不走?!」

鄔八月上前圓場道：「父親息怒，翁主她——」

「大嫂，不用替我求情。」高彤絲撣了撣衣角，對高安榮的脾氣絲毫不當一回事。「我走便走，我還不信偌大的京城竟沒有我的容身之處。」

高彤絲笑了一聲，叫上丫鬟，將她的東西都給收拾好了。

「可要封嚴實了，別今兒丟個鐲子，明兒少條鍊子的。」高彤絲翹起一邊嘴角言道：「蘭陵侯府裡可不缺賊。」

「什麼賊！妳嘴裡放什麼厥詞！」高安榮又罵道。「當初就不該讓妳回來！」

「父親覺得是什麼賊？」高彤絲笑了兩聲。「偷人的賊唄！」

高安榮即便已有了些許年紀，女兒這種不害臊的話還是讓他止不住紅了臉。

他低咳兩聲，再次怒吼道：「妳給我滾蛋！」

高彤絲施施然地甩了甩帕子，還不忘給高安榮福禮，道：「父親保重，女兒這便走了。」

「滾！」高安榮撫著胸口，被她這種漫不經心的態度刺激得疼。

高彤絲是個個性十足的女子，鄔八月也知道自己說的話壓根兒起不了作用。

但她也不能眼睜睜看著高彤絲離開蘭陵侯府。

高辰複回來問起，她一問三不知，像什麼話？

雖然高辰複曾說，府裡有他的人，發生了什麼事，他都能第一時間知道。

但鄔八月還是盡到了做大嫂的責任，她讓朝霞帶人跟上高彤絲，讓朝霞幫助安排好高彤絲落腳的地方，並回來將高彤絲安頓的地方告知她。

對鄔八月這種小動作，高安榮也十分憤怒。

「妳還搭理她做什麼？讓她自生自滅去！」

高安榮對著鄔八月發火，淳于氏擁著高彤薇仍舊在低泣，活像是受了天大的委屈似的。

鄔八月不卑不亢地道：「父親，俗話說，小杖受大杖走。翁主的確有錯，但總歸是父親的女兒，父親現在發脾氣，將翁主趕走了，要是將來後悔了，也總還能知道從哪兒將翁主接回來。」

「還接什麼接！接她回來打我嗎？」高彤薇衝著鄔八月怒聲道。

鄔八月端肅著臉，一本正經地道：「翁主打三姑娘的確不對，但翁主為何會突然動手打三姑娘，三姑娘也是知道的。若非三姑娘這般說母親，翁主又如何會發怒？」

高安榮回府之後，只知道高彤絲將高彤薇的半邊臉都打腫了，根本沒有問清原因便將高彤絲攆了出去。

如今聽了鄔八月語焉不詳的描述，高安榮頓時看向淳于氏，問道：「薇兒說妳什麼了？」

淳于氏面色頓時尷尬。

此「母親」非彼「母親」，高安榮弄了個大笑話。
高安榮也立刻反應了過來，咳了咳望向鄔八月，道：「薇兒說什麼了？」
鄔八月卻是搖頭，道：「父親若想知道，問夫人和三姑娘吧。」
她福了個禮，道：「父親，兒媳那邊還有事，先告退了。」
將煩惱拋給了淳于氏，鄔八月帶著暮靄回了一水居。
一水居中，隋洛呆呆地站在花廳中間，微微低頭，手緊張地捏著衣裳。
鄔八月看向送隋洛前來的周武，點頭示意道：「周侍衛請坐。暮靄，上茶。」
暮靄脆生生應了一句，周武望了望鄔八月周圍，搔頭不好意思地問道：「大奶奶，朝霞怎麼……沒在啊？」
鄔八月笑了一聲。周武的心思她其實已經看出來了，他心悅朝霞呢。
「朝霞做事去了，暫時不在這兒。」鄔八月看向矮矮瘦瘦的隋洛，不由問道：「這是……」
「這是隋家小子。」周武趕緊推了隋洛一把，道：「統領讓大奶奶先照顧一、兩日。」
鄔八月有些驚訝，但什麼都沒說，只對周武道：「辛苦周侍衛了。」
周武忙擺手，起身道：「大奶奶，人已送到，屬下先告辭了。」
鄔八月點點頭，讓人送了周武出去。
暮靄端茶上來，周武已經沒了人影。
她將茶擱下，嘻嘻笑道：「朝霞姊不在，周侍衛連茶都不喝了。要是朝霞姊上的茶，周侍衛鐵定連茶渣子都嚼得一片不剩。」

鄔八月笑了聲，招手讓隋洛近前來，讓暮靄端一碟小點心給他。

鄔八月柔聲問道：「你叫隋洛？今年幾歲了？」

隋洛乖乖地道：「回大奶奶的話，我叫隋洛，今年五歲。」

「嗯，是個伶俐的孩子。」

鄔八月輕輕拍了拍他的肩膀，讓他喝茶吃點心，讓暮靄尋個小廂房給他住。暮靄好奇地盯著隋洛看了半晌，這才讓丫鬟給他找間屋子。

等隋洛不在了，暮靄方才湊近鄔八月，道：「大奶奶，奴婢方才仔細瞧過了，隋洛那孩子跟爺長得一點都不像。」

鄔八月頓時好笑道：「妳還看這個？」

暮靄點頭，理所當然地道：「自然要看了，要是爺的私生子可怎麼辦？」

「不是。」鄔八月搖了搖頭。

隋洛在吃點心的時候，鄔八月就已經從他嘴裡問出了些話。鄔八月想，如果她沒猜錯，隋洛應該就是叛變高辰複親兵之一的兒子。

高辰複會讓她照料叛徒之子，既在情理之外，卻又在意料之中。

對隋洛該是個什麼態度，鄔八月拿不定主意，打算等高辰複回來了之後再問他。

下晌時，朝霞回來了。

「大奶奶，翁主讓人將行李都搬去了公主府。」朝霞對鄔八月說道。「不過奇怪的是，翁主卻似乎並不打算在公主府中住。她穿了男裝，去了月華樓，租下了天字二號房。奴婢回來時，翁主已經在月華樓裡午睡了。」
鄔八月吃驚地抬頭，道：「翁主放著公主府不住，卻是住到了月華樓去，花錢住客棧？」
朝霞點頭。
「奇怪……」鄔八月撓了撓頭，有些不能理解高彤絲的想法。「翁主想要做什麼？」
朝霞也搖頭，道：「奴婢不知。還是翁主讓奴婢回來的，她讓奴婢轉告大奶奶，叫大奶奶不要為她擔心。」
鄔八月吐了口氣，無奈地揉了揉太陽穴，道：「這府裡的人，一個比一個不省心。」
高辰複回來的時候，已經知道府裡發生的事情。
他面上一片平靜，回來後和鄔八月閒說了幾句，讓人帶了隋洛上來，問了他幾句話，便又讓他下去。
「隋洛這孩子家裡沒了人，親戚覺得沒好處也不願意收留。」高辰複對鄔八月道：「妳費點心，給他找個能收養他的好人家。待他大一點，我再考慮他適不適合進軍營裡來當兵。」
鄔八月點了點頭。「隋洛挺懂事的，來這裡之後也安靜乖巧，是個好孩子。」
她誇了一句，高辰複面上還是淡淡的，眉間微微擰著，似乎有心事。
鄔八月輕聲道：「爺可是在為翁主的事情憂心？」
高辰複輕輕嘆了一聲，道：「說不憂心是不可能的，不過她那性子……既做出這等舉措來，想必別人也是勸不了的。」

「是我沒有攔住她……」鄔八月輕聲道。

高辰複頓時笑道：「與妳有什麼相干？她想幹的事，連我都攔不住。」

鄔八月有些好奇。「翁主為何要去客棧住著？即便是不在府裡住，也可以去公主府啊。」

「她那樣就是在給侯爺施壓。」高辰複道。「世人要是知道蘭陵侯爺的女兒被逼著離家，只能住客棧，不管出於何等原因，背後被人議論的總也有侯爺一份。」

高辰複按了按額角。「搞出這麼多事端來，也不知道是害了誰。」

鄔八月蹭到了高辰複身邊，按下他的手，幫他輕輕按壓著兩邊太陽穴。

高辰複舒服地眯起了眼睛。

兩人正享受著這樣靜謐親密的時刻，朝霞卻面色不善地從門邊繞了進來。

見到他們二人這副模樣，朝霞的臉紅了紅，低了頭站在原地。

鄔八月早看見了她，出聲問道：「朝霞，怎麼了？」

朝霞輕聲道：「莫姑娘來了，說是來傳達侯爺的話，請大奶奶、大爺去茂和堂。」

話音剛落，莫語柔就從屋外鑽了進來，笑容滿面地上前給高辰複和鄔八月見禮，一口一個高大哥、鄔姊姊地叫著，自然熟稔得好像他們是多年好友一般。

鄔八月不待見她，聽她仍舊這般臉皮厚地喊鄔姊姊，心裡更覺得膈應，索性也不搭理她。

高辰複本就是個冷性子，也不搭理，倒顯得莫語柔殷勤太過，像個跳梁小丑了。

高辰複站起身輕輕環過鄔八月，道：「走吧。」根本沒有與莫語柔多說一句話。

莫語柔臉上紅紅的，卻是立刻跟了上去。

今日高辰複回來得較早，但到茂和堂的時候，茂和堂已經點上了燈，亮得如同白晝。

高安榮臉色通紅地坐在主位，淳于氏在側位坐著，她三個兒女也在下方坐著等高辰複和鄔八月前來。

就連尋常不會來茂和堂主廳的侯府三位姨娘也在場。

莫氏、高氏、喬氏這三位姨娘，鄔八月在府裡也只見過一、兩次，對她們的印象僅止於老實本分。

或者也可以說，她們已經被淳于氏治得服服貼貼了。

三個姨娘都沒有孩子，尤其是莫氏和高氏，年紀稍大些，更沒了生孩子的指望。喬氏相對年輕一些，也更得高安榮的喜歡。

高辰複帶著鄔八月目不斜視地走了過去，淡淡地行了個禮，道：「侯爺這麼大晚上讓我們過來，不知道有什麼話要說？」

「你坐。」高安榮顯然還在氣頭上，即便是面對著高辰複和鄔八月也沒什麼好臉色。

高辰複依言坐下了，丫鬟給他和鄔八月上茶，莫語柔倒是自動站到了他們身後。

鄔八月回頭看了她一眼，輕聲道：「莫姑娘是客人，站著不大合適，快請坐下吧。」

莫語柔嬌笑道：「鄔姊姊不用理會我，我站在這兒也使得。」

鄔八月心裡微堵。妾和丫鬟才站主子身後，莫語柔這什麼意思，她哪會不知道？

鄔八月正要開口，高辰複淡淡地道：「莫姑娘不是丫鬟，還是挨著妳表妹坐吧。」

高辰複說話極有威懾力，莫語柔頓時咬了咬唇，心有不甘地挪步去坐。

鄔八月乘機指了高彤蕾的方向，免得莫語柔挨著他們，笑道：「莫姑娘，妳表妹在那邊。」

莫語柔眼裡極為委屈，卻也只能乖乖地坐下。

「侯爺，有什麼事，可以說了吧？」高辰複淡淡地看向高安榮，道：「如果是彤絲的事情，那就不必與我說了。她已不是小孩子，你們父女之間有何嫌隙，你們自己解決。」

高安榮一愣，立時鐵青了臉，道：「嫌隙？你也知道我們之間有嫌隙，你就這般在一邊看著？」

高辰複抬了抬眼皮，忽而一笑。「我與侯爺之間也有嫌隙，侯爺不也是這般在一邊看著？」

「你……」

不知從什麼時候起，高辰複已經不喚他「父親」了。高安榮不由洩氣。

長子長女都因為他當年喪妻不久便另娶，對他頗有微詞，高安榮是知道的。

但他認為男人這般做，並沒有什麼大不了。

高彤絲不理解，他還可以接受，但高辰複也是男人，高安榮認為，兒子應該能明白他——內宅之中沒有女人像什麼話？

「罷罷罷……」時隔多年，高安榮也已經習慣了粉飾太平。他從不會主動提及此事。

「你在府裡的時間不多，趁著今日你回來，讓你和你媳婦過來，是有兩件事要與你商量。」

高安榮頓了頓，看了淳于氏一眼，道：「肅民那孩子自小熟讀詩書，他也是個有志氣的，不想透過家族蔭蔽，想要透過科舉為官。我想著，你能不能去拜訪一下鄔老，請他指點指點肅民？」

高安榮口中的肅民，是淳于氏的姪子，已故寧嬪的弟弟。
高安榮覺得這件事很簡單，高辰複應該不至於拒絕他。
沒想到高辰複當即道：「這有結黨營私之嫌，恕我不能答應。」
高安榮頓時便愣住了，淳于氏也有些意外。
高彤蕾立刻便道：「大哥這是什麼意思？不過就是拜訪一下鄔老而已，怎麼還扯上結黨營私了！」
高辰複不為所動，只道：「我不答應。」
「複兒……」淳于氏才剛開口，高辰複便打斷道：「淳于肅民若有本事，自然能金榜題名。若他只是個草包，便是拜訪了鄔老，也無濟於事。」
高辰複之前才聽鄔八月說過，鄔國梁和姜太后的那段往事，對鄔國梁自然十分排斥，讓他去見鄔國梁，他心裡也不爽快。
高辰複一向說一不二，高安榮苦勸了幾句，高辰複直接回他道：「侯爺要想給淳于家做人情，何不親自帶人去見鄔老？我沒時間也沒精力做此人情。」
這話說得高安榮面紅耳赤。
他尷尬地沈默了片刻，方才道：「罷了罷了，這事當我沒說。」
高辰複還是那副油鹽不進的模樣，顯得十分剛毅正直。
鄔八月側頭偷瞄了他一眼，卻見高辰複右眼輕輕眨了一下，似乎是在和她調皮地打眼色。
鄔八月一愣，以為自己眼花了。閉了閉眼再看，高辰複端坐如松，哪有什麼做鬼臉的表情？

高安榮繼續道：「那這第二件事……你總得考慮考慮。」

高安榮停頓了下，道：「彤絲那丫頭，年紀也不小了。我瞧著她也沒跳出世俗，成為佛門中人，是不是該考慮考慮她的婚事……」他嘆了一聲。「之前想著她在玉觀山待了這些年，回來後讓她在家裡多待些時間為好。如今看來，還是該早些把她嫁出去才行，免得她在府裡興風作浪的，大家也都不好過。你覺得哪家兒郎比較適合彤絲？」

鄔八月張了張口，覺得這事也來得太突然了吧。

但想到之前高彤絲與高彤薇發生衝突、離府之事，又覺得高安榮提起這件事倒也順理成章。

不過，高安榮讓高彤絲嫁，高彤絲就會嫁嗎？

想到這兒，鄔八月便看向高辰複，想聽聽他會怎麼說。

高辰複面沈如水，即便高安榮提高彤絲的婚事，也沒讓他的情緒產生半點波動。

他沈默了一會兒，然後忽然笑了一聲。

「男大當婚，女大當嫁，侯爺想要把彤絲嫁出去，倒也說得過去。」高辰複頓了頓，卻道：「可也要侯爺有這個本事。」

言下之意是，高安榮能說得動高彤絲出嫁，他自然沒有意見。

高安榮鬆了口氣，他倒是怕高辰複一句話就把他這個提議也打回了。

高安榮道：「勸她的事，你這個做大哥的，當然也要擔負起一二的責任。」

高辰複淺笑道：「這事輪不著我說。」

高安榮撇了撇嘴，道：「你不管這事，你媳婦兒也該管管。長嫂如母，怎麼說你媳婦兒也該出一分力才行。」

高安榮頓時看向鄔八月，道：「老大家的，妳說是吧？」眼神中暗含了警告。

之前說去拜訪鄔國梁的事，高辰複給拒絕掉了，現在鄔八月要是再拒絕，無疑是不給高安榮面子。

高辰複正待開口，鄔八月輕輕拉了他一下，搶先說道：「父親說的也是，小姑子的婚事，我自然該出一分力。翁主那兒，我會出言相勸一二的。」

勸不勸得了，那就不能保證了。

聽鄔八月答應下來，高安榮滿意地「嗯」了一聲。

高辰複起身道：「只這兩件事，沒別的事了吧？」

「怎麼，跟我在一處多待會兒都不行？」高安榮頓時鼓了雙眼，面露不滿之色。

高辰複淡淡地道：「天色已晚，各人都該回房休息了。」

淳于氏賢良地說道：「侯爺，複兒他們新婚燕爾的，您得體諒。」

高安榮從鼻子裡哼了一聲，以示不滿，緊接著卻又笑了起來，催促道：「行行行，這兒也沒別的事了，你們回去吧！早些給我生個孫子來！」

鄔八月臉色一紅，跟著高辰複離開了茂和堂。

高安榮欣慰地摸了摸下巴，對淳于氏道：「複兒性子冷，我瞧著他倒是跟他媳婦兒感情挺好的。抱孫子的事，指日可待。」

淳于氏笑著應是，眼裡閃過一道精光。

高辰書讓人扶了他起身，道：「父親、母親，我也回去了。」

高安榮應了一聲，看著高辰書漸漸離開，又對淳于氏道：「蕾兒的婚事已經定了，著手一步步辦便行，也出不了別的岔子。倒是辰書這孩子……」他頓了頓。「還是得早些給他安排一樁婚事才行，瞧他現在過的這什麼日子……等他娶了妻，他也能知道什麼叫責任，才能振作起來。」

淳于氏低頭應了一句，心裡卻道：娶了妻就能知道什麼叫責任，那侯爺娶兩個妻，活到現在也沒明白到底什麼叫責任。

「……妳抽空和妳姨姪女說一聲。」高安榮卻是忽然又添了一句。「我瞧得出來，妳姨姪女好像對複兒有些意思。妳勸她早些打消這念頭，複兒納不納妾、納誰做妾，連我說的都不算，讓她別白費心思，免得再鬧出些什麼事來，最近府裡煩心的事也夠多了。」

淳于氏深吸了口氣，忍不住回道：「語柔這孩子也挺好的……」

「有什麼好的？」高安榮皺了皺眉道。「不懂規矩。」

說著，高安榮甩了甩袖子，道：「今兒我去喬氏那兒，妳早些歇吧。」

淳于氏暗暗擰了擰帕子，道：「是，侯爺。」

第五十一章

時間一晃而過，轉眼間，高彤絲已經在月華樓住了好幾日了。

鄔八月悄悄去看過她一次，高彤絲過得倒挺不錯的，面色紅潤、神態悠閒，招呼起鄔八月來也絲毫沒有勉強之意。

鄔八月嘗試著提了提讓高彤絲回蘭陵侯府的事。

高彤絲卻好笑道：「我被人趕出來，自然要趕我的人接我才能回去。平白無故，我回去做什麼？再讓人給攆出來不成？」

鄔八月沈默了片刻，輕聲道：「侯爺有意要給翁主尋一門親事……」

「喔……」高彤絲拉高了語調，輕笑了兩聲。「讓我嫁人啊？倒是個不錯的主意。」

鄔八月疑惑地看向高彤絲。她本以為高彤絲一定不會答應嫁人，沒想到她卻似乎並不排斥。她笑道：「翁主認為此事可行？」

「可行。」高彤絲懶洋洋地一笑。「招個上門女婿，妳覺得如何？」

鄔八月頓時哭笑不得。

「如果翁主是打這個主意，應該是沒什麼可能的……侯爺明確說了，是讓翁主嫁出去。」鄔八月認真道。

高彤絲恍然地點了點頭，道：「啊，對啊，他是想把我徹底趕出家門，從此以後生老病死的，都跟他挨不上邊。」

高彤絲撥弄了下指甲，道：「大概又是淳于老婦跟他提的吧。」

鄔八月心裡默嘆一聲。

只要是不利於高辰複和高彤絲的事情，高彤絲都聯想到背後是淳于氏的手筆。

「侯爺讓我勸說翁主一二，不知道翁主的意思是……」鄔八月看向高彤絲。

「翩翩俊俏少佳郎，我還能考慮一二。」高彤絲笑道。「要是什麼歪瓜裂棗的人都往我面前帶，我可忍不了。」

鄔八月停頓了片刻，輕聲問道：「翁主的意思是，如果人選合妳的意，妳答應嫁。是這個意思嗎？」

高彤絲似笑非笑地看著鄔八月。「大嫂，妳到底站哪邊？」

鄔八月頓了頓，道：「在婚姻大事上，我當然站翁主這邊。再怎麼說，我也是翁主的嫂子。」

高彤絲頓時笑道：「嗯，比我小好幾歲的嫂子。」

鄔八月無奈地看著她。

「大嫂回去只管這般和他們說，人選得好，我還能考慮考慮要不要嫁。嫁人這種事，寧缺毋濫。人不好，我當一輩子老姑娘，也不煩勞蘭陵侯府養。」

鄔八月回府之後，將高彤絲的原話轉告了高安榮和淳于氏。

高安榮氣極反笑道：「她以為她還是什麼緊俏貨？還要翩翩俊俏少佳郎？雙十年華、曾為姑子的京中笑柄，有人肯娶她已經是不錯了！她可倒好，還要挑三揀四？」

鄔八月低頭不語。

別人如何說高彤絲並不重要，可高安榮做為高彤絲的生身父親，卻這般貶低自己的女兒，鄔八月聽著有些心涼。

話已經帶到，她也不想聽高安榮的論調，回了一水居。

一水居原本的丫鬟，鄔八月都沒有用，身邊只有朝霞和暮靄兩個人，有時候也不夠使喚。之前鄔八月便存了要提幾個人上來的意思，讓朝霞幫忙看做事得力的，選幾個人來給她瞧。

朝霞動作很快，選了五個人上來，其中兩個嬤嬤，一個外院管事，還有兩個瞧著面相就很機靈的半大丫鬟。

鄔八月一一問了些問題，便讓他們先嘗試著接管一水居裡的事。

將來要是去公主府，也好將他們都帶上。

鄔八月去月華樓見高彤絲那日，淳于氏也回了趟娘家。

忠勇伯府人丁興旺，有出息的卻不多，孫輩裡，忠勇伯最看重的是孫子淳于肅民。

淳于氏與忠勇伯說了會兒話，便去見了兄長淳于泰興。

淳于泰興乃是淳于肅民和已故的寧嬪之父，與淳于氏是嫡親的兄妹。

「大哥。」淳于氏讓郭嬤嬤闔上了門，輕吐了口氣，道：「肅民見鄔老的事，行不通，高辰複那崽子沒有答應。」

淳于泰興皺了皺眉，吸了口旱煙，道：「罷了，這事也強求不得。」

「那肅民的前程……」

「肅民有本事。去見鄔老嘛，也只是想著能不能更穩妥一些。前三甲暫且不提，參選殿試是沒什麼問題的。」

淳于泰興對兒子的才華也有十足信心，吐了口煙圈道：「何況我聽說，鄔家也有親戚要春闈，是鄔二太太的親姪兒，據說也是個有本事的才子。要是帶著肅民去，和那小子撞上了，反倒有些滑稽。」

淳于氏點了個頭，長長地吐了口氣。

淳于泰興問她道：「怎麼著，在蘭陵侯府受了不少氣？」

淳于氏點點頭，有些忿忿，看向淳于泰興道：「大哥，你也真是的。上次暗殺那小子沒成功，如今他回來了，我更不好下手。就沒別的人能用了？」

「上次行動，能用的人都用了。」淳于泰興嘆了一聲，拿著旱煙桿子在桌邊磕了磕，抖出些許菸沫。他道：「上次策劃的本就是絕地一擊，所有人都用了，就想著能一擊即中，誰知道那小子命那麼大。」

淳于泰興說到這兒，倒是埋怨起淳于氏來。「當初就讓妳索性將那小子給——」他做了個抹脖子的手勢，道：「妳偏說那小子打小也聽話懂事，不像妳那繼女，他去漠北了便是回來，也肯定和侯爺不對盤，對妳構不成威脅。如今可倒好。」

淳于氏臉色也很難看。「世事難料，誰又知道書兒他……」說起高辰書，淳于氏也忍不住露出一個悲苦的表情。「我就這麼一個兒子，我也難受……」

「說起書兒摔下馬這事……」淳于泰興傾了傾身，問道：「冷琴，這真是意外？」

淳于氏點點頭。「不是意外還能是人為不成？誰會害書兒？他溫文爾雅，也從沒和人結仇。」

淳于泰興道：「妳說得也有道理。可是那麼多人，就他摔了，這也說不過去……」他吸了口菸，道：「現在說這些也沒什麼意思。書兒的腿摔斷了是事實，也接不好……現在妳得想，怎麼給書兒說門對他有利的婚事。」

淳于泰興道：「蕾兒呢，妳給弄到軒王府去當側妃了，弄不好今後軒王能登基呢！蕾兒好歹也是個皇妃，要是她爭氣些，能生個好兒子，那就更好了。薇兒還小，咱不著急。就剩書兒，高不成低不就，妳可得好好給他想條路。」

淳于氏靜默地點點頭，卻是輕聲道：「書兒如今……同我疏遠了。」

「喔？」淳于泰興倒是有些意外。「為什麼？」

淳于氏輕輕搖頭，道：「我也不知道……自從他摔斷腿，就一直鬱鬱不樂，對誰都沒個笑臉。我以為他對所有人都這樣，也沒太在意，後來才發現……」她頓了頓，道：「後來我才發現，獨獨對我，他眼裡有些冷。」

淳于泰興沒將這當一回事，道：「男人受了挫折，有些情緒不對也是正常的。」他對淳于氏道：「我有個主意，就是不知道妳覺得好還是不好。」

「什麼主意？」淳于氏立刻問道。

「方才不是說書兒的婚事嗎？」淳于泰興道。「有個人，妳應該沒想到過。如果是她，和書兒倒是也能配得上。」

「誰？」

「陽秋長公主。」淳于泰興道：「雖然貌醜無鹽，居於深宮從不示人，但好歹也是被皇上皇后當作女兒一般養大的。身分和書兒足夠配了，就是她本人……不大知道是個什麼情況。」

淳于氏陷入了沈思。

單從身分地位這方條件來說，高辰書若是娶了陽秋長公主，那無疑是高攀了；但從陽秋長公主本身的條件來說，能嫁給高辰書，也算是一個不錯的歸宿。

「……這輩分，也太亂了吧。」淳于氏有些猶豫。「這條路恐怕行不通。何況那陽秋長公主據說貌醜無鹽，書兒怎麼能娶一個醜八怪？」

陽秋長公主是太宗皇帝的遺腹子，當今皇上的妹子，靜和長公主的小妹，高辰複的小姨母，蘭陵侯爺高安榮是她姊夫，要是這門婚事能定，對蘭陵侯爺來說，豈不是兒子娶了小姨子？

雖然高辰書和陽秋長公主沒有血緣關係，但輩分擱在那兒，少不得讓人笑話。

淳于泰興噗哧一笑。「在意這個做什麼？漢朝時，呂太后還讓孝惠帝娶了他外甥女呢。妳要是怕書兒不喜，那不還有妾嗎？給他多安排幾個美人兒，對正妻保有足夠的尊重就行了。」

淳于氏還是有些猶豫。「這事也不是我們說行就能成的，皇上皇后那邊不答應，我們也不過是瞎想罷了。大哥容我回去再仔細想想。」

淳于泰興點了點頭，提醒淳于氏道：「這會兒，妳暫時不要和高辰複那崽子撕破臉，侯爺不是還沒提世子之位的事嗎？高辰複回京之後那些動作，隱約好像是不耐煩待在蘭陵侯府的，我聽說靜和長公主的公主府已經在修葺整理了，說不定他會去公主府。」

「去公主府又如何？侯爺要讓他承爵，也不拘住在侯府還是公主府。」淳于氏語氣有些酸溜溜的。「出身高貴就是不一樣，死了還能有處風水極佳的好宅子。」

「妳嫉妒這個有什麼意思？」淳于泰興磕了磕煙桿，道：「人哪，得往前看。從前的事，該忘的就趁早給忘了好。」

淳于氏撇了撇嘴，淳于泰興繼續說道：「高辰複那新婚妻子，妳也嘗試著和她打好關係，別跟她起什麼嫌隙。她年紀小，應該容易掌控。高辰複那崽子身邊有這麼一個人，妳也能隨時得到些消息。」

淳于氏不大樂意地應了一聲。

「妳還別不樂意。」淳于泰興輕聲道。「咱們現在暫時不能起什麼歪心思，不然善後的事做得不圓滿，指不定自亂陣腳，讓人拿住把柄。平樂翁主不是一直在等著抓妳的小辮子嗎？按兵不動，才是上上之策。」

「知道了。」淳于氏不耐煩地應了一聲，站起身道：「大哥也要用點心，多培養些得用的人，要是咱們人手充足，也不至於現在處於被動的局面。」

淳于泰興略帶不滿地回道：「要我說，是妳自己別婦人之仁才對。當初要是聽我的，不留後患，如今也不會多出這些事來。」

淳于泰興擺了擺手，道：「妳沒事也別回來得太頻繁，免得侯爺起疑心。」

「他能起什麼疑心？」淳于氏哼了哼，道：「從他那兒看了高辰複要帶回來的親兵名單，他也只以為我是關心那崽子，根本沒多想。」

「妳自己注意些就行。」淳于泰興也知道高安榮在這些事情上比較糊塗，所以也不過是提醒而已。

時間朝前推進，倒也相安無事。

轉眼就進入了六月，太陽像個巨大的火球般懸掛在空中。

人人搖扇，宣德帝已令臣工籌劃前往清風園避暑之事了。

同時，五皇子的滿月宴也開始由禮部準備了起來。

高辰複和鄔八月作為「近親」，一個是五皇子的表兄，一個是五皇子的堂姨，少不得要前往宮中道賀。

前一天時，高辰複問鄔八月，進宮是否會使她緊張。

高辰複道：「要是不想入宮，稱病不去就行了。」

鄔八月搖了搖頭，淺笑道：「總不能躲一輩子。」

「是不是想去看看五皇子？」高辰複望向她。「我倒是覺得，妳對五皇子挺上心的。」

自從上次入宮見過五皇子之後，鄔八月就沒放下過那瘦瘦小小的嬰兒。

出身尊貴又怎麼樣，爹不親娘不愛的，瞧著真可憐。

當然，以鄔八月的立場，她也不能做什麼，但在這孩子滿月宴上去瞧瞧他，倒也不錯。

鄔八月打定主意要去，還有一個目的。

她想就近觀察一下宣德帝，看看自己的猜想是不是真的。

她越發覺得，這一切，恐怕宣德帝早就知道。他一直冷靜地藏著，像看戲一樣看著鄔國梁和姜太后屢次三番在他的眼皮子底下偷情。

帝心難測，如果宣德帝真的一早就知道，恐怕鄔家是逃不過這一劫。

雖然這樣想，但鄔八月還是希望，宣德帝是不知道這件事的。

她的想法，高辰複多少能看出一二。

從那日鄔八月向他坦誠之後，高辰複也私下思考過很多次。

皇上到底知不知道鄔老和姜太后之事？若是知道，鄔家滿門都有危險，皇上又為何要讓他娶鄔家之女？

這種話，他當然不能問宣德帝，連試探都不行，只能自己揣測。

姜太后當年能夠在後宮中穩坐寵妃之位，宣德帝能登基為帝，鄔老功不可沒。

宣德帝雖然受了鄔老的恩惠，但如今羽翼豐滿，鄔老這種德高望重的老臣，即便致仕也仍舊把控朝堂言論，自然為宣德帝所不容。

高辰複一直以為，這是宣德帝要將鄔老及其勢力剷除的重要原因。

而剷除鄔老背後的文官勢力，自然也就削弱了姜太后在後宮的勢力。

宣德帝給姜太后修了慈寧花園，但在慈寧花園中養老的，卻不是慈寧宮中的姜太后，而是慈安宮中的諸位太妃。

即便已經是太后，姜太后仍舊活躍在大夏的朝堂之上。

「後宮不得干政」這種話，姜太后也愛掛在嘴邊，但實際上，卻沒將這話當一回事。

後宮之主本該為蕭皇后，但因為有姜太后在，蕭皇后也不得不退居人後，避其鋒芒。

對宣德帝來說，當然也不希望姜太后把攬後宮。

這些年來，宣德帝並沒有出手對付過鄔老和姜太后。若說他早就知道兩人不同尋常的關係，做為帝王，宣德帝怎麼能忍這麼久？

這是高辰複唯一想不通的地方。

他是京畿衛統領，尋常時候也不能進宮，明日這種機會倒是難得，他也打算多和宣德帝說上幾句話。

姜太后和鄔老不能提，賀修齊尋他幫忙、有關陽秋長公主的事，他少不得要問上一、兩句。

對賀修齊，高辰複警惕又欣賞，想著他到底是鄔八月的表兄，高辰複還是覺得，能幫的地方，幫上一把也沒什麼。不過，還是得和他保持一些距離。

各人都有各人的心思，六月初二這日，高辰複和鄔八月啟程前往皇宮。

五皇子的滿月宴交給了禮部承辦，並沒有太熱鬧，也不會寒酸。

該來的人都來了。鐘粹宮中，鄔八月見到了伯祖母鄭氏和大伯母金氏。

她依著規矩上前給這二人行了禮。

鄭氏對她還是愛理不理，金氏倒還勉強地笑了笑。

在這樣喜慶的日子裡，婆媳兩人的臉色並不是很好看。

鐘粹宮中還有其他宮妃在，麗容華也是其中之一。

鄔八月對她沒有什麼好印象，淡淡福了個禮，連招呼都不願意打。

麗容華卻是不知道吃錯了什麼藥，倒是言笑晏晏地上前來和鄔八月攀談。

「高夫人，多日不見，近來可好？」

麗容華拉了鄔八月的手，一副和藹的態度。

鄔八月有些錯愕，愣了半晌，方才掛起面具一般的笑臉回道：「我一切皆好，麗娘娘可好？」

麗容華頓時掩唇笑了笑，道：「都好。」

一邊說著，卻是拉著鄔八月就座。

鄔八月沒有和她交談的打算，本想著寒暄兩句、講幾句場面話，就去內寢房瞧五皇子。麗容華對她這般態度殷勤，倒是讓她有些適應不能。

「麗娘娘這是何意？」

鄔八月任由她拉了自己坐下，偏頭看向麗容華，嘴角微微勾起，似笑非笑。

麗容華曾經誣陷坐實了鄔八月勾引軒王爺的罪名，這是她們兩人都心知肚明的事情。

鄔八月的笑，是在嘲諷麗容華的假惺惺。

可宮裡的女人，誰沒幾張面具？麗容華連臉上的表情都沒變，仍舊一副熱切的模樣，笑道：「高夫人，說句托大的話，往後我也是妳的長輩，借這個機會，咱們好好說會兒話可好？」

鄔八月愣了一下，恍然一笑。「麗娘娘是指，蕾兒與軒王爺的婚事吧？」

高彤蕾年底會進軒王府為側妃，淳于氏和麗容華自然就成了「親家」，鄔八月好歹也是淳于氏名義上的兒媳婦，麗容華說她乃是鄔八月的長輩，倒也不為過。

鄔八月頓時「噗哧」了一聲，卻是搖了搖頭，笑道：「麗娘娘難道以為，去年在慈寧宮中發生的事情，我就那麼健忘嗎？」

這等同於將話挑明了說。

但麗容華不愧是在宮中多年，沒有宣德帝寵愛，卻仍舊在後宮占有一席之地的女人，臉上未見變色。

她甚至還露出抱歉的一笑，道：「原來高夫人還在記恨那件事……唉，是我糊塗，愛兒心切，誤會了高夫人。」

麗容華說著，雙手拉住了鄔八月，誠懇地道：「那個喚菁月的宮女，我已經稟明了太后，將她杖斃了。若非她冤枉高夫人，也不會讓高夫人受此冤屈……我這兒給高夫人賠個不是……」

鄔八月心裡陡然泛起一陣噁心。

一條活生生的人命，說沒就沒了？事情還沒查個水落石出，連她的清白都還沒證明，就這般杖斃？這不是殺人滅口是什麼……

鄔八月也知道自己的臉色肯定很難看。

麗容華就當沒看到似的，同鄔八月說她的愧疚，表達她想要與鄔八月「重修舊好」的強烈願望。

但她們從沒「交好」過，又如何重修「舊好」？

就在鄔八月咬著下唇，思索著怎麼打斷麗容華時，忽然聽見有人喚自己。

她一抬頭，頓時鬆了口氣。

鄔陵桃衣著華貴，正朝著她們施施然走了過來。

麗容華臉上微微僵了下，很快收斂了情緒，站起身對鄔陵桃福禮。

論品級，鄔陵桃這個王妃還在麗容華之上。

「起吧。」鄔陵桃也慣愛擺譜，她抬手揮了揮，神情倨傲。「在這兒做什麼呢？和八月敘舊嗎？」

「敘舊」兩個字，鄔陵桃咬得極重。

麗容華頓了頓，方才笑道：「正巧碰到了高夫人，便與高夫人說了兩句。」

「喔……」鄔陵桃拉長了音調，忽然問道：「那這『兩句』可說完了？」

鄔陵桃絲毫沒給麗容華留情面。

麗容華僵笑了兩下，尋了個藉口走了。

鄔陵桃冷哼了一聲，看向鄔八月道：「妳就不能強硬些，讓她滾蛋？」

「這好歹是宮裡，私下裡和她有些不對盤也就算了，明面上要是鬧僵了，也不好看，何況今日還是五皇子的滿月宴。」鄔八月嘆了一聲，笑問鄔陵桃道：「三姊姊怎麼來了？我還以為妳不會來賀五皇子的滿月禮的。」

「誰說我是來賀滿月禮的？」鄔陵桃嗤笑道：「我是來看鄔陵桐的笑話的。」

鄔八月頓時愣了愣。「今日這樣的場合，還是……」

鄔陵桃擺了擺手，道：「我知道妳什麼意思。我也沒那麼蠢，在這兒嘲笑皇子，我可不是瘋了？」

鄔陵桃坐了下來，對鄔八月道：「那孩子也是怪可憐的，攤上這麼一個親娘。」

「大姊姊怎麼了？」

「呵，怎麼了？」鄔陵桃嗤笑一聲。「她認定五皇子是個癡兒，覺得正因為五皇子是個傻子，皇上嫌棄，連帶著都不寵愛她了，她就沒個當母親的樣，連這次五皇子滿月禮，她也不聞不問，只關心皇上會不會來，她能不能復寵。」

鄔陵桐的心思，鄔八月並不關心。她更擔心五皇子。

「聽說皇后娘娘見她對五皇子不上心，想要把五皇子抱給愨妃娘娘養。當然，這也不過只是個傳言，也不知道真假。」鄔陵桃道。

愨妃娘娘也是宮裡的老人了，在宣德帝潛邸的時候，就跟在宣德帝身邊，出身寒微，但為人溫和。她勤儉慣了，平日裡也甚少在宮中露面，膝下有個公主，沒有皇子。

鄔八月有些難過。「大姊姊對五皇子真的不聞不問嗎？」

即使是謝恩那日，鄔八月親眼見過鄔陵桐對五皇子的不上心，但她還是有些不想相信。

「是啊，她憤怒著呢，恨五皇子還來不及。」

「恨五皇子？」鄔八月愕然。「為什麼？」

「八月，妳是傻還是怎麼？」鄔陵桃無奈地伸手點了下她的額頭。「她因為生五皇子傷了身子，以後再有孕的可能極低。五皇子斷了她之後的路，她怎麼能不恨五皇子？」

「可是……」鄔八月抿了抿唇。

她只以為鄔陵桐是因為五皇子是個傻子，沒有繼位的可能，方才對兒子冷淡，沒想到，鄔陵桐對五皇子的感情竟然如此複雜。

母親恨著還是嬰兒的兒子，這怎麼說得過去？

「別多想了，她本就是這樣的人。」鄔陵桃閒閒地總結了一句，抬了抬下巴示意鄔八月，道：「妳看，東府那兩婆媳，也是一副強顏歡笑的模樣。」

鄔八月望了過去，鄭氏和金氏正在和人說話，面上的笑容的確有兩分勉強。

鄔陵桃喝了口茶，又道：「對了，有件事一直想和妳說來著。」

鄔八月問道：「什麼事？」

「去年在宮裡誣陷妳的那個宮女，我查過了。」鄔陵桃道。「叫菁月，對吧？」

鄔八月愣了愣，點頭道：「嗯，方才麗容華同我說，她被杖斃了。」

「妳已經知道了？」鄔陵桃笑了聲，嘲諷道：「麗容華拿這件事來妳面前賣好？」

鄔八月淺笑著低頭，道：「是不是賣好我不知道，我也不在意。畢竟，這也不算什麼人情。」

「說得對。」鄔陵桃臉上一寒。「這種賤人，死有餘辜。」

這話說得有些狠，鄔八月望了鄔陵桃一眼，道：「三姊姊查菁月做什麼？」

「替妳報仇啊。」鄔陵桃理所當然地道：「她誣陷我妹子，就別想活得太長。沒想到等我打聽到的時候，她已經被杖斃了。」她頓了頓，道：「理由好像是偷東西還是什麼。」

鄔八月嘲諷一笑。「方才麗容華還跟我說，是她知曉誤會了我，稟明了太后，菁月才被杖斃的。」

「滿嘴胡言。」鄔陵桃輕哼一聲。「別聽她的，這哪有她什麼功勞。真要還妳清白，簡簡單單杖斃個奴才就行了？」

鄔八月自然也明白這個道理，便默不作聲。

「走吧，去瞧瞧五皇子。」鄔陵桃站起身，微微扭動了下脖子，笑道：「我還沒瞧過五皇子什麼樣呢，聽說小模樣還是挺討人喜歡的。」

她一邊說著，一邊就朝著內殿裡去。

鄔八月只能跟在後面，有些擔心鄔陵桃會說些刺激鄔陵桐的話來。

勤政殿裡，宣德帝召了幾名臣工奏對。

高辰複筆直地立在牆角，等著宣德帝忙完。

與宣德帝奏對的大臣中，還有軒王妃的父親許翰林。

盛夏過後便要開始秋闈，主考官雖是許翰林，但題目擬定，還是要由宣德帝過目。

這種朝政秘要之事，高辰複自然不會偷聽。待聽聞許翰林奏對時，他便悄然出了勤政殿。

候了不到半個時辰，宣德帝讓魏公公請了他進來。

「倒是有些日子沒見著複兒了。」宣德帝一見高辰複便笑了，龍行虎步地從御案中走了出來，打趣問道：「成親也有一個月了吧？身邊多了個妻，一切可還適應？」

高辰複抱拳道：「承蒙皇上掛念，臣一切皆好。」

魏公公指了兩名內監上前給宣德帝整理衣冠，宣德帝招呼高辰複，道：「走吧，隨朕去鐘粹宮。」

高辰複應了一聲，落後宣德帝半步的距離跟著。

一路行去，宣德帝問了高辰複軍營中的事情，高辰複一一回答。

「朕的御前侍衛也該換了，那些官家子弟會些武功的，你留意留意，看能不能提上來。」宣德帝說道：「武舉取士那塊，金大將統轄，朕和他說了，你也去幫著物色物色。」

高辰複應了一聲。

宣德帝笑道：「看著你們這些大好兒郎，朕心甚慰啊。」

宣德帝伸手拍了拍高辰複。「今日五皇子滿月禮，也算是家宴，你就別板著這張臉了。」

高辰複應道：「臣遵旨。」

頓了頓，高辰複乘機問道：「皇上，不知道今日，陽秋長公主會否出席？」

宣德帝手一頓，看向高辰複問道：「複兒怎麼會想起問陽秋？」

「臣離京四年，回來後也見了諸位親人。盤算了下，只剩下小皇姨沒見了。」高辰複道。

「而且，回京之後，臣聽到了關於小皇姨的一些傳聞，說小皇姨貌醜無鹽……臣記得，小皇姨並非是個醜姑娘。」

宣德帝淡淡地應了一句。「出了些意外，陽秋也不欲見外人。」

高辰複道：「算一算，小皇姨也快及笄了。」

他看了宣德帝一眼，宣德帝笑道：「說起來，陽秋的確要過十五生辰了。」
「不知道皇姨父的人選，皇上可定了？」高辰複問道。
宣德帝搖了搖頭，道：「陽秋不適合嫁人。她的模樣會嚇壞別人。」
高辰複一愣，還待再問，宣德帝卻結束了這個話題，道：「走吧，鐘粹宮那邊恐怕要等急了。」

第五十二章

宣德帝和高辰複到時，蕭皇后也到了鐘粹宮，宣德帝另外四子皆在外等候。當中最引人注意的，當數軒王爺無疑。比起三個還未長大成人的弟弟來，已封王的竇昌泓顯得成熟而穩重。

內殿之中，鄔陵桐半坐在床上，奶嬤嬤抱著五皇子立在一旁。

鄔陵桃姿態慵懶地斜斜坐著，把玩著手上的護甲，似笑非笑地看著鄔陵桐。

軒王妃許靜珊坐在床沿邊，顯得有些尷尬。

其餘品級在鄔陵桐之下的宮妃站在一角，靜觀內寢殿裡的動靜。

內寢殿裡鴉雀無聲，除了五皇子偶爾的啼哭聲，再無別的聲音傳來。

這氣氛，著實凝滯。

鄔八月微微垂著頭，心裡只剩下無奈的嘆息。

她本以為鄔陵桃進內寢殿來總會說些話，沒想到鄔陵桃卻是一聲未吭，進來就尋了個視線好的地方坐下，一直望著鄔陵桐。

這樣的注視太過赤裸，殿裡原本的嘈雜聲也漸漸消失了。

鄔陵桐怕是過不了多久就會出聲。

果然，鄔陵桐冷冷地開口道：「我臉上是繡了花還是什麼，值得三妹妹這般看我。」

鄔陵桃一個挑眉。「喲，娘娘叫臣妾三妹妹呢。」鄔陵桃掩嘴笑道：「臣妾還以為，娘娘總要喚臣妾一聲嫂嫂才是。」

鄔陵桐心裡憋著氣，但這樣的日子，她不欲與鄔陵桃爭執。

算著時辰，皇上也要來了，鄔陵桐還想趁著這個機會拉攏皇上的心。

鄔陵桃橫在這兒，讓鄔陵桐十分不痛快。

「皇上駕到！」

正當這時，內監在外朗聲通傳。

鄔陵桐頓時眼前一亮，急忙撐坐起來了些，整理微微有些凌亂的鬢髮。

鄔陵桃嗤笑，仍舊是懶洋洋地站起，等著皇上進殿後行禮。

然而緊接著「皇上駕到」，一句「皇后娘娘駕到」，頓時讓鄔陵桐的動作僵了一瞬。

鄔陵桃眉梢一挑，眼裡全是看好戲的快意。

宣德帝帶著皇子走了進來，蕭皇后伴在身邊。以鄔陵桃、許靜珊為首，眾人趕緊下拜行禮。

「起吧。」宣德帝笑咪咪地叫了起，又問道：「朕的五皇兒呢？」

奶嬤嬤當即便上前將五皇子展示給他看，道：「皇上，五皇子在此。」

宣德帝看了看睡在奶嬤嬤懷裡的五皇子，連手都沒伸過去摸一下，只點點頭道：「長得不錯，瞧著結實。賞。」

一個「賞」字，又讓眾人都下拜行禮。

宣德帝走到鄔陵桐床邊，在床沿旁坐了下來。鄔陵桐一臉淒婉，楚楚動人。

「皇上……」她悲痛欲絕地喊了宣德帝一聲，欲語還休。

若是以往，宣德帝已經將她攬入懷裡，柔聲寬慰了。

但是今日，鄔陵桐明顯感覺到，在她面前的宣德帝，已不是之前那個對她百般溫柔呵護的宣德帝。

「妳傷了身子，就該好好養著。」宣德帝狀似關心地說道：「朕這段時間忙著國事，也沒能來瞧妳。聽說五皇子晚上不大安靜，讓妳也跟著心緒不寧，朕聽了心裡也不好過。」

宣德帝嘆了一聲，道：「五皇子既然鬧騰，妳也沒精力照顧他，還是讓愨妃幫妳照顧一二吧。」

鄔陵桐正待抹淚，突聞此言，頓時驚愕地抬頭，連臉上要做的泫然欲泣也顧不得了，瞠目結舌地看著宣德帝，毫無形象地問道：「皇上方才說什麼？」

蕭皇后輕聲提醒道：「鄔昭儀，妳好好養身子，讓愨妃幫妳照顧五皇子一段時間，現在，妳的身體是最要緊的。」

鄔陵桐不可置信地看看宣德帝，又看看蕭皇后，忽然道：「是皇后娘娘的意思？」

「是朕的意思。」宣德帝平靜地開口。「妳現在的狀況，不適合撫育皇子。」

宣德帝伸手拍了拍鄔陵桐腹部的被子，一邊站起身一邊道：「好好養著吧，今兒五皇子的滿月宴倒也辦得隆重。」

宣德帝轉身，朝著殿外走去，一眾宮妃全都跟了去。

蕭皇后眼裡的同情一閃而逝。她看向奶嬤嬤，喚她上前來，伸手逗弄了五皇子片刻。

蕭皇后似乎是嘆了口氣，方才道：「讓人收拾五皇子的東西，等會兒愨妃娘娘來了，好隨愨妃帶去。」

奶嬤嬤應了一聲，蕭皇后也離開了內殿。

臨走前，和鄔八月打了個照面。鄔八月微微低頭，蕭皇后輕輕頷了首。

而鄔陵桐，似乎是沒能從這打擊中緩過神來，從宣德帝起身離開，她就是一副呆滯的模樣。

鄔陵桃輕聲說了一句。「真可憐。」也不欲再繼續留在這兒，朝殿外走去。

她招呼鄔八月道：「宴席要開了，別餓著肚子。走吧。」

鄔八月跟了上去，回頭看了鄔陵桐一眼，只覺得她似乎整個人都已陷入了絕望。

「覺得她可憐？」鄔陵桃側頭看了鄔八月一眼。「妳同情她。」

鄔八月默認。

「她自己腦子不清醒，怪得了誰。」鄔陵桃哼了一聲。「自己身體不爭氣，生孩子的時候傷了身子，生出個傻子，本就已經被皇上不喜，她可倒好，非但不振作起來，反倒做出那副姿態，做給誰看？如今好了，唯一的孩子都被人奪去了，她以後可真是沒半點指望。」

宣德帝在鐘粹宮並沒有待多久，國事繁重，他也不欲在一個傻兒子身上花太多時間。

蕭皇后倒是給鄔陵桐和鄔家面子，留到了宴席最後。

鄭氏和金氏走的時候，臉色比之前還要難看。

鄔八月起初以為她們這般是由於皇上的態度，但鄔陵桃卻說：「她們倆是因為皇上隻字未提給鄔陵桐晉位分的事。」

鄔八月「啊」了一聲。

「宮妃生育皇子本就是要晉位的。她有孕的時候晉封昭儀，就已經讓前朝後宮一片譁然，生育皇子後封妃也是有可能的。今兒來的人，多半也是等著看皇上給她晉個什麼位分。」

鄔陵桃冷笑一聲。「生五皇子的時候就沒聖旨，如今五皇子滿月，皇上還是沒點表示。不用說，晉位的事，她沒希望了。」

鄔八月暗暗想起了麗容華。

麗容華出身寒酸，因為生育了大皇子，才得以晉封婉儀。在婉儀的位置上，一待就是這麼多年，直到大皇子封王，成為軒王爺，她才又母憑子貴，晉封為了容華。

照這樣來說，鄔陵桐生了五皇子，是該晉位的，但她非但沒有晉位，連撫育兒子的資格都失去了。

直到宴席將完時，接到聖意的懿妃娘娘才姍姍來遲。

鄔八月遠遠地看了她一眼，笑容清婉，雖然上了年紀，卻顯得更加知性美麗。

她和蕭皇后寒暄了幾句，瞧著也不卑不亢。

懿妃沒有去見鄔陵桐，直接將五皇子帶走，也沒有見多餘的人。

而鐘粹宮正殿內寢殿裡，一直悄無聲息。

雖是五皇子的滿月宴，卻沒有多少喜慶的氛圍。

鄔八月見宣德帝對鄔陵桐態度這般轉變，更加深了對宣德帝的懷疑。

吃了個半飽，身邊的內監前來提醒她，說高辰複在鐘粹宮外等著她，鄔八月向鄔陵桃等人告辭，匆匆走了出去。

高辰複站在宮道上，側對著她。

郞八月笑了笑，提了裙角正要追過去，視線一轉，隱在半堵宮牆後的軒王爺赫然出現在她面前。

郞八月一頓，高辰複已察覺到她，側頭衝她招了招。

郞八月定了定心神，緩緩走上前去，福禮道：「請軒王爺安。」

竇昌泓眼底一暗，溫和地道：「不必多禮。」

「爺和軒王爺說什麼呢？」郞八月莞爾一笑，道：「之前爺不是說，要去慈安宮嗎？」

高辰複的確打算去慈安宮和趙賢太妃商量靜和長公主冥誕的事，半道上卻和軒王爺在一起聊上了。

郞八月有些好奇，瞧著他們似乎聊了一會兒了，不知道他們聊什麼。

高辰複笑道：「這便過去。」他看向竇昌泓。「多謝王爺。」

「高統領莫要客氣。」竇昌泓淺淺地笑了笑，抬手道：「我就不耽擱賢伉儷了。」

高辰複頷首示意，郞八月也對竇昌泓微微笑了笑。

竇昌泓一人獨自走了，郞八月張了張口，輕聲對高辰複道：「我出來的時候，看到軒王妃還在裡面……」

高辰複眼色一暗，道：「或許軒王有急事吧。」

郞八月點了點頭，再次問道：「爺和軒王爺聊什麼了？我看你們似乎聊了挺久的。」

高辰複回答道：「我問了軒王，一些關於陽秋長公主的事。」
「陽秋長公主？」鄔八月一愣。「就是你說，表哥想要尚的那位公主？」
高辰複點頭。「小皇姨雖然是生活在宮中，但似乎都沒聽到什麼消息，只聽人說她貌醜無鹽。今日問起皇上，皇上也不欲提小皇姨。正好碰到軒王，我便問了問。」
鄔八月問道：「那軒王怎麼說？」
竇昌泓尚未大婚之前住在宮中，總不至於和陽秋長公主都打不上照面。
高辰複道：「軒王言道小皇姨很少露面，即便露面也是面紗遮臉，更甚少開口說話。」他頓了頓，道：「據軒王說，幾年前小皇姨的寢宮因宮婢失手打翻了油盞燈，未引起太多注意，以至於到半夜，內殿燒了一半。小皇姨當時正在睡夢中，並不知此事，臉被燒毀了大半，經盛老爺子連夜搶救，方才撿回一條命。」
高辰複牽了鄔八月的手，和她朝著慈安宮的方向走去。
「印象裡，小皇姨並非貌醜無鹽。」高辰複輕聲嘆息道。「小皇姨的生母岑太妃娘娘是個美人，當初就是以貌打動了先帝，才被納為妃的。小皇姨的相貌自然不差。我離開京城時小皇姨還未長大，但看樣貌，已經是個十足的美人胚子，沒想到會遭此厄運……」
鄔八月皺了皺眉，總覺得這個說辭有些不對勁。
她想了想，方才問道：「我在京中怎麼沒聽說過皇宮走水之事？再者，陽秋長公主被祝融所傷，各世家大族都會聽到點風聲吧？」
皇宮走水算是一件大事，但說到底，其實也是一件不好被平民百姓知道的「醜事」。就如同地震、旱澇等災害一般，皇家出點什麼事，平民百姓總會聯想到皇帝的「德行」，言說皇帝德行有虧。

此事不張揚給平民百姓知道倒也罷了，各世家大族也不知道這個消息，就有些耐人尋味了。

高辰複搖了搖頭，道：「小皇姨所居宮殿比較小，雖走了水，也很快就被滅掉了。小皇姨是因為被困在裡面，所以受傷。一則為了掩蓋下此事，免得被言官做文章，二則也是想要保護小皇姨。若是讓人知道她毀了容，流言蜚語定然不少。因此皇上下了令，不准人提起此事，小皇姨宮裡的人全都被杖斃了。」

鄔八月頓時一驚。「為了掩蓋這麼一個消息就杖斃了一宮的宮人？」

高辰複頷首。

鄔八月還是覺得有哪兒不對，可一時半會兒也說不上來。

「可是……既然事情被蓋下來了，又怎還會傳出陽秋長公主貌醜無鹽的消息來呢？」

高辰複道：「這消息大概是皇上讓人放出來的吧，軒王爺也是這般猜測的。小皇姨的樣子，嫁人是很難的了，拿她貌醜無鹽來擋住求親之人，也說得過去。」

鄔八月想說，尚公主看的是公主的地位，哪裡是公主的才貌……但見高辰複微微皺眉的表情，她還是將這話吞了下去。

「既然這樣，那皇上應該是不會讓陽秋長公主嫁人了。」

鄔八月輕嘆一聲，心裡有些矛盾。既為陽秋長公主這麼一個如花年紀的女孩子可惜，又暗暗為舅父舅母感到慶幸。

尚公主的願望若落空了，賀修齊總能全副心思應對春闈了吧？

兩人行到慈安宮，接到內監傳信的趙賢太妃已經等候著了。

見到夫妻二人，趙賢太妃十分高興，拉著他們入座，喚人上茶水點心。

楚貴太妃也在，笑著道：「趙姊姊聽說你們要來，那個激動啊。」

趙賢太妃笑罵了她一句，問高辰複道：「鐘粹宮那邊的宴席散了？」

高辰複低低應了。

「唉，那鄒昭儀也是可憐。」趙賢太妃嘆了一聲，看向鄒八月道：「她身體還好吧？精神怎麼樣？」

鄒八月沈吟了下，方才回道：「有宮人伺候著，身體還好。精神上——」

「肯定不怎麼好了。」楚貴太妃道。「傷了身子，五皇子又是那樣的，能高興才怪。」

趙賢太妃瞪了她一眼，楚貴太妃立刻意識到自己說錯了話，忙對鄒八月抱歉道：「我沒別的意思，複兒媳婦兒，妳別見怪啊。」

鄒八月笑道：「太妃娘娘心直口快，說的也是實情。」

楚貴太妃見鄒八月面上沒有勉強之意，方才鬆了口氣，道：「雖然五皇子有所缺憾，但總歸是皇子。皇上只有五個兒子，鄒昭儀有五皇子傍身，今後也好歹有個保障。」

鄒八月笑了笑，沒說五皇子已經被愨妃娘娘抱走的事情。

說了鄒昭儀，高辰複便提起了來慈安宮的正事。

「……靜和的冥壽，你們小夫妻倆看著辦就行。」雖然靜和長公主已逝去多年，但提起唯一的愛女，趙賢太妃仍舊有些傷心，精神便也散了下來。
高辰複沈默了片刻，輕聲道：「外祖母，我打算等母親冥壽之後，便去公主府居住。」
「去公主府住？」趙賢太妃先是一愣，然後緊跟著皺了眉頭。
楚貴太妃也感到疑惑，出口問道：「好端端的蘭陵侯府不住，去公主府住做什麼？」
「和你父親又鬧彆扭了？」趙賢太妃嘆了一聲。
高辰複搖頭，道：「這想法是一直都有的，與侯爺沒多少關係。」
頓了頓，高辰複道：「彤絲已經出府多日了，瞧她的模樣，似乎也沒打算回府。把公主府安頓好，她總不能不回公主府住。也不能讓她一直住客棧。」
趙賢太妃愣住。「你說彤絲住客棧去了？這怎麼回事？」
高辰複不語，趙賢太妃便看向鄔八月，鄔八月只能硬著頭皮將那日的事情說了一遍。
趙賢太妃嘆道：「彤絲嘴上不饒人，她那小妹子也不遑多讓。打個嘴仗而已，鬧出這般動靜……」趙賢太妃搖頭，問高辰複道：「你父親怎麼說？就沒打算去接彤絲回府？」
高辰複道：「侯爺打算給彤絲訂門親事。」
趙賢太妃又是一愣。
外孫女的終身大事，趙賢太妃也一直掛念著，但奈何高彤絲在宣德帝那兒上了黑名單，她也被勒令終身不得再入皇宮，趙賢太妃想要見一見她都不行。
上次，高辰複和鄔八月大婚後進宮謝恩，趙賢太妃還提過此事。
趙賢太妃一直想的是要讓高彤絲獲得宣德帝的諒解，卻是沒有想過高安榮會對高彤絲的婚事上心。
「你父親可有人選了？」趙賢太妃立刻關心地問道。
高辰複搖頭。
趙賢太妃頓時道：「那我也幫忙參詳參詳，看能不能找出一、兩個我覺得好的兒郎來。」
陪著趙賢太妃和楚貴太妃聊了半下午，瞧著時辰差不多了，高辰複和鄔八月起身給兩位老太妃告辭。
將要離去的時候，高辰複卻忽然開口問道：「外祖母、貴太妃娘娘，這幾年，妳們可有見到過小皇姨？她如今怎麼樣了？」
趙賢太妃和楚貴太妃互視了一眼，楚貴太妃道：「你是說陽秋啊？」
高辰複點了點頭。
楚貴太妃便嘆了一聲，道：「那孩子也挺可憐。」
楚貴太妃所講的，與軒王爺所說的沒有太多出入。
「這幾年，那孩子就待在寢宮裡，宮裡慶典一類，她也從不出來。便是她容貌未毀，單就那孤僻的性子來說，恐怕今後成親也難。」
高辰複心裡暗嘆。若非賀修齊提到尚主之事，他幾乎將陽秋長公主忘在腦後了，如今聽到陽秋長公主的遭遇，心裡有些難過。
「小皇姨還住在雲秋宮嗎？」高辰複沈吟道：「今日是來不及了，待下次什麼時候進宮，我去探望探望她。」

楚貴太妃道：「陽秋這會兒已經不住在雲秋宮了，雲秋宮被燒了一半，陽秋被救出來後，皇上就下令給封了。如今雲秋宮也閒置著，沒人住。陽秋自從遭了那種事之後，就懼怕見人，皇上把她遷到了御花園北端的解憂齋。」

高辰複輕輕嘆了一聲，和郞八月告了罪正打算走。

趙賢太妃卻忽然開口道：「說起來……陽秋出事，正好是複兒你去漠北之後沒幾天。」

高辰複一頓，陡然看向趙賢太妃，有些驚愕。

趙賢太妃想了想，問楚貴太妃道：「我應當是沒記錯吧？」

楚貴太妃也仔細地回憶了一下，道：「對，沒錯。平樂翁主的事出了之後，趙姊姊妳生了一場病，接到複兒去漠北的消息時，妳差點沒暈過去。那幾天妳精神很不好，我都在妳身邊陪著，陽秋的事就是那個時候發生的。不過當時我顧著妳，沒太留意。」楚貴太妃點頭。「是那個時候沒錯。」

高辰複一方面對趙賢太妃覺得愧疚，另一方面又多了一層深思。

皇宮內院幾十年都沒走水，偏偏彤絲的事情出了之後，皇宮就走了水。

走水可以說是意外，但能將公主燒成毀容，還能讓皇上下令將一宮的人都杖斃，總有些違和。

而且，怎麼時間偏偏那麼近？未免也太湊巧了些吧？

高辰複心裡有了些計較。

不過今日的確太晚了，再不出宮，宮門怕是要下鑰了。

高辰複和鄔八月匆匆出了皇宮。

陽秋長公主的消息，高辰複會分析，鄔八月自然也會。

她的心思集中在宣德帝下令杖斃雲秋宮中所有宮人這一點。

皇上杖斃宮人，表面上的理由是要封鎖皇宮走水導致陽秋長公主被燒毀面容的事。

那麼此事便牽涉到兩個重點，一是走水，二是陽秋長公主被毀容。

如果是為了掩飾第二點，現在也有了陽秋長公主貌醜無鹽的傳言，等同於沒有隱瞞住。

如果是為了掩飾第一點，也說不通。皇宮走水並非是大面積的，不過只有雲秋宮。雲秋宮只是一座小宮殿，這場火也並沒有將雲秋宮完全燒毀，何至於為此將整宮宮人杖斃？

——杖斃的宮人裡，肯定有陽秋長公主的心腹，比如奶嬤嬤，比如貼身宮女，比如隨侍左右的內監內侍。陽秋長公主用慣了的伺候的人，都被杖斃了。

鄔八月覺得，如果她是陽秋長公主，在莫名其妙受了這麼大的傷害之後，還要失去無辜的、平日裡與自己最親近的人，恐怕心裡對宣德帝會產生怨恨之感。

那麼，宣德帝又為什麼非要杖斃一宮宮人呢？

「爺。」回府的馬車上，鄔八月輕聲開口道。「陽秋長公主……或許知道點什麼。」

高辰複默然。

鄔八月道：「爺，什麼時候我們去看看陽秋長公主吧？」

高辰複抬頭看向她，輕聲道：「據說小皇姨不喜見人，恐怕我們去了，也見不到她的面。」

「總要試一試……」鄔八月握了握拳。

高辰複回了京畿大營，又留下鄔八月一個人在蘭陵侯府裡。

如今侯府裡沒有高彤絲，的確是安靜了許多，但鄔八月卻更有兩分忐忑。

因為淳于氏明顯地和她接近，與她套近乎。

過門一個月，大概是因為高彤絲在旁，淳于氏對她一向保持距離。

如今高彤絲不在，淳于氏對她頻頻示好，鄔八月連個幫忙抵擋的人都沒有。

而另一邊，高彤蕾卻是對鄔八月沒多少好氣，儘管淳于氏在一旁拉攏，高彤蕾和鄔八月說話也還是陰陽怪氣的。

或許，在高彤蕾的眼裡，曾經和軒王爺傳出過「緋聞」的鄔八月，就是她的情敵。

鄔八月念著自己在蘭陵侯府也待不久，和她也沒什麼恩怨，不過一些嘴上便宜，讓她占了也無所謂。

然而鄔八月不打算和她計較的態度，卻被高彤蕾認定是心虛，更是變本加厲，連淳于氏也勸不住。

鄔八月忍無可忍，對高彤蕾道：「二姑娘，即便我和軒王爺真有什麼牽絆，能站在軒王府那邊斥責我的，也只有軒王妃。二姑娘還沒過門，還是矜持些的好。」

淳于氏臉上訕訕。

鄔八月覺得淳于氏太過熱情，有些無從招架，和朝霞商量了一下，以回娘家探望段氏的名義，在高辰複從大營回來的第二日，和高辰複一起離開了蘭陵侯府。

東、西兩府如今相對平靜，段氏也難得清靜。

鄔八月回來看她，她高興至極，拉了鄔八月的手就不鬆開，吃過午飯後絮叨了好一陣，方才覺得睏倦而睡了過去。

「妳祖母的精神，一日不如一日了。」

鄔八月悄聲退了出來，等在門外的賀氏輕輕牽了鄔八月的手，有些沈悶地道：「妳出嫁之後，妳祖母好似是放下了最大的一樁心事，精神都散了，每日睡的時間也越發長……」

鄔八月怔怔地看向賀氏。「祖母之前不還好好的嗎？」

「人老了，都這樣。」賀氏輕嘆一聲。「請了太醫來瞧，太醫說妳祖母年輕時慣愛操勞，如今到了這個年歲，這樣子也是正常的。身後大事，該慢慢準備起來了。」

鄔八月抿了抿唇，鼻頭頓時一酸。

賀氏撫了撫她的背，道：「母親就是同妳說一聲，妳別露在臉上。雖說妳才出嫁，常常往娘家跑不合適，但妳有空還是多回來幾次，讓妳祖母多瞧瞧妳。她最疼妳了。」

鄔八月輕輕點頭，眼眶都暗暗紅了。

段氏比郝老太君還要矮一輩，郝老太君身體強健，到現在還精神矍鑠，而作為她兒媳婦的段氏，卻已經半截身子入了棺材……

鄔八月想起段氏安然而眠的模樣，心裡陡然升起一股恐慌。

她怕段氏就這樣在睡夢中過去了。

想著想著，鄔八月沒忍住心裡的酸澀，眼眶裡晶瑩瑩地掛起了淚。

從鄔府回來，鄔八月的情緒又跌落了谷底。

還有兩日便是靜和長公主的冥壽了，鄔八月前一日還問過高辰複公主府那邊的準備情況，信誓旦旦地說要幫忙。

如今完全沒了那個心思。

朝霞見她悶悶不樂，帶了隋洛上來，希望隋洛能哄鄔八月開心。

隋洛來蘭陵侯府也有一陣了，他住在一水居裡，也不用擔心被蘭陵侯府的奴才欺負，雖然對陌生的環境仍舊戰戰兢兢，但到現在也能適應了。

隋洛很懂事，朝霞牽了他到鄔八月面前，他便乖乖地給鄔八月請安。

鄔八月露了笑，柔聲問他這兩日都做了些什麼，有沒有誰欺負他之類的話，隋洛都一一答了，童聲稚氣的話語讓鄔八月也展露笑顏。

隋洛不會久待在蘭陵侯府。高辰複說過，讓鄔八月幫忙物色能收養隋洛的家庭，鄔八月將這件事交給了新提上來的肖嬤嬤。

一水居裡總共提了五個人上來，肖嬤嬤、趙嬤嬤和牛二德牛管事都是靜和長公主在世時在蘭陵侯府裡伺候的老人，另外還有兩個十三歲的丫鬟。

當時讓鄔八月取名時，鄔八月想起了在清風園時無辜冤死的丫鬟晴雲。她給這兩個丫鬟取名晴夏、晴冬。

肖嬤嬤做事利索，鄔八月指定了要家境相對殷實、家庭和睦的人家，肖嬤嬤給選了三個上來，讓鄔八月決定。

鄔八月還在思索。看隋洛這麼一個小小人兒，想著他父亡母奔，確實有些淒涼，若是收養的人家沒選好，對這孩子難保不是二次傷害。

鄔八月想問問隋洛喜歡什麼樣的爹娘，但這種話問小孩也不合適。

想了想，鄔八月打算將那三戶人家當成一個故事講給隋洛聽，問他覺得哪家的孩子最幸福。

這三戶人家分別姓塗、李、傅。

塗家是在城裡做豆腐的，當家的塗家夫婦只有三個女兒，沒有兒子，想收養一個兒子以後給他們養老送終。

李家是城外的佃戶，家裡人很多，卻很勤勞，所以日子過得也不差。李老爹的二兒子得病沒了，二兒媳婦帶著一個閨女，沒男人立門戶，其餘兒子不肯讓自己兒子過繼，李老爹便想讓二兒媳婦收養一個兒子，傳承二兒子的香火。

傅家是開鏢局行的，傅總鏢頭的兩個兒子弱不禁風，他覺得今後鏢局行交不到他們手上，便想領養一個兒子，跟著他學點武藝，將來好繼承鏢局行。

肖嬤嬤能將這三戶選上來，自然也是考察過他們的人品。這三家人的口風、為人都還不錯，不管選哪家，隋洛總不會吃苦受累被欺負。

同隋洛這般閒話家常地一說，隋洛當即便道，傅爹爹家最好。

鄔八月笑問道：「隋洛為什麼覺得傅爹爹家最好啊？」

隋洛立刻答道：「因為跟著傅爹爹能學功夫，我爹爹也會功夫！」

鄔八月頓了一下，和朝霞對視一眼。

隋洛還小，雖然嘴上說自己的爹爹是壞人，對不起統領大人，但在他小小的心中，還是將父親當成英雄一般看待的。

「嗯，如果隋洛也學功夫，肯定比你爹爹還厲害。」

鄔八月笑著誇獎了一句，又與隋洛笑鬧了一會兒，方才讓人將他帶了下去。

朝霞去請了肖嬤嬤來，鄔八月看向肖嬤嬤，道：「就先定傅家吧。妳再讓人盯著瞧瞧，看傅家其他人的品性如何。」

肖嬤嬤立刻便應了一聲。

送走肖嬤嬤，朝霞問道：「大奶奶，隋洛的事就這麼定了？」

「還要等爺點頭了才行。」鄔八月飲了口茶，道：「爺要是也同意了，我還要和那傅家太太打個照面。」

朝霞嘆道：「大奶奶和大爺為了隋洛，也算是仁至義盡。」

鄔八月笑了一聲，道：「他不過是個孩子。」

但孩子和孩子也有不同。

好比宮中的五皇子，即便身分尊貴，卻遠比隋洛還要身不由己。

第五十三章

翌日，高辰複請了第二日的假，回了蘭陵侯府。

鄔八月將那三家的情況說給高辰複聽，點了傅家，詢問他的意見。

高辰複想了想，道：「他們家有兒子，還要收養兒子？要是那傅鏢頭的兒子覺得隋洛是去侵占了本來屬於他們的財產，這是不是有些不妥當？」

鄔八月之前讓肖嬤嬤再去打探傅家的情況，也是因為有這個考慮。

「那爺的意思是……」

「李家人太多，人多口雜，是非也多，境況又算不上多好，養子過去沒有養父更不合適，這家不用考慮。」高辰複道。「我倒是覺得塗家更好些，家境殷實，父母健在，隋洛過去就是獨子，塗家夫婦會更上心些。」

鄔八月想了想，道：「爺，不如讓肖嬤嬤再去瞭解傅家和塗家的情況再定？」

高辰複點了個頭，道：「這件事也不用著急，到底也是關乎隋洛一輩子的事情。」

「爺說得是。」鄔八月應了一聲，又問道：「爺打算今日就回公主府還是……」

「明兒一早過去。」高辰複道。「今日還有別的事。」

鄔八月訝異道：「還有旁的事？」

高辰複頓時一笑。「妳忘了？我不是說過，母親冥壽之後，便要搬去公主府住嗎？這件事總要跟侯爺說一聲才成。」

鄔八月點頭，卻是為難道：「爺挑這個時候說，侯爺若是不答應……」

「又何必在乎他答不答應。」高辰複輕笑一聲，道：「到時候妳在旁邊悶著別吭聲就行，話都讓我來說。」

鄔八月輕輕地點頭。

高安榮也知道明日是原配的冥誕之日，雖然和靜和長公主只做了四、五年夫妻，但高安榮對靜和長公主還是有感情的，靜和長公主冥誕前後三日，他都打算一人獨居，以示對亡妻的尊重。

知道高辰複也回了府，高安榮心裡有些複雜。

十年前，亡妻整十的冥壽他也大張旗鼓地辦過，這一次他想辦，高辰複卻說要去公主府辦。他本不同意，但淳于氏勸說讓他看在高辰複離京四年的分上，順了高辰複的意思。

高安榮讓人準備了相應的東西，打算到時候讓高辰複帶去。

高辰複和鄔八月到茂和堂的時候，高安榮正讓人將東西都給抬了上來。

靜和長公主若是仍在世，明日便是她四十歲生辰。想到年紀輕輕便香消玉殞的原配，高安榮也有些傷懷。

「複兒，來啦？」高安榮對高辰複笑了笑，指著廳中兩抬東西，道：「這些明日你——」

「給母親做冥壽的東西我已經準備好了，侯爺不用操心。」

高辰複輕聲道了一句，和鄔八月坐了下來，抬頭看向高安榮，說道：「今日來，是有件事要和侯爺說。」

高安榮因高辰複拒絕自己的好意，頗不是滋味，聽見高辰複有事要說，便沒好氣道：「你那麼有主意，自己決定了就是，何必和我這個做父親的說？」語氣中頗為怨憤。

高辰複笑了一聲，道：「所以我只是和侯爺說，並非是與侯爺商量。」他靜默了片刻，說道：「母親冥壽之後，我打算搬到公主府去住。」

話音剛落，茂和堂中頓時死一般寂靜。

淳于氏壓制著心裡的激動，臉上表現出愕然的神情。

高辰複提出要去公主府住的要求，雖然淳于氏早就預料到了，但真正聽他提起時，淳于氏還是興奮異常的。

高辰複的舉動，無異於是要和蘭陵侯府分家。

高安榮臉上頓時青一陣紅一陣。

他忽然大怒，吼道：「我還沒死呢！」說時，高安榮順手抄起桌上的釉白茶盞，「啪」一聲脆響，茂和堂更是鴉雀無聲。

高安榮的態度，高辰複一早已預料到了。他不氣也不怒，絲毫沒有與高安榮就此鬧起來的意思，平平地說道：「此事也只是通知侯爺一聲。」

言下之意是，沒有問他的意見。

「我不同意！你要是敢跨出蘭陵侯府的門，以後你也別說是我高家的兒郎！」

高安榮額上青筋畢露，雙眼死盯著高辰複。

「侯爺，你消消氣、消消氣……」淳于氏上前，伸手拍撫著高安榮的後背，一臉焦急地看向高辰複道：「複兒，你怎麼能這般惹你父親傷心生氣……快把剛才的話給收回去。」

「夫人也不必勸，此事我已經打定主意。」

「好、好、好啊你！」高安榮前胸不斷起伏，狠狠咬了下唇，半晌才道：「我、我怎麼生了你這麼個兒子！」

高辰複不言語，高安榮也明白自己這個兒子的性子，四年之後回來，他更加有主意了。

「……你這般去公主府住，別人會怎麼說？」高安榮緩下氣，嘗試著和高辰複溝通。「我們、我們都各退一步……我不攔著你去公主府，你想每隔一段時間去公主府住也行。搬過去住你就別想了，我不會同意。」

高辰複再次道：「我說過了，侯爺。」他淡淡地道：「我沒有過問你的意見。」

他站起身，道：「彤絲久住在客棧也不是辦法，她不回來，侯爺也不會去接她，我這個做哥哥的總得給她一個安身之所才行。」

「那你把我這個父親置於何地！」高安榮憤怒地看著高辰複。「我知道你們兄妹倆都怪我當初在你們母親過世沒多久就另娶了，但這都多少年的事了，咱們一家現在也過得不錯……」

「我知道侯爺過得不錯，但並不代表我和彤絲也過得不錯。」高辰複淡淡地說道。「正因為尊重您是給予我生命的父親，我才親自告知了侯爺此事。我若想去公主府住，除非皇上收了宅子，否則侯爺也阻止不了我。」

「你——」高安榮覺得胸口絞痛，驀地大聲道：「你這般出去，皇上會怎麼想?!虧得我這幾日還想著上書皇上請立世子，你就是這般辜負我的苦心?!」

一邊的淳于氏頓時一愣，眼裡極快地閃過一絲怨毒的情緒。

「是嗎？」高辰複卻是輕笑了一聲，道：「世子之位，我不要，父親盡可以給辰書。」

「你——孽子！」高安榮怒道：「書兒身有殘疾，如何能承繼世子之位?!」

默然坐在輪椅上的高辰書微微抬眼看了下高安榮，復又低下了頭去。

高辰複看了高辰書一眼，道：「那與我無干。」他站起身，看向鄔八月。「走吧。」

鄔八月起身給高安榮福了個禮，高辰複輕輕拉了她的手腕，一步步地走出了茂和堂。

高安榮怒聲斥罵，可惜高辰複只當沒聽見一般。

「孽子，你給我回來！」他按著胸口，呼吸急促而沈重。

「侯爺，不要生氣，要是氣壞了身子可怎麼辦……」淳于氏完美地扮演了一個賢妻的角色。

高安榮長長地吐了口氣，揚聲吩咐道：「管家！去把大爺大奶奶追回來！」

管家應了一聲，擦了擦汗，火燒火燎地追了出去。

高辰複和鄔八月去了公主府做了一場法事後，轉向玉佛寺。真正的道場設在那邊。

路上，鄔八月忍不住問高辰複。「爺這般將世子之位拱手讓給二爺，翁主會不會不高興？」

平樂翁主一直將淳于氏和高辰書等人視為眼中釘肉中刺，恨不得殺之而後快，除了篤定是淳于氏害死靜和長公主之外，也因為她認為淳于氏和高辰書占了靜和長公主和高辰複本該享有的一切。

她一直說要將屬於他們的都給奪回來，自然也牽涉到世子之位。

高辰複側頭看向鄔八月，靜默了一會兒，在鄔八月越發覺得莫名的時候，忽然伸手將鄔八月攬到了懷裡。

「……爺？」鄔八月有些茫然地溫順靠在他懷中，仰起頭看他，不明所以地輕喚了他一聲。

「我很高興。」高辰複低聲開口道。「妳開口相問，沒有指責我將世子之位拱手讓人。」

鄔八月張了張口，輕笑道：「爺有本事，也不需要被那爵位束縛住。」

「說得對。」高辰複豪氣一笑，微微低頭，在鄔八月額上輕吻了一記。

「錦上添花易，這花要不要也無所謂。」高辰複一頓。「相比起來，辰書更需要這樣一個爵位保障他今後的人生。」

鄔八月有些憂慮。「就怕二爺認為爺是在同情他、施捨他。」

以高辰書的性子，這般懷疑也不是不可能的。

高辰複嘆道：「他如何想，我也管不著了。只能由他，今後不居在一府，也沒有多少見面的機會。」

馬車停了下來，玉佛寺到了，鄔八月搭著高辰複的手下了馬車。

剛站定，她卻愣住了。迎面走來的是滿面笑容的鄔陵桃。

「三姊姊？」鄔八月驚呼一聲。「妳怎麼在這兒？」

鄔八月話剛出口，便見到鄔陵桃身後跟著走出來了幾人。

鄔陵桃在這兒，陳王在場也不奇怪，但讓鄔八月十分介懷的是，明焉竟然也在。

他跟在陳王身邊，看裝扮，應該是個近身侍衛。

鄔八月心裡一直對那次和鄔陵桃來玉佛寺上香，碰到明焉的事情耿耿於懷。鄔陵桃的那些問話，分明是對明焉有些在意。這可不是什麼好事。

鄔陵桃粉面含春，伸手挽住鄔八月，道：「今日是靜和長公主冥壽，我同王爺提了，王爺便說左右他也無事，過來瞧瞧，給靜和長公主祝壽。」

鄔八月還有些緩不過神來，鄔陵桃繼續說道：「後來聽到消息，說你們往玉佛寺這邊過來了，我們便朝這邊趕了過來，倒是沒想到還比你們快了一步。」

看鄔陵桃的樣子是真的高興，鄔八月壓下心中的驚疑，臉上掛起笑容和她寒暄。

高辰複與陳王見了禮，也見到了陳王身邊的明焉。

「舅舅身邊換了新面孔。」高辰複意味深長地道了一句。

陳王頓時笑道：「明焉這小子是從你軍中來的，你自然認識，同我打什麼哈哈。」

陳王自娶了鄔陵桃後，倒是真的開始漸漸對做事上了心。雖然宣德帝派給他的都是些雞毛蒜皮的小事，但覺得自己還滿有能耐的陳王並不覺得羞恥，做事也積極了起來，整個人有些改變。

「屬下參見高統領。」明焉拱手給高辰複施了一禮，面無表情。

高辰複笑著看了明焉一眼，不置可否，問陳王道：「他怎麼會到舅舅身邊來？」

「王妃說和她妹子上香的時候碰到了這小子，覺得他是個人才，本王便招了他來看看他的本事。皇上之前便說要換御前侍衛，可一直沒換，本王想著，要是他真有本事，便把他舉薦給皇上。」

陳王笑了笑，說道：「鐵衛營的千戶長來本王身邊做貼身侍衛，本王還覺得慢待了他。」

高辰複一笑，也道：「皇上也讓我留意世家子弟當中可堪御前侍衛重任的。」

陳王和高辰複一邊說著，一邊往玉佛寺裡走。

高辰複回頭看了一眼鄔八月，見她也有鄔陵桃相陪，便也任她們姊妹一路。

方才陳王和高辰複的對話，鄔八月也聽了一個全。

她後背開始冒了冷汗，望著默然跟在陳王身後的明焉，只覺得膽戰心驚。

她側頭望向鄔陵桃，覺察得出鄔陵桃在盯著明焉的後背看。

「三姊姊……」鄔八月嚥下心頭浮起的懷疑和恐慌，喚了鄔陵桃一聲。

誰知鄔陵桃大概真的是在拿她當掩護，竟然聽不到她的聲音。

「三姊姊！」鄔八月不得不咬牙，湊近她耳邊再喚了她一聲。

鄔陵桃頓時望了過來，臉上還有些驚慌。

「妳做什麼呀！」她沒好氣地伸手拍了拍胸口。

鄔八月抿抿唇道：「三姊姊，我叫妳妳不應，在看什麼呢？」

鄔陵桃低頭道：「能看什麼？看路唄。」

鄔八月抓了抓她的手臂。

人多口雜，佛寺也不是談這種事的地方，鄔八月忍下心裡的不暢快，暫且沒有提此事。

因心裡藏著事情，鄔八月對靜和長公主的冥壽也沒有太過上心。

高彤絲也趕了過來，有她和高辰複在，還有僧人主持儀式，也不用鄔八月操多少心。

一切完畢之後，眾人去庵堂休息了片刻，便前往靜和長公主的陵寢祭拜。

回京時，已接近晚膳時候，陳王提議去天香樓試試民間大廚的手藝。

高彤絲說她睏倦，先回了，陳王便沒有攔她。

鄔八月心裡暗暗想，要是高彤絲知道今日高辰複推了世子之位，恐怕會睡不著吧。

陳王點了一桌子的菜，讓高辰複和鄔八月不要客氣。

大概是這一陣子順風順水，陳王心情極佳，和高辰複推杯問盞，把酒言歡了半個時辰，就醉醺醺地不說正經話了。

高辰複建議送他回府，陳王卻是執意不肯，還要拉著高辰複繼續喝，酒水灑了鄔陵桃一身，鄔陵桃和鄔八月避到了另一處廂房換衣。

揮退伺候的丫鬟，鄔陵桃自己動手換衣裳。

鄔八月在一邊低著頭沈默。

「八月。」鄔陵桃忽然開口。「妳和我說說，明焉和高統領的關係是不是不好？」

鄔陵桃的眼神有些銳利，鄔八月短暫地愣了一瞬，訕訕道：「這我不大清楚。不過，三姊姊怎麼會有此一問？」

「我只是好奇。他之前一直是跟著高統領的，怎麼也算是高統領親兵一類的人物吧？怎麼沒跟著高統領去京畿衛，卻是單獨去了鐵衛營？」

鄔八月沈默。

高辰複和明焉之間似乎真的有些問題，不過高辰複從不提，她也從來沒有問過。反而是鄔陵桃，這般問話讓鄔八月更嗅到了一絲曖昧的味道。

「三姊姊怎麼這麼關心明公子的事情？」鄔八月似有所指地看著鄔陵桃。「而且還這般『惜才』，將明公子帶到了陳王的面前。」

鄔陵桃微微一笑。「我的事情，八月妳不用管。」

「三姊姊！」鄔八月壓低聲音，有些急躁。「妳不能——」

「不能什麼？」鄔陵桃莞爾，輕輕將衣襟理好，撫了撫鬢髮，伸手拍了下鄔八月的肩膀。「妳放心，我沒那麼愚蠢。」

「妳是在玩火。」鄔八月咬了咬牙。「若要人不知，除非己莫為。妳有沒有想過要是將來有一天，陳王知道了……」

「呵。」鄔陵桃輕笑一聲，搖了搖頭，右手食指豎起按在唇上。「他那樣的草包，哪會察覺？」

「三姊姊！」

「八月，我敢讓妳知道，就篤定妳絕對不會告訴別人。」鄔陵桃輕聲道。「不過，妳也不要再勸我。我做事有分寸，不會讓人拿住把柄。」

鄔八月咬著下唇望著她。

鄔陵桃一直是個一意孤行的人，當初與蘭陵侯府的婚事，是她執意要的，鄔居正和賀氏只能應下來。後來高辰書摔下馬，斷腿殘疾，鄔陵桃又執意退婚，為此不惜使手段攀附上陳王。

現在，鄔陵桃又執意在陳王之外，與一個男子不清不楚。

鄔八月知道，她勸不了。

「三姊姊，常在河邊走，哪有不濕鞋……妳好自為之。」

鄔八月低垂了頭，只覺得疲憊不堪。

鄔陵桃看出她精神不佳。

她坐了下來，挨著鄔八月身邊，沈默了一會兒，方才開口道：「陳王府裡姬妾如雲，陳王貪新鮮寵過我一陣，總還會找他的如花美眷。八月，高統領身邊沒有別人，娶了妳之後就只有妳一個，如今的妳體會不到，夜夜獨守空房有多寂寞。」

鄔八月輕聲道：「三姊姊早就知道會是這樣的境況，也應該做好了準備。這是妳的選擇，妳說過妳不後悔。」

「是啊，是我自己的選擇，我也沒有後悔。」鄔陵桃笑了一聲。「所以我也沒有怨懟，陳王府的女人們不來找我麻煩，我也不會主動去找她們的麻煩。只是人有時候寂寞，想要找個人說心裡話，想要找個人陪。」

鄔八月沈默，輕聲問她。「為什麼是明公子？」

鄔陵桃又是一笑。「見他第一面，就喜歡。」

鄔八月鼻頭一酸。「如果三姊姊沒有嫁為人婦——」

「別做這樣的假設。」鄔陵桃打斷鄔八月道。「即便那時候我沒嫁人，我也不會捨棄大好姻緣，轉而嫁給明焉。」

鄔陵桃看向她，輕輕撫著她的頭髮，道：「人有很多選擇，而我的選擇，排在第一位的永遠都是利益。即便我喜歡他，那又如何？他一個外室之子，不能讓我揚眉吐氣，不能讓我覺得凌駕於他人之上，也不能給我的家族帶來任何利益。即便他對我百依百順，千好萬好，我也會心有不甘。」

她輕聲道：「八月，我現在這樣很好。」

鄔八月忍不住道：「那你們……進展到哪一步了？」

雖然是給陳王戴綠帽子，但這綠色是深是淺，也是有講究的。

鄔陵桃一笑，道：「沒妳想的那麼深，他膽子還沒那麼大。」

鄔八月鬆了口氣，道：「今日三姊姊帶著陳王來玉佛寺，就是為了和我說上話，問明公子的事嗎？」

鄔陵桃點頭，看向鄔八月。「那話題又回到剛才我問妳的了。明焉和高統領，為什麼會關係不佳？」

鄔八月知道明焉要叫高辰複一聲「小叔」，在漠北他們是上級和下級的關係，至於他們的關係到底如何，鄔八月也並不大清楚，便搖了搖頭。

鄔陵桃仔細地盯著鄔八月看了半晌。

鄔八月本就不大清楚，所以面上也坦蕩，任由鄔陵桃瞧。

「……罷了。」鄔陵桃輕嘆一聲，收回視線，道：「他的前途自有我為他打算，高統領那邊不管幫不幫忙，也沒什麼大礙。」

鄔八月低著頭，問道：「三姊姊想幫明公子打點前程？」

「嗯，挺有意義的，妳覺得呢？」鄔陵桃笑了一聲，站了起來，道：「咱們在這兒也待了有一會兒了，高統領怕是要著急了。走吧。」

說完她便朝前行去，鄔八月只能跟在後面。

陳王已經醉趴下了，他本就是個喜歡眠花宿柳、夜夜笙歌的人，鄔陵桃見此也不奇怪，讓人去喚了侍衛來，將陳王扶了出去。

「今兒也晚了，本是靜和長公主的冥壽，倒是累了高統領還相陪一場。」鄔陵桃淺笑道。

高辰複拱手道：「王妃言重了。」

鄔陵桃又是笑道：「還記得第一次見高統領，高統領便不叫我舅母。如今與八月成了婚，又成了我的妹夫，卻也不叫我一聲三姊。這聲『王妃』，叫得有些生疏啊。」

鄔八月笑嘆地喚她。「三姊姊！」

「哈哈，好好好，我不說。」鄔陵桃打趣道：「高統領還沒說話呢，妳倒先護上了。」

高辰複微微低頭，臉上也有些紅。

鄔陵桃笑了一番，往明焉的方向望了一眼，頗有些意味深長地道：「看到你們夫妻倆和和美美、恩恩愛愛的，我心裡也踏實。趕緊著回去吧，天色也不早了。」

鄔八月應了一聲，和高辰複一起送了陳王和鄔陵桃離開天香樓。

高辰複望著騎馬跟在王妃車駕旁的明焉，眼神暗暗，不知道在想什麼。

高辰複已與蘭陵侯爺說明，不欲在蘭陵侯府住，當晚便沒有朝蘭陵侯府趕回去，而是回了公主府。

趁著夜色，高辰複和鄔八月各自挑了燈籠，攜手到了後院。

來京後，一直將後院當作自己地盤的月亮已經長得高大，站起來可以巴住鄔八月的腰了。

月亮圍著他們興奮地繞來繞去，張嘴咬住高辰複的腿。

牠沒有下力氣，高辰複也願意逗著牠玩，鄔八月瞧著有些酸溜溜的。

「月亮以前跟我親近，現在倒是認你為主了。」

高辰複哈哈笑了兩聲，看向鄔八月道：「以後我們在公主府住，妳有的是時間和牠套近乎。」

高辰複伸手胡亂地揉著月亮的毛，笑道：「月亮還是有些狼性，不適合帶到外面去。不然的話，妳出門帶著月亮可是威風凜凜，誰都不敢近身。」

鄔八月掩唇笑了笑，彎下腰去給月亮順毛。

月亮坐了下來，仰著頭「嗷嗚」一聲，似乎很是享受鄔八月的撫摸。

「我只請了一日的假，明日我就要回京畿大營。」高辰複道。「彤絲那邊，我會讓人去跟她說，看她是否願意來這兒住。準備屋子的事情就交給妳了。」

鄔八月點點頭，直起腰道：「單姨那邊我去接。」

從高辰複回來，公主府就一直在修葺，到底是荒了幾年，留在公主府的人並不多，即便高辰複和鄔八月要回來住，偌大的府裡也只有幾個院落會住人。

高辰複回了京畿大營，鄔八月一個人在府裡也沒有太多事做。

昨日他們走之前，高辰複提前交代了親衛，讓他們帶一水居中的人去公主府，隋洛、肖嬤嬤等人都在其中。

打掃院落、歸整家具等事情自有下人去辦，肖嬤嬤是個十分利索的人，將一切都打理得井井有條，讓鄔八月省了不少心。

高辰複既然說他已經讓人同高彤絲說了，鄔八月便也不操心。

因記掛著將單氏接過來的事情，鄔八月用過午膳之後便去了鄔府。

聽說高辰複和鄔八月已搬到公主府住，單氏不由得問道：「侯爺不攔著你們嗎？」

「攔了，但是爺既然打定了主意，侯爺也攔不住。」鄔八月笑了一聲，道：「單姨，爺特地讓我來接您，我讓丫鬟給您收拾行李。」

「不用麻煩她們，我自己就可以。」單氏按了按鄔八月的手，自己去收拾行李，一邊對鄔八月道：「我這邊沒什麼事，妳回了鄔府，還是去老太太那邊多待會兒吧……前兩日老太太昏睡過去了一次。」她輕聲道。「我在這邊也聽到了些消息，好在老太太昏睡也只是一會兒。」

鄔八月頓時怔愣地看向單氏。「單姨說的……是真的？」

單氏點了點頭，嘆道：「老太太年紀大了，這也是不能避免的事。大奶奶有空就去多陪陪她吧。」

鄔八月低了低頭，輕聲應了一句，道：「單姨，那我……我去祖母那邊了。妳收拾好了，讓丫鬟來跟我說一聲。」

單氏點點頭，道：「去吧。」

鄔八月離開了單氏的屋子，越走越快，到最後，竟然開始跑了起來。

若不是朝霞拉著她，她或許會狂奔到段氏面前。

鄔八月本就想去給段氏請安的，但主院的丫鬟說段氏那會兒正睡著，她便先來單氏這邊。

沒想到前兩日段氏就曾經昏睡過一次，再想起段氏這會兒正睡著的消息，鄔八月心裡止不住狂跳，也不知道是因為聽到了這消息，還是急匆匆行了這麼一段路的緣故。

主院當中，段氏還在睡著。

陳嬤嬤從段氏還是個姑娘時，就在她身邊伺候，做為在段氏身邊待得最長、也最得段氏信任的人，陳嬤嬤對段氏的身體狀況或許比任何人都要清楚。

她攔住鄔八月，面上的笑在鄔八月眼中多少有些勉強。

「老太太正睡著呢，四姑奶奶要見老太太，還得稍等會兒才行。」

鄔八月輕輕捏著腰間的裙裾，輕聲問道：「嬤嬤，我聽說……祖母前兩日昏睡過一次？」

陳嬤嬤怔了一下，隨後輕嘆道：「四姑奶奶知道了啊……」勉強笑了笑，道：「老太太年紀大了，這也是……沒辦法的事。四姑奶奶別想太多，只要您過得好，老太太心裡就高興。」

鄔八月鼻頭微酸，眼眶一紅。

陳嬤嬤忙勸道：「四姑奶奶可別哭，要是讓老太太看到了，不是讓她著急嗎？」

「太醫怎麼說？」鄔八月吸了吸鼻問道。

「陳詞濫調罷了。」陳嬤嬤輕嘆道。「老太太的身體，她自個兒也是知道的，清醒的時候，也會叫上二太太、四太太和五太太說會兒話……」

鄔八月清楚，這意思，多半就是在交代後事。

陳嬤嬤讓人給鄔八月端了錦杌來，請她坐著等，鄔八月時不時就朝寢房方向探一探頭。

等了有半個時辰，段氏方才幽幽醒轉，鄔八月立即跟著陳嬤嬤進了寢房。

段氏笑著按了按鬢角，看到鄔八月的時候愣了一下，然後驚喜道：「是八月呀！」

「祖母。」鄔八月上前，任由段氏拉了她的手，親自捧了痰盂，等段氏漱口。

「什麼時候來的啊？」段氏喝了漱口茶，吐到了痰盂中，問了一句，又看向陳嬤嬤，埋怨道：「八月來了，妳也不喚我一聲。」

陳嬤嬤笑道：「老太太睡著呢，怎好將老太太叫醒。」

段氏哼了一聲以表不滿，鄔八月伺候著她起身，和陳嬤嬤一起給她整理衣衫。

「妳一個人來的？」段氏問道。

鄔八月笑了笑，道：「是，孫女想祖母了，就回來看祖母了。」

「真任性，蘭陵侯府那邊會有閒言了。」段氏心裡高興，但嘴上還是這般說。

她拉了鄔八月的手，慢悠悠地走出寢房，一邊道：「算算日子，妳父親這十日半個月也會到京了，到時候一家團圓，多好。」

鄔八月點點頭。

「他可有些遺憾，兩個閨女出嫁，他都沒趕上送嫁。」段氏頗為嘆息。

「祖母，只要我和三姊姊過得好，父親就高興，也不會計較那些。」

鄔八月寬慰地拍了拍段氏的手，一時之間又想起鄔陵桃的「出軌」，忽然覺得她這舉動，何嘗不是在走鄔國梁的老路？心裡頓時感慨萬千。

她沈默了片刻，問道：「祖母，祖父最近還在忙科舉之事嗎？」

段氏默然了片刻，語氣有些冷淡。「朝堂上的事，內宅婦人怎麼曉得？妳祖父整日也忙忙碌碌的，不怎麼見得著他的人。」

段氏的態度，讓鄔八月有些意外。

第五十四章

鄔國梁與姜太后的那一段情，對段氏無疑是很大的傷害，但畢竟這件事一直未曾曝光，段氏自然也不會受到影響。

在鄔八月的印象中，祖父祖母一直都是相敬如賓，唯二的兩次衝突，一是因為她去漠北之事，二便是與東府近乎決裂之事。

但最近，鄔八月也沒有聽說過鄔國梁和段氏起什麼衝突或矛盾，段氏一直以鄔國梁這個夫君為先，平日裡噓寒問暖從不落下，賢妻之名實至名歸。

怎麼突然間，祖母的態度就變了呢？

鄔八月想開口問，卻覺得她身為晚輩問長輩這樣的問題，並不妥當。

想了想，鄔八月也只能旁敲側擊地道：「是啊，的確一直都見不著祖父。」

「不提他。」段氏笑了笑，問了陳嬤嬤這會兒是什麼時辰，然後對鄔八月道：「妳待不了多久就又得走了，還是跟祖母說說，在蘭陵侯府怎麼樣了。」

鄔八月便只挑好的說，比如和高辰複之間的相處，比如房裡的嬤嬤和丫鬟之間的趣事，將段氏逗得笑個不停，陳嬤嬤在一旁看著也覺得寬慰。

鄔八月陪著段氏用過了晚膳，方才和段氏辭別。

單氏那頭也已經收拾好行李，用了晚飯，在屋裡等著她。

陳嬤嬤替段氏送了鄔八月出正院，鄔八月問道：「祖父這段時間很少在府裡待著嗎？」

陳嬤嬤道：「老太爺這段日子好像是挺忙的。」

鄔八月靜默了片刻，又問道：「那……祖母身體不大好的事，祖父知道嗎？」

「這個……老奴就不知道了。」陳嬤嬤搖頭。

鄔八月低聲嘆息。幾十年的夫妻，段氏如今身體不好，丈夫卻不在身邊關懷，再是賢良之人恐怕都會心生不滿，乃至怨懟吧？

鄔八月收回思緒，對陳嬤嬤道：「嬤嬤，祖母身邊就要煩勞妳多照看著了。」

「四姑奶奶說哪兒話，伺候老太太是老奴的本分。」陳嬤嬤忙道。「倒是四姑奶奶，有空多回來，興許……」

興許也看不了老太太幾回了。陳嬤嬤掩了掩面，強忍著道：「四姑奶奶趕緊著回去吧，天黑了，府裡也要下鑰了。」

鄔八月頷首，目送陳嬤嬤匆匆回了正院，這才去接了單氏，坐上馬車趕回公主府。

天色已晚，鄔八月安頓好單氏，公主府便也進入寂靜之中。

第三日，高辰複要回來的當日，高彤絲高調地回了公主府。

她也不等鄔八月相迎，徑直找到了她要居住的院落，讓丫鬟將東西歸整起來。

鄔八月聽到消息，立刻帶著朝霞和暮靄趕了過去。

高彤絲正吩咐人搬東西，她的屋子如何布局，全都由她來說。

「大嫂。」高彤絲見鄔八月來了，頓時展顏笑道：「沒跟大嫂提前打聲招呼，我就過來了，還希望大嫂妳不要怪罪。」
鄔八月搖了搖頭。
高彤絲湊近鄔八月，八卦地問道：「大哥大嫂出來那日，父親和淳于老婦是什麼表情？」
鄔八月無奈地道：「侯爺自然是很憤怒，侯爺夫人嘛……」
「她肯定很高興啊。」高彤絲嘲諷一笑。「山中無老虎，猴子稱大王。可惜啊，猴子就是猴子而已。即便大哥搬出來了，蘭陵侯府也不會是他們的。」
高彤絲看向鄔八月，道：「大嫂，妳可要趕緊生個兒子。」
鄔八月一愣。
「有了兒子，大哥就有後了，蘭陵侯府的爵位，自然會落到大哥頭上。」
鄔八月張了張嘴，不知道該不該由她來告訴高彤絲，高辰複已經拒絕了世子之位。
她臉上的古怪表情讓高彤絲看了個正著。
「怎麼了，大嫂？」高彤絲好奇地問道。
鄔八月笑了笑，想了想道：「還是等妳大哥回來，讓他告訴妳吧。」
高辰複回來時臉色不大好，鄔八月猜測，大概是京畿大營裡出了些事情。
公事上她也不懂，高辰複要是不主動提，她也不好主動問。
鄔八月上前告訴高辰複，單氏接回來了，高彤絲也自己回來了。
高辰複應了一聲，沈吟了片刻正要說什麼，肖嬤嬤輕聲說道：「大爺、大奶奶，平樂翁主來了。」

話音剛落，高彤絲就已從廳外走了進來，見到高辰複便是一笑，喚道：「大哥。」

高辰複點了點頭，看向鄔八月。「單姨在哪兒？」

「在她房裡。」鄔八月應了一聲，讓人去請單氏過來。

高彤絲奇怪地「咦」了一聲。「單姨？」

高辰複道：「彤雅的娘。」

高彤絲恍然大悟，臉上頓時有些不大好看。「她來這兒做什麼？」頓了頓，她道：「她跟彤雅不是兩年前就走了嗎？她怎麼會在這兒？」

高辰複道：「單姨帶著彤雅去了漠北，這次我回來，將單姨一併接了回來。」

鄔八月瞧高彤絲的態度，似乎她對單氏和單初雪也有些意見，不過並不如對淳于氏那樣。

高彤絲抱了雙臂，也沒吭聲。

單氏來得並不慢，還是那樣清清淡淡的模樣。

進來後，見到高辰複和高彤絲，她也沒太多情緒起伏，見了個禮就站在了一邊。

「單姨，坐。」

單氏到底也是長輩，鄔八月念著單初雪的情義，對單氏一向敬重。

單氏落坐後，高彤絲開口了。

「怎麼就妳一個人？」高彤絲狐疑地問道。「彤雅呢？」

單氏臉上的情緒一閃即逝，高辰複開口道：「彤雅在漠北。」

「喲，她倒是動作快，嫁人了？」高彤絲笑了一聲，以為高彤雅是嫁在了漠北。

也不知道是嘲諷還是打趣，高彤絲說道：「嫁了人把親娘都給拋一邊了？」

「單姨不是淳于氏，妳說話的態度注意一些。」

高辰複冷聲提醒了一句，高彤絲哼了一聲，坐了下來。

單氏也曾是高安榮的女人，更在淳于氏不久之後進了蘭陵侯府的門，高彤絲對淳于氏有意見，對單氏自然也不會寬容。都是搶了她爹、占了她娘地位的女人，又如何能有好感？

鄔八月吩咐肖嬤嬤傳膳，用過晚膳之後，高辰複擦了擦嘴，方輕聲說道：「我得到消息，侯爺進宮了一次。」

鄔八月給高辰複倒茶的手一頓，看向高辰複。

高彤絲頓時起身道：「他進宮去幹麼？」

「聽說是向皇上請奏，收回公主府。」

「他有什麼資格！」高彤絲頓時暴跳如雷。「這是母親的宅邸，跟他沒有絲毫關係！」

鄔八月愣怔地看向高辰複。「侯爺這是想著，公主府收回去了，爺就不能獨居一府了。」

「呵。」高辰複輕笑了一聲，道：「即便皇上收回了公主府，偌大燕京城，難道還找不出一個宅邸？另賃一棟宅院便是。」

高辰複說得在理，收不收回公主府，並不影響高辰複在外居住。蘭陵侯爺想透過此舉來逼迫高辰複，手段不對。

但高彤絲卻不同意。

「不行！公主府是先帝給母親的嫁妝，就算是皇上，也沒那資格將母親的嫁妝收回去！」高彤絲憤怒地道。「我看誰敢將公主府收回去！」

高辰複沈沈地道：「皇上要是下令收回，妳還能攔著？普天之下，莫非王土，別說是宅子，皇上要我們死，我們下一刻就不能活，這個道理妳能不懂？」

高彤絲惱怒地看向他。

「別說那些毫無意義的話。」高辰複起身道。「明日我會上請入宮，探問探問皇上的意思。」

頓了頓，高辰複對高彤絲道：「搬出來時，侯爺說要上請皇上立我為世子。」

高彤絲雙眼頓時一亮。

高辰複道：「不過我拒絕了。」

「什麼?!」高彤絲瞪大眼睛，一臉不可置信。「你、你拒絕了？」

高辰複點了點頭。

這下子，高彤絲控制不住了，越過鄔八月伸手扯住了高辰複的領子。

「你說什麼？你拒絕了世子之位？你為什麼要拒絕！為什麼！」

高彤絲的模樣有些歇斯底里，高辰複是男人，不好與她拉扯。

鄔八月和肖嬤嬤上前要將她拉開，奈何她的力氣竟也十分大，費了好一番力氣，才將高彤絲從高辰複身邊拉了開來。

高辰複理了理衣裳，喘了口粗氣，道：「妳別太激動……」

「我怎麼能不激動？你要把世子之位拱手讓給高辰書不成?!」高彤絲大罵道：「你這是被人

賣了還給人數錢，淳于老婦在背後不定笑得多歡呢！」

「翁主不要生氣，爺他——」

鄔八月剛開口，高彤絲一把將她推倒在地。

「妳知道什麼啊！妳過門來就是幫著他胳膊肘往外拐的嗎?!我跟妳說過什麼，妳都忘記了?!」

「啊！」

鄔八月頓時發出一聲慘叫，蜷縮起身子癱在地上。

高辰複箭步上前，臉色微白地將她抱了起來。「摔到哪兒了？哪兒痛？」聲音微微顫抖，緊張的情緒顯露無疑。

高彤絲也愣住了，與肖嬤嬤等人推搡的動作僵在原地，嘴裡呢喃道：「我沒、沒用力……」

高辰複沒有空閒搭理她，他望了一眼懷裡死死抓著自己前襟的鄔八月，大吼道：「還愣著做什麼？去請大夫！」

肖嬤嬤趕緊應了一聲，也顧不得高彤絲了，當即便撒腿往外院跑，大喊道：「牛管事！快去請大夫！大奶奶摔了！」

隋洛嚇壞了，站在一個角落裡大聲哭了起來。

場面有些混亂，高辰複抱著鄔八月，一時之間也不知道該往房裡抱，還是該抱她出府去尋大夫，這會兒都已經宵禁了啊！

鄔八月蜷縮在他懷裡，臉色發白，那模樣讓一向沈穩的高辰複都有些亂了手腳。

還是單氏走到他身邊，語氣雖然急切，但聲調算柔和，問鄔八月道：「大奶奶哪兒痛？」

「肚、肚子，肚子疼……」

鄔八月額上冒出冷汗，單氏低頭一看，見她下身裙裾上有隱隱的紅色滲出來，登時臉色一變。

「快，小心抱她回房，別再顛著她！」

單氏極快地叮囑了高辰複一句，高辰複雖然不明所以，但乖乖地依著單氏的吩咐，走得雖快，卻極穩當地將鄔八月抱回了房。

朝霞和暮靄跟了過去，肖嬤嬤去通知了牛管事，也回來了。

廳裡只剩下高彤絲，還在六神無主的狀態。

「這……單妹子。」肖嬤嬤看向單氏，為難道：「咱們這下怎麼辦？」

單氏臉色微微沈了沈，沒回答肖嬤嬤的問題，反而是問她道：「肖嬤嬤是跟在大奶奶身邊伺候的，可知道大奶奶小日子是什麼時候？」

「啊？」肖嬤嬤被單氏這麼一問，頓時有些茫然，想了想方才大驚道：「單妹子的意思是——」

單氏點了點頭。「大奶奶的裙裾上有殷紅溢出來，難保不是剛才摔倒在地，撞到肚子……」

單氏一邊說著，一邊便看向了高彤絲。

高彤絲愣愣地望向她，半晌後驚呼道：「妳、妳是說……她懷孕了?!」

鄔八月覺得肚子疼，但這疼倒也不是不能忍受。
窩在高辰複溫暖的懷裡，她便覺得安心了許多，好像肚痛也能緩解些許。
高辰複依著單氏所說的，將她抱到床上輕輕放好，吩咐跟上來的朝霞給鄔八月倒杯溫茶來。
「還疼嗎？」高辰複擰著眉頭，專注地望著鄔八月。
鄔八月勉強地搖了搖頭，還是不由自主地蜷起身子。
高辰複低頭一看，瞳孔頓時放大。
「血……」他喃喃地輕聲說道：「妳流血了？」
鄔八月皺了皺眉，有氣無力地道：「大概是小日子……」
「不對！」端茶過來的朝霞煞白了臉。「大奶奶的小日子不是這個時候。大奶奶從出嫁之後，都沒有……」
話沒說完，高辰複和鄔八月的臉色皆是一變。
「不會是……」
高辰複臉上的喜悅一閃而逝，隨即而來的就是濃濃的憂慮。他立刻站起身，對朝霞道：「去讓侍衛直接捉了大夫過來，有什麼事我擔著！」
朝霞當即應聲，跑去外院，與轉角處正匆匆奔來的單氏撞了個正著。
「哎喲！」朝霞被撞得踉蹌了兩步，站定了也不停頓，趕緊往外跑。
單氏望了她一眼，搖了搖頭走進屋去。
「怎麼樣？還在流血嗎？」單氏走近鄔八月，當著高辰複的面便去掀鄔八月的裙子看。

高辰複當即問道：「單姨，她是不是……」

單氏道：「看情況，大奶奶十有八九是懷孕了。」頓了頓，鬆了口氣，道：「好在現在已經沒有流血了。」

她看向鄔八月。「大奶奶可還覺得疼？」

鄔八月輕聲道：「還有一點，但還能忍受。」

單氏便道：「大概是動了胎氣，等大夫來了再讓他看看。真是有孕了的話，臥床養胎、吃保胎藥是少不了了。」

高辰複沈重地喘出一口氣。之前並不覺得，這會兒伸手一抹，都是冷汗。

單氏望了他一眼，笑嘆道：「不用擔心，沒再流血就是好事。要是大奶奶再摔得狠一點，恐怕就沒那麼幸運了。」

高辰複頓時皺眉，想起因為他推了世子之位而當場發瘋的高彤絲。

鄔八月輕聲道：「爺，別怪翁主，她也不是有心的。」

她懷孕了，孩子差點沒了……不幸中的萬幸是她的身體還算不錯，孩子沒有掉。

可是，她真的就要做母親了嗎？她還有三個月才滿十五歲啊……

鄔八月看向高辰複，忽然又釋懷了。

有孩子也好，這個男人已經二十三歲了，放在尋常人家，孩子都開始識字唸書了。

她對五皇子流露出疼惜之情時，他也曾經說過，要是喜歡孩子，他們就趕緊生一個。如今孩子來了，不正好嗎？

高辰複輕輕撫著鄔八月的鬢髮，嘆道：「我知道她不是有心的，可她差點……」差點害得我們的第一個孩子就這樣沒了。

高辰複閉了閉眼，回頭問單氏。「彤絲怎麼樣了？」

「讓肖嬤嬤送回房裡了。」單氏頓了頓，道：「她大概是嚇壞了。」

高辰複做了個深呼吸，道：「先讓她自己想想吧。」

鄔八月這邊暫時是走不開了，高彤絲那邊，他也就只能放在一邊了。

牛管事也是人精，聽說大奶奶摔了，也沒有讓小廝去請大夫，而是讓馬童牽了馬，讓護院騎了馬去帶大夫過來，與後來朝霞通知侍衛去請的大夫幾乎前後腳到。

兩名大夫都號了脈，確定是喜脈。

大夫甲說道：「大奶奶剛摔過一跤，好在只是動了胎氣，沒有大礙，待老朽開一劑保胎方子吃上兩日，情況穩定之後，再吃安胎藥安胎。」

大夫甲開了藥方子，肖嬤嬤讓帶他來的侍衛跟他一起過去抓藥。

大夫乙則道：「今後就要請夫人臥床靜養一段時日了，飲食之上，也要注意一些忌諱。」

大夫乙說話有些嘮叨，大概是瞧著這家人有權有勢，也想靠嘴皮子功夫多得些賞錢，左右安胎藥人家已經開了，他掙不著這個錢。

高辰複聽得很是認真，不明白的地方還會出言相問。

見鄔八月睏倦，他讓肖嬤嬤小心照顧著，請了大夫乙借一步詳談。

戌時末，鄔八月總算喝了保胎藥。朝霞和暮靄小心翼翼地幫著她換了衣裳，見她沈沈睡去，方才鬆了口氣。

高辰複不敢上床，怕自己碰到鄔八月。他也不想離她太遠，便讓人搬了涼榻擱到床邊，他就睡在上面。

這一晚，公主府雞飛狗跳，高辰複晚上並沒有睡好，早早就醒了，在晨光熹微中貪看著鄔八月的臉。

朝霞前來喚他起身，高辰複看了漏刻，無奈地輕聲起了，自己穿了衣裳，整理了衣冠出去。

「請爺早安。」

朝霞正端著水在門外等著，高辰複接了過來，就在屋外洗漱。

平日朝霞都是端進屋的，今日就在屋外等著，也是不想驚醒鄔八月。

高辰複擦了臉，對朝霞道：「讓大奶奶今日好好休息，別吵了她。」

朝霞立即應是。

「大奶奶醒了要是問起，就說我回京畿大營了。」高辰複頓了頓，道：「讓肖嬤嬤她們看好院子，別讓翁主進來，免得她又和大奶奶說混帳話。」

高辰複冷聲吩咐了一句，問道：「聽明白了嗎？」

朝霞趕緊低頭應道：「是，奴婢知道了。」

高辰複道：「妳是大奶奶身邊的大丫鬟，事情就交給妳了。」

他將巾帕投到了銅盆裡，踏步走了出去。

朝霞鬆了口氣，端了銅盆，趕緊著去通知肖嬤嬤。

高辰複離開時，也沒有去見高彤絲。他想讓高彤絲吃一次教訓，讓她自己能夠好好反思到底都做了些什麼事情。

而高彤絲只知道主院去了兩個大夫，鄔八月具體是什麼情況，她不得而知。

抓心撓肝的高彤絲聽到高辰複走了，心裡十分忐忑。她沒辦法等下去，即刻就奔向了前院，哪知道卻被人擋在了門外。

高彤絲更加惶惶不安。

她希望鄔八月是懷孕了，這樣的話，高辰複做世子就擁有極為有利的條件——後繼有嗣。

但她又很恐慌，她怕她盼著的這個好消息，會因為她的那一推而成了空歡喜。

高彤絲有些不知道怎麼辦了，想了半晌，終於想起一個人來——單氏。

高彤絲咬了咬牙，尋到了單氏住的地方，頭一次對單氏低聲下氣地道：「單……單姨，大嫂她……她沒事吧？」

單氏對高彤絲的到來有些意外，見高彤絲一臉不自在，她移開了視線。

單氏和單初雪當年在蘭陵侯府時，不單單要受淳于氏明裡暗裡的擠兌和陷害，有時候高彤絲也會給她排頭吃。

要說單氏不怨恨，那是不可能的。但高彤絲再怎麼給她排頭吃，單氏也能想著她幼年喪母，只是個孩子而原諒她。如今高彤絲這樣小心翼翼的模樣，還是單氏頭一次看到。

單氏低嘆了一聲，道：「大姑娘以後做人行事還是要小心些，昨日要是妳下手再狠一點，妳的姪兒可就沒了。」

高彤絲頓時驚呼，道：「她真的懷孕了?!」

單氏點了點頭。

「那、那她現在……」

「無礙了。」單氏道：「所幸的是雖然有流產跡象，但也保下來了。」單氏頓了頓，道：「大奶奶需要靜養，大姑娘還是別去主院吵著她了。」

高彤絲欣喜若狂，連連點頭，在單氏屋裡來回轉悠了一會兒，方才大聲笑道：「大哥有後了，大哥有後了！」

高彤絲甚至不計前嫌一般地拉過了單氏的手，道：「單姨，大哥有後了！」

單氏心裡嘆息，點了點頭。

高彤絲一掃之前的忐忑，抬頭挺胸，倒也不忘謝了單氏一聲，然後行了出去。

單氏在她身後道：「大姑娘別去驚擾了大奶奶。」

「單姨放心，我不會去打擾她的。」

高彤絲回眸一笑，眼裡竟然有湛湛亮光。「這麼好的消息，獨樂樂不如眾樂樂，單姨妳說呢？」

單氏一愣，還不待出聲相詢，高彤絲就已經昂首闊步地走了出去。

高辰複寫了請求面聖的摺子，準備遞到宮中，但還不待他讓人送摺子，宮裡就來了諭旨，要他進宮一趟。

高辰複心裡想著，難不成昨日侯爺見了皇上請皇上收回公主府，皇上的意思就下來了？

他懷著狐疑的心思，隨著引路內監進了勤政殿。

宣德帝正坐在御案之前御筆朱批，神情峻肅。高辰複立在一邊等候。

一盞茶工夫後，宣德帝方才擱下御筆，抬起頭來，對高辰複道：「複兒，坐。」

宣德帝指了左手下方的椅子，高辰複拱手行禮。「謝皇上。」

宣德帝也走了下來，坐到了高辰複的上首位置。

讓人上了茶，屏退了左右後，宣德帝方才開口。

「昨日你父親進宮來了。」宣德帝端起茶，看向高辰複，道：「他說公主府荒廢已久，一直占用那宅子也不好，讓朕將公主府收回來。」

高辰複垂首拱手道：「皇上，公主府本是先帝賜予臣亡母的，臣也一直將那兒當作一個念想……」

宣德帝微微笑了笑，點頭道：「朕倒是知道，複兒你一直想另立門戶。」宣德帝頓了頓。「如你所說，公主府是先帝爺賜給你母親的，朕要收回來，說起來也不大好聽。不過你父親開了這個口，朕也有些無奈。」

宣德帝看向高辰複。「緣何你父親突然上請讓朕收回公主府？」

高辰複低頭道：「臣搬離蘭陵侯府，準備今後都在公主府住下。」

宣德帝恍然大悟，笑道：「和你父親鬧彆扭了？」

「讓皇上看笑話了。」高辰複輕聲道。

「父子之間，哪有隔夜仇的。」宣德帝笑道。「你這舉動，做得委實不妥當。你父親昨兒還提了一句要立你為世子之事，你這般做，可是讓你父親極其難堪。」

宣德帝頓了頓，道：「公主府朕不收回來，做為交換，你儘早搬回蘭陵侯府去，別讓人看你們高家的笑話。」

高辰複垂眸，半晌道：「皇上，臣妻有孕，昨日動了胎氣，大夫說不宜挪動。即便是搬回蘭陵侯府，恐怕……也要等上一段時間。」

宣德帝挑了挑眉，笑道：「是嗎？那還真是一件好事。」頓了片刻，宣德帝道：「既如此，那就等你夫人情況好些了，再回蘭陵侯府吧。不過，你父親那邊，你少不得要去說一趟。」

高辰複點頭應是。宣德帝擺擺手，道：「私事說完了，朕同你聊聊公事。」

宣德帝站起身，要高辰複隨他回到御案之前。

宣德帝掀開一幅半丈寬的羊皮地圖，指著上面標注出來的礦脈，道：「這是你還在漠北的時候讓人給朕送來的地圖，此後斷斷續續的，朕也收到過別的漠北關外的北蠻地圖，雖然不盡詳實，但也聊勝於無。」

高辰複的表情頓時嚴肅起來。

「朕反覆想過你的提議。」宣德帝沈聲道。「與北蠻交戰也有些年頭了，漠北關雖然一直未曾讓北蠻進犯過，但邊關苦寒，每年花費大量的銀兩，用在邊關的修葺和軍隊的補給上，守著那麼一座要塞，朕也覺得有些多餘。欽天監幾日前稟奏，言說今年冬，恐怕會是十年來最寒冷的一個冬天，漠北關外，北蠻百姓的日子恐怕更加難過。」

高辰複點頭，道：「北蠻本為游牧之民，放養牛羊，時時遷移。冬日太寒，牛羊凍死無數，生活難以為繼。為了生存，進犯漠北關搶奪糧食便順理成章。」

宣德帝笑了一聲。「複兒像足了你母親，宅心仁厚、善良寬容。」

高辰複道了聲不敢。

「與北蠻聯盟，倒也不是不可行。」宣德帝沈吟一聲，道：「只是北蠻政權分散，與其中一個政權結盟自然不行。北蠻未一統，自封貴族無數，想要聯盟，也總要和一個統一的政權才好。」

宣德帝看向高辰複。「礦脈資源雖則重要，但將士們的性命也十分重要。你在漠北待了四年，尚且與北蠻中人未有太深入接觸，聯盟一說，恐怕尚需時日方才能成行，否則一入北蠻，難保屍骨無存。」

高辰複道：「並不嚴寒時，北蠻人無意進犯漠北關。結盟使者前往談判，可選夏季前往。」

宣德帝頷首，道：「此任務艱巨，困難重重，稍有不慎，恐怕是有去無回。」頓了片刻，問道：「複兒覺得，何人既熟悉北蠻之地，又有談判之能，能堪此重任？」

高辰複一愣，看向宣德帝。宣德帝的意思，明顯是要讓他自薦啊……

高辰複有一瞬間的猶豫。促使大夏與北蠻結盟，一直是他的心願，大夏能得到北蠻境內礦藏，而北蠻也能以此換取糧食，冬日不用再冒著生命危險前來搶奪糧食，如果能成，對雙方都是好事。

這提議是他最先提出來的，若能親自執行，乃至促成成功，史書之上也會記上他的名字。

若是從前，高辰複定然眼也不會眨一下，立刻跪地自薦。

可現在，他卻猶豫了。

「皇上。」高辰複抿了抿唇，道：「今年談判，趕去漠北恐怕是來不及了。若是明年……臣不才，自請前往。」

「好、好！」宣德帝頓時大笑著讚道：「不愧是朕的好外甥！」

宣德帝伸手拍著高辰複的肩，笑咪咪地說道：「朕很欣慰，娶親生子、溫香軟玉沒有磨掉你的稜角。回了漠北，你仍舊是那個令北蠻人聞風喪膽的漠北神將。」

高辰複拱手。「蒙皇上恩典。」

「那就先這麼定吧，具體如何辦，朕再斟酌斟酌。」宣德帝沈吟片刻後道：「今年你先掌著京畿營，秋闈時，幫著金大將選一選應考的武生，順便你也能選上幾個可堪用的，到時候帶去漠北。」

「是。」

高彤絲走到蘭陵侯府門前，方才想起鄔八月即是過門便有孕，懷胎也就堪堪兩個月；未滿三月，胎象未穩，就這般將消息放出去，恐怕也不妥當。

昨日之事，大哥肯定已經對她頗有微詞，要是再知道她未經同意便將大嫂有孕的消息放出去，恐怕對她會更有意見。

想到這兒，高彤絲便下令奴僕打道回府。

巧合的是，在高彤絲準備轉身離開的時候，侯府角門處卻走出來一人，讓高彤絲的腳步頓時停住。

那人也愣了一瞬，卻只能咬牙上前給高彤絲行禮。「語柔見過翁主。」

莫語柔今日是準備回一趟莫家的，沒想到這般巧，竟然撞見平樂翁主回來。

莫語柔當然不希望高彤絲回來和她姨母作對。

每當淳于氏在高彤絲面前吃癟時，莫語柔也覺得自己受了侮辱，何況以她的身分，少不得要在高彤絲面前做小伏低。

高彤絲在她敵對的人面前，即便是不如意，也永遠會做出一副昂首挺胸的姿態，在莫語柔面前自然也不例外。

她勾起嘴角，似笑非笑。「喲，蘭陵侯府的『貴客』這是要往哪兒去啊？」

莫語柔臉上一燒，暗暗咬了咬唇，回道：「語柔打算回家一趟呢。」

「是喔，自己有家，還偏要住別人家。」高彤絲笑了一聲。「不是下賤是什麼？」

莫語柔狠狠捏了拳，匆忙福了一禮。「翁主若是沒事，語柔就先告退了。」

「慢著！」高彤絲喝住已越過她的莫語柔，悠閒地轉到她面前，輕笑一聲，道：「莫語柔，妳那姨母打什麼主意，別以為我不知道。就憑妳，給高辰書做妾就差不多了，妄想我大哥，妳也不照照鏡子看看妳是個什麼貨色。以前沒機會，現在我大嫂有孕了，妳更沒機會了，作夢吧妳！」

第五十五章

莫語柔頓時一怔。「翁主妳說……什麼？」

高彤絲臉上的快意一閃而逝，但她話一出口就意識到自己說錯話了。

「沒說什麼。」高彤絲掩飾地輕哼一聲，警告莫語柔道：「別告訴別人妳今天見過我，否則……」

她盯了莫語柔一眼，直盯得莫語柔縮了脖子，方才轉身離開，臉上帶著一絲心虛。

莫語柔低著頭，直到身邊的丫鬟提醒她，平樂翁主已經走遠不見人影了，莫語柔方才抬起頭，想了想道：「妳回莫府跟我母親說一聲，我今兒有點事，不回去了。」

丫鬟應了一句，莫語柔又轉回了蘭陵侯府，直奔向嶺翠苑。

她尋到淳于氏面前，不待淳于氏出口相問，她便急切地讓淳于氏屏退左右，稱有要事和淳于氏說。

淳于氏擺手讓人下去，有些不滿地道：「什麼事這麼慌慌張張的，讓妳半道折返回來？」

莫語柔喘了口氣，貼近淳于氏耳邊輕聲說道：「姨母，我方才出府的時候碰見平樂翁主了，她跟我說了幾句話，我懷疑她是說溜嘴了。」她頓了頓，聲音壓得更低。「聽她話裡的意思，好像……」

莫語柔耳語一番，淳于氏頓時睜大了眼。

她望向莫語柔，語氣有些沈重。「此話當真？」

「千真萬確。」莫語柔點頭，眼中有些焦急。「姨母，這可怎麼辦？要是她懷孕了，生個兒子……」

「妳急什麼？」淳于氏低喝了一聲，沈著臉想了想，招來心腹郭嬤嬤問道：「帶去的人裡邊，有沒有我們的人？」

郭嬤嬤搖頭，道：「之前一水居提上來的幾個人，其中靜和長公主的人，咱們插不上手。那兩個小丫鬟倒還可以試試接觸，不過也容易打草驚蛇。」

「姨母……」

「慌什麼！」淳于氏不悅地看向莫語柔，忍了忍道：「我同妳說過了，妳想嫁給妳高大哥，這件事沒那麼容易。他不喜妳，他正室不也明白地跟妳撇清關係了嗎？妳連聲姊姊都叫不了。如今她有孕，就算妳跟了妳高大哥，也不過是做妾，還想母憑子貴不成？」

「怎麼就不能了？」莫語柔反問，十分自信地道：「懷上了也不代表能生下來，即便是生下來了，長不長得大也是個問題呢。就算長大了，萬一英年早逝呢？日子長著呢，姨母怎麼能就這麼斷言了？」

莫語柔倒是說得頭頭是道。「依我說，姨母這時候就該主動和姨父提起這件事，以幫她安胎的名義，將高大哥他們接回來。這樣名聲也有了，我們動手的機會也多了。」莫語柔陰惻惻地笑了聲。「我就不信她能一直平安無事。」

莫家妻妾相爭、兄弟相殘的情況不少，況且商戶不講規矩，寵妾滅妻也不怕官府找麻煩。在這樣的環境下成長的莫語柔，雖只是個妙齡少女，卻已經學了一副狠毒心腸，心計或許還不夠，但論起狠毒程度，比起淳于氏也已經有過之而無不及。

淳于氏深呼一口氣，也不知道想了什麼，道：「容我想想。還有，妳方才說的事別張揚出去。下去吧。」

莫語柔悻悻地離開了。

「夫人……」郭嬤嬤輕聲道。「大奶奶有孕，這事……」

「當然要先瞞著。」

淳于氏做了個深呼吸。鄔八月肚子裡的種，她自然會想辦法除掉。真讓鄔八月生下了蘭陵侯府的嫡長孫，那高辰複的世子之位，他即便不想坐，恐怕侯爺千方百計都會讓他坐了。

但真按照莫語柔所說的，將鄔八月接回來，反而會束手束腳。要是在她的堅持下，鄔八月回來了卻流產，目的雖然是達到了，但她無論如何也撇不開這一層關係，她還沒那麼蠢。

「嬤嬤，想想辦法，看能不能買通一、兩個那邊廚房的人。」淳于氏輕聲道。「能悄無聲息地做掉，最好還是別聲張。」

郭嬤嬤點了點頭。

淳于氏閉了閉眼，開口道：「要在書兒身上加籌碼，少不得還要將書兒的婚事提上來。這件事，迫在眉睫了。」

郭嬤嬤遲疑了片刻，道：「夫人決定按照舅老爺說的去做嗎？」

淳于氏輕聲道：「總也要試一試……」

鄔八月醒過來的時候，已經豔陽高照了。

朝霞候在一邊，見鄔八月醒過來了，忙上前將她扶起，輕聲道：「大奶奶醒了？大夫吩咐了，保胎藥在爐子上煨著呢。」

朝霞扭頭喚了暮靄一聲，讓她去端藥來。

朝霞伺候鄔八月洗漱後，暮靄也將保胎藥端了上來。鄔八月老老實實地將藥喝了，輕聲問道：「爺去京畿大營了？」

朝霞點點頭，鄔八月遲疑了下又問道：「那……翁主怎麼樣了？」

「奴婢不知道，不過今兒早上大爺走的時候吩咐過，不讓平樂翁主進主院。」

鄔八月默默嘆了一聲，暮靄不服氣道：「要我說啊，就不該讓她近大奶奶的身。就因為她，大奶奶差點——」

「好了，別提這事了。」鄔八月打斷氣呼呼的暮靄，笑了笑道：「我這不是沒事嗎？」

「得虧是大奶奶沒事，要不然……」暮靄吸了吸鼻子，眼睛一酸。「要是大奶奶有個好歹，奴婢們怎麼和二太太、和老太太交代……尤其是老太太，她不得心疼地厥過去……」

「暮靄！」朝霞頓時叫了她一聲，不希望她在鄔八月面前提到老太太。

鄔八月輕聲一嘆。「平樂翁主再怎麼也是主子，妳們在人後別說三道四的。」

鄔八月叮囑了一句，說她還餓著肚子呢，朝霞和暮靄趕緊給她弄吃的來。

食譜有所改變，鄔八月也並沒有不滿。她知道現在的身體狀況，最重要的就是要「補」，該吃什麼不該吃什麼，廚下的人自然也是斟酌了又斟酌的。

早膳後，單氏前來探望了鄔八月一次。

鄔八月感謝單氏昨日的及時提醒，單氏卻擺手不肯認這個功勞。做為長輩，也是過來人，單氏叮囑了鄔八月幾句，末了起身告辭時，她猶豫了一下，方才道：「大奶奶有孕的事情，大姑娘也已經知道了。她出了府，走前說什麼獨樂樂不如眾樂樂，我擔心……」

鄔八月張了張口，單氏道：「我擔心她會不會打算將這件事公布出去。」

「沒事的，單姨。」鄔八月笑了一聲。「翁主要是想告訴別人，妳也攔不住。」

單氏嘆息點頭，也不多打擾鄔八月，說了幾句就走了。

朝霞則是請示鄔八月，她懷孕的事情要不要告訴給賀氏知道。

「二太太若是知道了，也能過來多陪陪大奶奶，大奶奶這會兒也不能下床到處走動。」

鄔八月也有些意動。「不過，這樣的話會不會搞得太興師動眾了？而且母親也還要顧著祖母那頭……」

朝霞想了想，道：「奴婢倒是覺得，老太太若是知道大奶奶有孕了，指不定精神也會好很多呢。」

鄔八月想想也覺得是這個理，就道：「那妳親自去鄔府告訴母親，昨晚那場凶險就別提了，免得她擔心。」

朝霞笑道：「奴婢明白。」

朝霞去了鄔府，直到午膳過後方才回來。

不過她不是一個人回來的，接到消息的賀氏連多等一日下帖子都來不及，當日便到公主府來見鄔八月了。

「快讓母親看看。」賀氏坐到了鄔八月的床沿邊上，面上笑道：「剛嫁過來就有好消息，真好。」

鄔八月羞赧地喚了聲母親，賀氏見她在床上臥著，反倒是有些不滿。

「當初我懷上陵桃的時候，也如妳這般在床上躺著，還是妳父親說，久躺久坐其實也不好，這才如同往日一般過日子，陵桃生下來也很健康。」

賀氏道：「沒不舒服，就別一直臥在床上，要是孩子往宮後位置跑了，妳生他的時候可要受罪了。」

鄔八月抿了抿唇，朝霞上前輕聲解釋道：「二太太，大奶奶臥床是有原因的。」

說著朝霞便將昨晚的事情簡略告訴了賀氏。

「奴婢在鄔府沒告訴二太太，是怕人多口雜，這消息要是讓老太太知道，對老太太身子不好。」

賀氏臉上一陣青一陣白，高彤絲到底是鄔八月的小姑子，她也不好發作，只能強忍了怒氣，平復了之後，方才道：「朝霞這事做得對，此事不能讓老太太知道。」

朝霞低頭道了句不敢。

賀氏看向鄔八月，也埋怨道：「妳這孩子，小日子未來怎麼還沒點警醒？平樂翁主情緒激動的時候，妳湊上去做什麼？」

鄔八月連連告饒，賀氏數落了她半盞茶的工夫，到底是心疼女兒，不再唸叨，開始替鄔八月囑咐起房裡的人來。

賀氏掌家時間長，一些鄔八月想不到的細節，賀氏都能替鄔八月想到。公主府的人不多，賀氏幾句點撥就讓公主府運作得更加井井有條。

但賀氏還是有些擔心。

鄔八月到底是年輕，新嫁娘又初懷有孕，賀氏擔心她很多事情都不懂，朝霞和暮靄也不過是近身伺候的丫鬟，沒有那方面的經驗。

賀氏便想著要不要從自己身邊調兩個得力的嬤嬤過來，又擔心高辰複對此有意見。

賀氏這般一說，鄔八月便笑道：「母親放心，我這裡人夠用，人多了反倒不好。肖嬤嬤和趙嬤嬤都是我婆婆還在世的時候伺候過她的，婆婆怎麼說也生過三個孩子，這些事她們也清楚。何況還有單姨在，單姨也會幫忙的。」

鄔八月這般一說，賀氏方才放了些心，又是嘆了一聲，微微有些吃醋。「妳倒是叫她單姨叫得順口。」

鄔八月笑了一聲，伸手讓賀氏坐到她身邊去，輕聲道：「母親，單姨……也是爺的長輩。」

「啊？」賀氏一愣，有些不明白。

「單姨的身分，女兒就不好跟母親您多說了，單姨不希望別人知道，爺也說過不再提。」鄔八月點到即止，道：「女兒就是不希望母親吃這些莫名的醋。」

「誰吃醋了……」賀氏嘟囔了一句。

鄔八月輕聲笑了起來。「嗯，母親不吃醋，再等些日子，父親就回京了。等父親回了家，母親可就沒有別的心思和精力來吃醋了。」

「妳這丫頭。」賀氏伸手敲了下鄔八月，笑罵道：「有妳這樣做女兒的嗎？竟打趣母親。」

鄔八月笑了兩聲，趙嬤嬤從外面進來，笑著給賀氏見了個禮，方才道：「大奶奶，隋小公子給您請安來了。」

鄔八月點點頭道：「讓他進來吧。」

隋洛昨日被嚇壞了，高辰複也沒想起家裡還有他。這段時間，隋洛雖跟在鄔八月身邊，但一直是被趙嬤嬤帶著，一般都是上午來給鄔八月請安的，大概是被嚇壞了，現在才敢來見鄔八月。

隋洛穿了一身新，怯怯地走到鄔八月三步遠外，懦懦地給鄔八月請安，小心翼翼地問道：「大奶奶還生著病嗎？」

鄔八月對他露出溫柔的一笑，讓他近前來，伸手摸了摸他的髮頂，道：「謝謝洛兒關心，昨日把你嚇著了吧？是我不對，洛兒不要害怕，我沒事了。」

隋洛這才小大人一般地嘆了口氣，一本正經地道：「大奶奶以後要小心，不要隨隨便便就摔倒了。」

鄔八月笑著應了句是，又引著隋洛給賀氏見了禮，這才讓趙嬤嬤帶隋洛下去。

「這小子是誰？」賀氏待人走後，有些奇怪地問道。

鄔八月便道：「是爺的部下之子，家裡至親沒了，親戚也不肯收留，爺就暫時接了回來，讓我給尋個能收養他的人家。」

鄔八月頓了頓，看向肖嬤嬤，問道：「嬤嬤，打聽得如何了？那塗家和傳家哪家更好些？」

肖嬤嬤趕緊上前回道：「老奴請大奶奶恕罪，之前那傳家確實是沒有瞭解得太清楚。傳家大公子脾氣有些暴躁，如大爺所說，著實不算太好。」

「那塗家呢？」鄔八月心裡嘆息了一聲，又問道。

「老奴還未前去仔細打聽。」肖嬤嬤垂首慚愧道。

鄔八月笑了笑，道：「沒事的，嬤嬤，此事也不宜操之過急。」

肖嬤嬤應了一聲。

賀氏無奈地看向鄔八月。「妳啊，整日操那麼多心。」

「有事讓我做，我也不至於太閒。」鄔八月輕嘆，想了想卻是問道：「母親，舅父舅母搬出去之後，過得如何？」

「都好。」賀氏笑了一聲，道：「上次邀了妳舅母，還聽妳舅母說，準備等妳表兄明年春闈高中之後，便趕緊給他訂親。」

鄔八月一頓。「舅母有人選了？」

「這倒沒有。」賀氏笑道：「妳舅母說京城中大家閨秀多，讓我也幫忙物色物色。」

鄔八月低了低眉，心知賀修齊並沒有將他欲尚主的事告訴羅氏。

賀氏也不好久待，段氏那邊還要回去伺候著。走前，賀氏又再叮囑了鄔八月一番，這才匆匆回去了，仍舊是一副放不下心的模樣。

轉眼十來日就過去了。

鄔八月一直安心養胎，她有孕的消息還是隱瞞著的，鄔家那邊只有賀氏和老太太知道，只等著頭三個月過去了，胎穩了之後再告訴府裡其他人。

高彤絲也老老實實地待在她的院子裡，沒來打擾鄔八月，甚至高辰複回來的時候，高彤絲也是偃旗息鼓的，已有近半個月未曾與高辰複說過話了。

鄔八月有孕的消息，蘭陵侯府那邊也沒有聲張，淳于氏把持蘭陵侯府內宅多年，封鎖這麼一個消息也並不難，蘭陵侯爺還不知道自己要當祖父了。

莫語柔雖然不甘，可她也不敢和淳于氏對著幹。

而淳于氏除了努力往公主府插人、收買人之外，更是馬不停蹄地將高辰書的婚事著手安排了起來。

宮中與她站在同一條線上的同盟，自然就是麗容華了。雖然高彤蕾還沒過門，但這門親事也是板上釘釘的。

淳于氏遊說麗容華，讓她與陽秋長公主接觸接觸，並透過姜太后讓陽秋長公主能夠順利進蘭陵侯府的門。

一個貌醜無鹽，一個腿斷有疾，倒也是「天作之合」。

淳于氏算盤打得好，麗容華覺得這樁姻緣也十分合適，並不在乎輩分差別，當即就應了下來，說會找機會在姜太后面前提。

蘭陵侯府在不斷算計，鄔八月當然不知道，只顧著高興。

因為昨日收到了鄔居正的親筆書信，估摸著今日晚上，鄔居正就會回到鄔家了。

鄔八月很遺憾，自己不能親自去迎父親歸家，但高辰複知道她的心思，替她去了。

鄔八月正等著高辰複回來，整個人都有些興奮。

直到天已經黑完了，高辰複才回來，臉上泛著些許紅暈，身上有些酒氣。

周武跟著高辰複進了屋，往朝霞的方向望了一眼。

朝霞瞪他，周武嘿嘿笑了一聲，精神十足地走了。

「爺，今兒喝酒了？」鄔八月笑道。

高辰複雖然喝了些酒，但還是很清醒，瞇了瞇眼睛道：「成親之日和回門之日都沒有與岳父喝酒，今日岳父回來，總要補上才行。」

鄔八月探著身要去給高辰複揉額角和太陽穴，高辰複怕她閃了腰，便坐到了她身邊去，也由著她給自己按摩。

「我已經同岳父說了。」高辰複微微閉著眼睛，神情放鬆。「岳父知道妳有孕了也很高興，說明日會來瞧瞧妳。」

鄔八月頓時一笑，心裡也很是高興。

「岳父是太醫，雖在宮中供職時，很少請後宮嬪妃的平安脈，但據岳母說，在婦科上，岳父也是可以的。」高辰複嘴角微揚，輕聲說道。

鄔八月抿著笑，輕輕點頭，道：「不是我自誇，父親的醫術是真的了得。」

高辰複頓時從喉嚨裡吐出兩聲笑。

明日，高辰複還要去京畿大營，鄔八月喚人伺候了他洗漱，他要往涼榻上躺，鄔八月往裡挪了位置，讓高辰複睡上床來。

高辰複猶豫道：「要是翻身壓著妳了怎麼辦？」

鄔八月頓時笑道：「爺睡熟了之後幾乎連動都不動一下，躺下後是什麼姿勢，睡醒了還是那個姿勢。何況我也不是易碎的東西，即便是翻身壓著了，就能把我給壓壞了？」

鄔八月拍了拍床上空出來的地方，眨眨眼看向高辰複，帶了點委屈和撒嬌的口吻道：「爺都睡涼榻好幾日了，晚上不挨著爺睡，我睡得也不安穩。」

高辰複頓時莞爾，輕聲哄道：「如今天也熱了，妳也說我身上熱，再挨著我睡，豈不是更熱？」

「熱我也願意啊。」鄔八月鼓了鼓腮幫子，再次拍了拍空地方，垂首低聲道：「爺……」

高辰複心一軟，當即便捨了涼榻，挨著鄔八月躺了下來。

鄔八月心滿意足地湊了過去，伸手巴住他強壯的臂膀，將頭靠在他肩窩處。

高辰複輕輕一笑，側過身讓鄔八月能躺得更舒服些。

他伸手撫了撫鄔八月的鬢髮，對上她望過來的眼睛，輕聲道：「睡吧。」

鄔八月點了點頭，抿唇一笑，合上眼漸漸睡了過去。

孕婦本就嗜睡，鄔八月也不例外。

高辰複望著她恬淡的睡顏，也閉上眼，漸漸地進入了夢鄉。

第二日，果然如高辰複所說，鄔居正前來公主府，身邊仍舊跟著靈兒。

鄔居正的模樣沒變，不過到底是在漠北經歷了好一段時間，瞧著皮膚有些乾皺，頭髮似乎也白了幾根。靈兒則是長高了一頭，鄔八月都有些不認得了。

鄔居正溫和地望著鄔八月，鄔八月鼻頭一酸，忍不住道：「父親總算回來了，八月好想父親……」

鄔居正笑著傾身給了鄔八月一個暖暖的擁抱，輕聲道：「都嫁了人了，怎麼還那麼愛哭鼻子。」

靈兒嘻嘻笑道：「師父，陵梔姊懷孕了，愛哭鼻子是正常的。」

鄔居正笑罵了他一句滑頭，欣慰地看向鄔八月，輕聲道：「手伸出來，為父先給妳把把脈。」

鄔八月依言伸出了手，暮靄迫不及待地將鄔八月摔過一跤流過血的事情告訴鄔居正。

鄔居正凝神仔細探了一會兒脈，方才收回了手，看向朝霞道：「大夫開的保胎藥、安胎藥的方子拿來給我看一看。」

朝霞應了一聲，立刻就去翻出了藥方子。

鄔居正研究了一會兒，對鄔八月道：「這大夫開的藥倒是很好的，不過這裡面有幾味藥材，既是價高一些，效果也沒有更便宜一點的藥材那麼好，為父給妳換掉，藥的劑量再給妳斟酌斟酌。」

鄔八月點了點頭，鄔居正便改起了藥方子，交還給朝霞，讓她以後照著他的藥方子去抓藥。

「以後要小心些，可不能隨隨便便再摔了。」鄔居正並不喜歡在人後說人是非，高彤絲害得鄔八月差點流產的事情，昨晚賀氏也已經告訴他了。

鄔居正沒有賀氏那般嘮叨，事無巨細都要和鄔八月再交代一遍，說了幾句便打住了。

「父親。」鄔八月頓了頓，卻是問道：「父親回來後可給祖母號過脈了？」

鄔居正一怔，隨即輕嘆了一聲。「號過了。」

「那祖母……」

鄔居正淡淡一笑。「生死有命，妳祖母年紀也大了。遲早的事。」

因為學醫，鄔居正心性比較淡，對段氏自然也有孺慕之情，亦極為尊重這個母親，但在生死之事上，他卻看得比任何人要開。

是人，就逃不過死亡這一關，他也不例外。

鄔居正輕輕拍了拍鄔八月的肩，對鄔八月道：「妳祖母知道妳有孕的消息也很高興，聽妳母親說，因為這消息，她精神都足了不少。要是她老人家能撐過妳這頭三個月，妳身子無礙了，記得回來看看她老人家，讓她老人家能更高興些。」

鄔八月連連點頭。就算鄔居正不說，她也一定會回去看望段氏的。

可仔細一琢磨鄔居正話裡的意思，鄔八月不由得愣住了。

「父親方才說的，難道……」她看向鄔居正，眉眼之中難掩焦急。

鄔居正輕嘆一聲，點點頭，道：「妳祖母已經開始有些犯糊塗了。」

鄔八月心裡頓時劇震。

「別想太多，妳保重好自己的身體，對妳祖母而言便是最好的消息。」鄔居正抿了抿唇，道：「我把靈兒留給妳，暫時當個小大夫。等辰複請到了供奉大夫，妳再讓人把他送回來。」

「他？」鄔八月一訝。

暮靄好笑道：「二老爺，靈兒毛都沒長齊呢。」

靈兒頓時嘟起嘴，斜睨著暮靄。「我好歹還懂些醫術呢，孕婦忌諱的東西，我也知道。不像暮靄姊，只會嘴上說。」

暮靄笑罵著要去揪靈兒的耳朵，靈兒格格笑著繞到了鄔居正身後躲避。

「好了，暮靄，妳還跟靈兒一樣大呢？」鄔八月笑了一聲，看向鄔居正道：「父親放心，靈兒在這兒，我也能照顧好他的。我身邊也不缺人，再怎麼樣，單姨也在呢。」

「喔？」鄔居正點頭笑道：「那為父便也放心了。」

如此，靈兒便留在了公主府。

朝霞代鄔八月送了鄔居正出門，鄔八月則讓趙嬤嬤去將隋洛帶了上來，讓靈兒和隋洛玩。

兩個孩子雖然差了幾歲，但還是能玩到一起的。

另一邊，高辰書的婚事，進展得並不順利。

麗容華在姜太后面前透了些口風，談到陽秋長公主今年也及笄了，問起姜太后可有考慮駙馬爺人選。

姜太后聞言一愣，似乎是皺了皺眉頭，反問麗容華道：「麗容華怎麼忽然想起關心陽秋的終身大事了？」

麗容華便笑道：「臣妾也是最近有些無聊，上次與蘭陵侯夫人聊天時，聽她哀嘆高家二爺腿有殘疾，說親也不利的事，忽然就想起宮裡陽秋長公主也還沒有說親。這不，便來太后面前問上兩句。」

姜太后淡淡地應了一聲，道：「那孩子的容貌，怕是不好成親，將來的駙馬定然會嫌棄她。咱們皇家也不缺那點銀兩，養一個公主到老，也不是什麼難事。」

麗容華聞言一頓，試探地問道：「太后的意思，是不欲讓陽秋長公主招駙馬了？」

姜太后不置可否。

「解憂齋整日閉著門，陽秋也甚少出來，和人沒什麼接觸。」姜太后道：「她既願意這樣，就讓她這般待著也好。」

麗容華便不說話了，心裡想，蘭陵侯夫人的算盤怕是打錯了。

可就算如此，陽秋好歹也是公主，讓她年紀輕輕就深鎖宮闈，還不讓她成親生子，這未免也太殘忍了些。

麗容華覺得姜太后的態度有些過於輕慢了。

麗容華想不大通透，在軒王夫婦進宮來請安時，閒談之中便帶了兩句出來。

「陽秋長公主也到了該成親生子的年紀了，皇上那邊也沒什麼動靜。」

麗容華嘆了一句，一邊的竇昌泓聽到了，頓時轉過頭來，皺眉問道：「母妃怎麼忽然關心起陽秋姑母了？」

麗容華道：「與蘭陵侯夫人聊天時想起的。」她頓了頓，道：「泓兒，等年底蘭陵侯府的二姑娘過了門，我們和蘭陵侯府也算是有了親戚關係。蘭陵侯夫人想著高家二爺腿殘，說親困難，這情況倒是與陽秋有兩分相似，便想著能不能把這兩個可憐的孩子湊一堆。」

軒王妃許靜珊靜靜地垂首坐著，眼下一片幽暗。

「母妃是想在其中穿針引線？」竇昌泓問了一句。

麗容華笑道：「若是這樁婚事能成，也是件好事。」

竇昌泓不言語，望向麗容華，良久方才道：「母妃，即便兒子將高二姑娘抬進門，她也只是側妃，蘭陵侯府與軒王府也算不上什麼正經親戚，母妃要幫蘭陵侯夫人，還是多少斟酌斟酌才行。高家二爺的情況，要想尚主，未免有些辱沒皇家。」

麗容華一怔，頓時明白了竇昌泓的意思。

高辰書可是個殘廢啊！雖然陽秋長公主也算是個半毀之人，但陽秋長公主好歹也是皇家公主，駙馬的人選，皇上寧願選一個四肢健全的寒門子弟，也不會選高辰書這麼一個殘疾之人。若真讓高辰書做了駙馬，皇家的臉面可就丟大了。

麗容華後背頓時冒出一層冷汗，心裡無比慶幸自己在姜太后面前提起陽秋長公主的時候，沒有將真正的意思表達出來。

軒王夫婦離開皇宮，回了軒王府。

許靜珊背著竇昌泓，讓人去蘭陵侯府下帖子，想要和鄔八月見一面。

誰知去送帖子的人回來卻稟道：「王妃，高家大爺大奶奶搬到靜和長公主府去住了，不在蘭陵侯府。」

許靜珊一愣，沈吟了片刻，道：「這倒也好，不用應付其他人。你將帖子遞到公主府去吧。」

下人應了一聲，趕著去下帖子。

第二日許靜珊送了竇昌泓去上朝，便馬不停蹄地趕去公主府見郞八月。

許靜珊有些莫名地一直被人迎到內室。

見到躺坐在床上的郞八月，許靜珊更是吃驚。「這都什麼時辰了，高夫人怎麼還未起身？即便是未起身，也不該把她直往這邊迎吧。這不符合待客之道啊……」

許靜珊心裡疑惑，郞八月抱歉道：「讓王妃見笑了……」

朝霞輕輕福禮，道：「王妃娘娘，我家夫人日前動了胎氣，只能臥床靜養。有怠慢的地方，還請王妃娘娘多多包涵。」

許靜珊一愣，一喜，然後又是一羨。

「夫人有孕了？」許靜珊頓時笑道。「那我真來得不是時候，該高夫人不怪我魯莽才是。」

郞八月連道不敢，讓暮靄給許靜珊上茶，一邊輕聲問道：「不知道王妃娘娘突然造訪，所為何事？」

第五十六章

許靜珊落了坐，輕聲道：「其實也沒有什麼別的事，就是有個消息想透露給夫人知道。」

鄔八月笑道：「王妃娘娘請說。」

「昨日我進宮，聽到母妃提起陽秋長公主，言說和蘭陵侯夫人聊天時聊到高家二爺，覺得高家二爺和陽秋長公主倒是挺般配的。」許靜珊頓了頓，道：「聽母妃的意思，蘭陵侯夫人似乎中意陽秋長公主做她的兒媳婦。」

鄔八月一愣。

許靜珊只當她是意外，並不知道鄔八月早就關注著陽秋長公主的婚事。

「不知高統領和高夫人是否也知曉此事？」許靜珊試探地問了一句，鄔八月垂眼笑道：「倒是不曾聽說過。」

許靜珊便笑道：「原是我多話了。」

鄔八月頓時道：「王妃說哪兒話，我還要多謝王妃關心。」

許靜珊掩唇笑了笑，對鄔八月道：「來此和夫人說這件事，也是想著若這樁婚事真成了，這輩分倒也的確夠亂的。高大爺見著陽秋長公主，是該喚姨母呢，還是喚弟妹呢？」她搖頭道：「這樁婚事，可不好啊。」

鄔八月垂首笑了笑，沒有發表意見。

她多少有些明白軒王妃來此的目的。

高彤蕾年底就要進軒王府為側妃了，軒王爺大婚到現在，只有一個正王妃，鄔八月也沒聽說過軒王爺還有別的側妃或姬妾，更沒閒心去打聽軒王府內宅的事情。

在鄔八月的理解中，軒王妃也應該是一個自在的人兒。

但年底側妃進門，軒王府的格局可就變了。

側妃的出身比起正妃來也不差，聽軒王妃話裡的意思，蘭陵侯夫人似乎和麗容華還走得極近，這對軒王妃來說，可不是一個好消息。

如果再讓高彤蕾的胞兄尚主，高彤蕾身後的後臺可就更加硬了。

而她許靜珊呢？只有一個文人清流父親，沒太多的倚仗，何況到現在為止，許靜珊還未懷孕。

這種種的事情，讓鄔八月不得不相信，軒王妃是聽到了這個消息便有些慌裡慌張地找到她這裡來了。

或許連軒王妃自己都沒察覺到，她這樣的行為，何止「唐突」，簡直明晃晃地標記著「別有用心」四個字。

但鄔八月自然不會拆穿她。

「二爺的事情，我也不可能插手去管。」鄔八月笑了一聲，對軒王妃道：「不過，我覺得二爺的婚事，整府上下都會斟酌再斟酌的。這一點，王妃盡可放心。」

許靜珊臉上訕訕一笑，到底也是個玲瓏人兒，幾句話將話題扯到了別處，然後起身道：「今兒來也唐突，叨擾了高夫人。待夫人身子好些了，記得給我下帖子。」

鄔八月點點頭，知道許靜珊這是要走，當即喚了朝霞代她相送。

等朝霞回來，鄔八月將自己猜測的目的同朝霞一說。

朝霞點點頭道：「奴婢也覺得軒王妃似乎是有些急躁了。」

鄔八月嘆道：「要是軒王不納側妃，該有多好？」

「也不見得吧。」暮靄在一旁插嘴道。「軒王妃肯定是不得軒王的寵愛，軒王納不納側妃，對軒王妃來說都一樣。」

鄔八月一愣。「這是什麼說法？」

暮靄眨眨眼睛。「大奶奶，這不是明擺著的嗎？軒王妃要是和軒王爺鶼鰈情深，用得著到大奶奶面前打小報告嗎？何況大奶奶又不能阻止高二爺的婚事。」

鄔八月細細一想，也覺得是這個道理。

「不過蘭陵侯夫人想要讓陽秋長公主做兒媳婦的想法，也真是太絕了。」朝霞微微蹙起眉頭。「陽秋長公主可是靜和長公主的妹妹呢，這豈不是將靜和長公主貶低了一個輩分？今後祭拜宗祠，陽秋長公主對著靜和長公主的牌位，是喚姊姊呢，還是喚母親呢？」

暮靄「噗哧」一聲笑了，朝霞剜了她一眼，道：「我哪兒說錯了？」

「沒沒，朝霞姊說的一點兒沒錯。」暮靄掩住唇，笑了會兒方才道：「所以啊，這樁婚事定然是成不了的。」

鄔八月笑著點點頭。

高辰複回來後，鄔八月將許靜珊透露給她的事情說了一遍。

高辰複皺起眉頭，神情極為不悅。「有這樣的事？」

鄔八月點點頭，道：「軒王妃特意來跟我說的，應該不會是誆我。」

「異想天開！」高辰複哼了一聲，鄔八月附和道：「想一想彼此之間的姻親關係，這婚事是的確不能行的。即便是上表求親，皇上也肯定不會答應。」

高辰複言道：「小皇姨嫁人不嫁人，嫁人的話會嫁給誰，都掌握在皇上手裡，就連太后也不一定能干涉。」

「為何？」鄔八月好奇地問道。

「小皇姨是皇上和皇后當作女兒一般養大的，而本該撫養她的姜太后，卻對她從來都是不管不問。」高辰複道：「小皇姨是宮中唯一的一位長公主了，她的婚事，皇上自然會讓皇后負責到底。」

鄔八月點了點頭，抿唇道：「陽秋長公主也真可憐。」

高辰複微微頷首，道：「可惜也見不著她人。若是能見到她，也可問問她的想法。」

「如果我是陽秋長公主，我想……我大概會極其願意離開那個冷冰冰的皇宮吧。」鄔八月輕嘆一聲。「她年少時在宮中遭受了那麼大的創傷，又怎麼會希望一輩子繼續留在宮裡？」

高辰複抿了抿唇。

「更何況……」鄔八月頓了頓，道：「也許陽秋長公主真的知道某些不可言說的秘密呢？那種壓力……有時候真的很讓人崩潰，我能感同身受。」

高辰複輕輕抓了抓鄔八月的手，道：「妳的秘密現在被我接管了，妳不用再背著它。」

鄔八月笑了笑，伸手挽住了高辰複的臂膀，輕聲道：「謝謝爺。」

高辰複輕撫了撫她的髮頂，猶豫著要不要將皇上找他的事情同鄔八月說。

算算日子，鄔八月臨盆的時候應該是明年二月底、三月初。

如果到時候他必須前往漠北，聯絡與北蠻政權結盟之事，在那時候，甚至是在那之前就必須出發了，否則趕不上前往部署，也趕不上夏季這個時節。

要讓高辰複丟下鄔八月和孩子，老實說他並不怎麼放心。

兒女情長使英雄氣短，這話說得還當真沒錯。

高辰複默默嘆了一聲，決定先將這件事瞞著。

此事對他和皇上而言都是機密，鄔八月這時也不適合知道這件事。

高辰複張了張口，說的卻是另外一件事情。

「上次侯爺去尋皇上，讓皇上收回公主府，皇上找我談過了。之前妳身子不大好，我便沒有同妳說。」

鄔八月仰起頭來，輕聲問道：「皇上要收回公主府嗎？」

「這倒沒有。」高辰複搖了搖頭，道：「不過，皇上說我們住在這兒並不好，有礙高家的臉面，讓我們搬回去。」

鄔八月頓時怔了怔，說實話，她心裡有些不願。

「……什麼時候搬？」鄔八月低落地問道。

高辰複笑了笑，道：「不著急。我拿妳的身子不宜挪動為藉口，對皇上說，至少要等妳胎象穩定了之後再回去。」

鄔八月張了張口。「皇上知道我有孕的事了？」

高辰複點點頭，道：「沒事，皇上總不是愛說閒話的人。」

兩人又說說笑笑了一陣，朝霞端了安胎藥來請鄔八月喝。

鄔八月一飲而盡，高辰複趕緊遞上了蜜餞。

「好苦……」鄔八月皺著臉，鼓著腮幫子看著高辰複。

高辰複摸了摸她的頭。「辛苦妳了。」

那眼神十分寵溺，像是要溺斃人一樣。

鄔八月覺得自己似乎就是他眼中唯一的珍寶。移開視線，鄔八月臉色微紅，輕聲道：「不辛苦……」

隨後，她岔開話題問道：「對了，爺可有和皇上提起我表兄？」

高辰複搖頭。「提起小皇姨的時候，皇上說小皇姨不適合嫁人，所以我就沒有提別的。」

鄔八月鬆了口氣。「既然沒提過，那以後也不要提了，倒不如讓人在學問上提拔提拔表兄。恩科取士後，表兄金榜題名，還愁沒有人相看女婿？」

賀修齊有真才實學，也早已通過了秋闈，學識定然不差，舅父舅母望子成龍，要是他尚了主，不能參與朝廷政事為官，舅父舅母怕是要失望了。

高辰複一笑，想了想道：「主考官是許翰林許大人，如果他知道妳表兄這麼個人，能夠提拔二，倒是一條捷徑。」
「許大人……」鄔八月想了想，恍然道：「是軒王妃的父親？」
高辰複點點頭，道：「要替妳表兄打點，最方便的途徑是透過鄔老。」
高辰複說到這兒頓了頓，鄔八月也是臉上微微一滯。
「既然妳表兄特意找了我，想必他沒打算依靠鄔老。」
高辰複道：「不透過鄔老的話，那就只能從別的考官處尋機會了。」
鄔八月點了點頭，心裡默嘆了一聲。「表兄有真才實學，又何必去找那些個關係？」
高辰複一笑。「官場之上，彎彎繞繞的關係盤根錯節，妳表兄有才識不假，但天下之大，有才識的人也不少，想要從中脫穎而出，別人找了門路而妳沒找，可能就會落人一截。」
鄔八月抿了抿唇。這是現實，她不能否認。
「軒王大婚的時候，母親也去觀了禮，似乎和許翰林的夫人相談甚歡。」鄔八月想了想道：「如果要同許大人提表兄，是不是要透過許夫人？」
高辰複道：「這也是一道捷徑，不過，就不知道岳母能不能開口。」
高辰複頓了頓。「妳表兄不知道岳母和許夫人之間有些私交，如果妳想幫妳表兄，少不得還要和岳母透露透露此事。」
鄔八月便嘆了一聲。「現在府裡的狀況……恐怕母親騰不出時間來替表兄打點。」
高辰複微微抿唇。他知道鄔八月說的是何事。
鄔老太太精神不濟，鄔府已經開始著手準備喪事的事情，他也知道。鄔八月和鄔老太太感情一向深厚，還不知道鄔老太太一走，妻子會傷心到什麼程度。

高辰複輕輕拍了拍鄔八月的髮頂，道：「待身體好些了，妳回鄔府去住一段時間吧。」

鄔八月一愣，頓時抬頭，有些不確定地道：「爺？」

高辰複一笑。「我每三日才回來一趟，公主府裡留妳一個人，我也不放心。妳回鄔府去，我回來的時候便也趕到鄔府去，岳父岳母只要不嫌棄，我們就住在那兒。」

鄔八月感動得無以復加。

已經出嫁的姑娘，婆家多半都不願意讓媳婦頻繁回娘家；既然嫁了，那便是婆家的人，娘家只能是媳婦的親戚。

鄔八月命好，嫁給高辰複，上沒有婆婆欺壓，也沒人給她立規矩。單獨闢府出來住後，她就是完完全全的主子，府裡上下都只聽她的。

如今高辰複還表示願意陪著她回娘家去住，鄔八月如何不感動？

「好了。」高辰複微微一笑，捏了捏鄔八月的鼻子。「天色已晚，該睡了。」

鄔八月點了點頭，與高辰複擁被而眠。

每天早上，鄔八月喝安胎藥之前，靈兒都會來給鄔八月把一把脈。

這日，靈兒照例給鄔八月把脈，朝霞將廚房熬好的安胎藥端了上來擱在一邊。

安胎藥剛出藥罐，還熱呼呼，瞧著便是極燙，鄔八月要等著涼了些才喝。

她正和往常一樣說著打趣靈兒的話，趙嬤嬤也帶了隋洛上來給鄔八月請安。

靈兒收回手，裝老成地道：「嗯，脈象很穩，沒有大礙。」

鄔八月「噗哧」一笑，擺擺手道：「好了好了，洛兒來了，你同洛兒玩去。」

靈兒輕哼了一聲，表示自己已經是大人了，不和小屁孩玩，但當隋洛上前來牽他的手，靈兒撇撇嘴，還是任由他拉著，坐到了一邊。

朝霞伸手探了探碗的溫度，輕聲道：「大奶奶，涼得差不多了，大奶奶該喝了。」

鄔八月點點頭，正要去端碗，外邊的丫鬟卻探頭進來喊道：「大奶奶，翁主來了。」

鄔八月意外地抬起頭。「翁主？」

「先別喝安胎藥！」

話音剛落，高彤絲就從門外跨了進來，速度很快，帶起一陣風，伴隨著她高亢的一聲。

高彤絲身後跟著兩個粗壯婆子，其中一個婆子扭著第三個神情萎靡、戰戰兢兢的婆子。

鄔八月愣了愣。「翁主這是……」

自從高彤絲害得鄔八月險些流產之後，高彤絲也不敢擅闖主院，著實老實了一段時間。

高彤絲一個箭步上前，見鄔八月身邊的桌上擱著藥碗，裡面的藥汁倒是還滿滿當當的，頓時鬆了口氣。

「先別喝，這藥可能有問題。」高彤絲喘了口氣說道。

鄔八月一驚，朝霞忙道：「翁主為何這般說？」

高彤絲擺了擺手，讓那兩個健壯婆子上前，兩個婆子將那個被抓著的婆子推到了地上。

「王婆子？」朝霞小聲驚呼了一句。

「那個誰……」高彤絲指著靈兒，一時之間不知道他叫什麼名字。「你不是大夫嗎？快來瞧瞧，這藥有沒有問題。」

高彤絲雖然進不了主院，但公主府裡的事情，她也是知道的。鄔居正來瞧鄔八月，留了個小童給鄔八月的事，她還記得。

靈兒立刻站了起來，一本正經地介紹了自己的名字，這才走了過來。

鄔八月有些不敢相信，望了望自己的藥碗。

靈兒拿了銀針，又搗鼓了一會兒，有些為難。「我這樣看不出有什麼不對的地方來，除非有藥渣。」

高彤絲立刻讓人去取藥渣來，結果當然是一無所獲。

「回翁主，藥渣已經被倒掉了，埋在了爐灶的爐灰裡。」來人回道：「是被王婆子倒進去的。」

高彤絲不由分說就給了摔在地上的婆子一個耳光。

「沒事，找不著藥渣，問人也是一樣。」

高彤絲讓人將婆子拉了起來，讓她仰起臉。

高彤絲指了其中押王婆子的那婆子道：「妳來說。」

「是，翁主！」婆子挺了挺胸，中氣十足。「朝霞姑娘從廚房端了藥之後，王婆子就鬼鬼祟祟地盯著朝霞姑娘走的方向，確定朝霞姑娘走遠了，便轉回了灶房，應當是去倒藥渣了。此後，王婆子便不斷打聽前院有沒有什麼動靜。」

婆子道：「老奴認定，王婆子一定是在大奶奶的安胎藥裡動了什麼手腳。」

朝霞不可置信地張了嘴，半晌才道：「王婆子看起來一直忠厚老實，怎麼會……」

高彤絲道：「知人知面不知心，朝霞姑娘也不用太自責，此事與妳無關。」她看向鄔八月。

「大嫂，之前推搡妳、差點害我姪兒沒能保住，是我的不是，這兒我給大嫂賠罪了。」

高彤絲對鄔八月行了一個大禮，鄔八月還有些愣神，也沒避開。

高彤絲緊接著道：「王婆子要怎麼處置，就交給大嫂了。」

鄔八月緩緩地點了點頭。

王婆子之前似乎是已經被人收拾過了，一邊臉腫得老高。

鄔八月瞧著雖然有些不忍，但一想到這人可能下手害自己，便又收起了同情心。

她冷了臉，出口問道：「王婆子，妳有什麼話說？」

王婆子直搖頭，卻是不肯開口說話。

靈兒沈聲對鄔八月道：「陵梔姊，現在首先還是要斷定這安胎藥有沒有問題。」他有些不甘心。「得找個精通婦科的大夫。」

鄔八月寬慰他道：「靈兒小小年紀有這樣的醫術已經了不得了，等你長大了，肯定一聞就能知道藥有沒有問題。」

靈兒頓時仰了仰頭。「那是當然。」

「肖嬤嬤。」鄔八月喚了一聲，肖嬤嬤趕上前來。

鄔八月道：「去請個大夫來，看看這藥有沒有問題。」

肖嬤嬤應了一聲，立刻出去了。

等待的時間是熬人的，好在肖嬤嬤辦事一向利索，很快就將大夫請了來。所請的大夫也正是當日鄔八月險些流產時請來的那位大夫甲。

大夫甲一進廳中，見著陣仗，也知道多半涉及內闈傾軋，頓時眼觀鼻鼻觀心。

鄔八月請他探看藥汁，他便捧了藥汁查看起來。

半晌之後，他與靈兒一樣，請求要驗看藥渣，方才能斷定他的想法。

鄔八月道：「大夫，正是因為沒有藥渣，斷定不了這藥中到底是否多出什麼，所以才請了您來。您看……除了藥渣，有沒有別的方法？」

大夫甲頓時汗顏，想了想，道：「也不是沒有其他辦法……」

「大夫您說。」

「讓其他動物代替試藥。」大夫甲道。「如果有懷了崽子的貓狗，讓牠喝了，便可知道這藥是否有問題。老朽實在是醫術不精，只能猜測，不能斷定。夫人也可以請醫術更高明的大夫來瞧。」

大夫甲話都說到這個分上了，鄔八月也不好說什麼。

她便問道：「那據您所說的，您也有了些猜測，不知道您的猜測是……」

大夫甲頓了頓，道：「老朽認為，這裡面應該多摻了幾味可導活血效用的藥材。」

鄔八月微微地點了點頭，笑道：「今日有勞大夫您跑這一趟。」

她看向肖嬤嬤，道：「嬤嬤，送大夫。」

朝霞遞上一個錢包，肖嬤嬤接過，將大夫甲送了出去。

高彤絲已經讓人去找懷孕的貓狗了。

半晌後，一隻狸貓被帶了過來，高彤絲一聲令下，婆子便端了那碗安胎藥給狸貓灌了下去，仍舊剩下了半碗。

鄔八月撇過頭，不想說這實在是有些殘忍，好在高彤絲也想到這場面說不定會刺激到鄔八月，讓人將狸貓抱了出去，放到了籠子裡。

半炷香之後，狸貓開始發出慘叫。

鄔八月也知道那安胎藥定然是有問題的了。

她看向下方委頓的王婆子，默默地端過了紅棗茶，飲了一口。

「誰指使妳的？」鄔八月輕聲地問了一句。

王婆子仍舊是搖頭，也不知道是因為臉腫了開不了口，還是死豬不怕開水燙，愣是不敢說。

「跟她廢什麼話。」高彤絲冷笑一聲。「她是沒見過刑部審人的手段，讓她去嚐一嚐那滋味，她就知道該不該說了。」

鄔八月不吭聲。

守狸貓的婆子走了回來，恭聲回道：「大奶奶，翁主，狸貓落胎了。」

高彤絲擺了擺手，讓婆子將狸貓抱走，把血跡給處理掉。

她看向鄔八月，問道：「大嫂，將這王婆子送到刑部去？」

高彤絲眼中的寒光一閃即逝。

鄔八月則是微微蹙著眉頭，沒有立刻回答高彤絲。

她在等待的時間裡仔細想了想，到底是誰要害她流產？

這個人要具備至少兩個條件。首先，不說這個人和她有仇，至少和她要有利益上的關聯。她懷孕會導致那人的利益受損，所以那人要她落胎流產。

其次，這個人得知道她懷孕了。

這便是關鍵。

她懷孕的消息，鄔家那邊只有父親、母親和祖母知道。

除此之外，便只有宣德帝知道。如高辰複所說，宣德帝到底是帝王，怎麼會碎嘴說臣子家的閒事？姜太后那兒即便知道了，害她孩子還不如直接給她下毒藥呢，鄔八月覺得姜太后應該也沒那閒工夫繞這麼大一圈。

那麼，問題就只可能是出在公主府裡。

鄔八月想到這兒，忽然抬頭看向高彤絲。

高彤絲臉上還殘留著陰狠快意的表情，不知道是想到了什麼，整個人都顯得有些猙獰。

「翁主。」鄔八月看著高彤絲，慢悠悠地問道：「妳身邊的婆子，緣何……會在廚房那邊，對廚房裡的情況密切關注？好巧不巧地，竟然被妳抓到王婆子下藥？」

高彤絲臉上一怔，眼神頓時閃爍。

「翁主？」鄔八月沈聲喚了她一句。

高彤絲咬了咬唇，方才說道：「反正這事我也瞞不了，索性同妳說了。」

她頓了頓，道：「給妳下藥的人，應該是淳于那個老婦。」

「喔？」鄔八月問道：「翁主如何得知？蘭陵侯府那邊可不知道我有孕的消息。」

高彤絲尷尬地笑了笑，道：「那日我歡喜壞了，去蘭陵侯府，在府外碰到了莫語柔。我一時心急口快，將這消息告訴了她，讓她別妄想大哥。回來之後，我仔細想了想，雖然我威脅莫語柔不准告訴別人見過我，但她不大可能聽我的，肯定會告訴給淳于老婦聽。淳于老婦一旦知道這件事，肯定會想方設法除掉這個孩子，大嫂應該也能想得到。」

高辰複有了子嗣，蘭陵侯爺肯定更加願意高辰複承爵，這道理，鄔八月當然理得清楚。

「我猜淳于老婦肯定會下手，所以讓人在不少地方都盯著。廚房那邊果然有了情況。」

高彤絲眼中頓時顯露出狂熱。「只要這王婆子指認淳于老婦，她的狠毒面目即刻就會暴露。」

鄔八月輕嘆了一聲，道：「翁主想的太簡單了。」

「怎麼，妳難道還覺得不是淳于老婦所為嗎？」高彤絲怒瞪著鄔八月。

鄔八月搖了搖頭，道：「即便事實真相如翁主所言，可我們還是沒有證據。」她看向王婆子。「王婆子被翁主的人修理成這般模樣，卻仍舊是搖頭，一問三不知，可見王婆子的確不知道背後是誰要害我，她大概只是一個拿了錢財做事的人而已。即便翁主與侯爺夫人對峙，拉了莫語柔出來，莫語柔不承認她將此事告訴過侯爺夫人，侯爺夫人也否認知道我有孕之事……到頭來，翁主也沒辦法定她們的罪。」

「證據！證據！證據！」高彤絲幾欲抓狂。「怎麼什麼都要有證據？明擺著的事情都要拿證據！」

高彤絲像一隻困獸一樣，在廳中來回走動，整張臉脹得通紅。

鄔八月能理解高彤絲想要將淳于氏繩之以法的迫切心情，但現實就是這樣殘酷。沒有證據，說什麼都沒用。

鄔八月忽然又覺得奇怪。高彤絲長到十六歲，方才將淳于氏害死靜和長公主的事情掛在嘴邊，那之前呢？她似乎並沒有這般針對淳于氏。

「翁主一直說是侯爺夫人害死婆婆的，到底為何會這般認為？」鄔八月不由問道：「四、五年前那次賞花會，翁主突然對侯爺夫人發難……那之前，翁主對侯爺夫人又是否有懷疑？」

高彤絲頓時被鄔八月問住了，愣在當場。

她臉色急劇變化，好半天後才恢復正常。

「之前當然也有懷疑，但淳于老婦表面功夫做得特別到位，誰都認為她是一個善待嫡妻子女的繼室，我要什麼，她給什麼……真正產生強烈懷疑是在賞花會前，聽人說母親在要臨盆之前，父親和淳于老婦就來往頻繁……然後賞花會……」高彤絲說到這兒卻是不說了，她看向鄔八月道：「大嫂，妳到底打算怎麼處置王婆子？依我看還是送刑部吧。」

她轉換話題如此快，任誰都聽得出來。

鄔八月嘆笑一聲。「又並非什麼大案要案，就算扭送她到刑部，刑部的大人們也不會收。」

鄔八月喚上肖嬤嬤，讓肖嬤嬤將王婆子押下去，著人看著。

「去王婆子家裡打聽打聽，看看有沒有什麼不同尋常的地方，問問最近王婆子有跟誰接觸過。」鄔八月吩咐道。「再去廚房問問，誰與王婆子走得近，有沒有聽王婆子說起過，可能與這件事有關的事情。」

肖嬤嬤應聲下去了，王婆子也被半拖半拽地帶了下去。

高彤絲猶不甘心，想要透過王婆子抓到淳于氏小辮子的願望落了空，這讓她原本興奮的臉色頓時暗淡了下來。

鄔八月見她雙手握了又鬆，輕聲道：「翁主，善惡到頭終有報，不是不報，時辰未到。如果真的是侯爺夫人在背後操控一切，紙是包不住火的。何況……」

她頓了頓，道：「何況，侯爺夫人也受到懲罰了。」

高彤絲想起高辰書的模樣，心中大快。

「哼，還有高彤蕾和高彤薇。」高彤絲陰狠地咬了咬牙。「我該去軒王府一趟，與軒王妃見面……」

鄔八月正吩咐朝霞重新去熬藥，聽到高彤絲這話，心裡一動，忽然開口笑道：「說起軒王妃，上次她還來過我這兒一趟，說麗容華提到，侯爺夫人想要求陽秋長公主為媳。」

高彤絲聞言，瞬間臉色劇變，臉上青白交加。

她看向鄔八月確認道：「陽秋長公主?!」

鄔八月愣了愣，點了點頭。

高彤絲頓時轉身，連招呼都沒打便從主院飛奔而出。

第五十七章

鄔八月望著高彤絲跑走的背影，心裡篤定。這裡面一定有問題。

高彤絲會跑走，重點在陽秋長公主本身。

如果是憤怒於淳于氏竟想將靜和長公主的妹妹娶為兒媳，高彤絲的臉色不會是那個樣子。她會當即破口大罵，然後嚷嚷著要去蘭陵侯府找淳于氏，比較符合她的性格。

但這般臉色蒼白地跑走……鄔八月搖了搖頭。

十有八九，是和陽秋長公主有關。

「大奶奶，翁主她……」暮靄上前為難地問道。「要不要派人跟著？」

鄔八月想了想，輕聲叮囑道：「讓人遠遠跟著，看翁主去了什麼地方。」

暮靄應了一聲，忙去吩咐人。

「這一大早上的，也真是鬧心……」鄔八月嘆了一句，讓人將剩下半碗藥裝好。「靈兒，今天的事可有嚇著你？」

靈兒搖了搖頭，側低了頭看了看隋洛，道：「他被嚇得比較厲害吧。」

「我沒被嚇著！」隋洛頓時像波浪鼓一樣搖頭。

鄔八月笑了一聲，道：「沒被嚇著就好，下去玩吧。」

靈兒帶著隋洛下去了。

鄔八月喝了安胎藥，下午時休了半個時辰。她今日比較精神一些，也沒往日睡得多。

朝霞拿了針線坐在繡墩上繡著，和鄔八月有一搭沒一搭地說著話。

朝霞繡的是自己的嫁妝，鄔八月在有孕之後和她談過，打算等她生了孩子出了月子，便讓朝霞和周武完婚。

朝霞也答應了下來，是以從現在已經開始做四季新衣了。

鄔八月在抄佛經，平心靜氣地思索整件事情的關聯。

她覺得，高彤絲和陽秋長公主之間定然存在著某種關聯。

四年前……不，應該說是五年前了。

賞花會後，高彤絲被貶玉觀山，永不得再入宮闈。

而在十分接近的時間裡，雲秋宮被燒，陽秋長公主被毀容，遷居偏僻的解憂齋，很少在人前露面。這當中的關聯，鄔八月若是深想下去，總會有一種膽戰心驚的感覺。

朝霞做了會兒繡活，抬起頭來，看鄔八月也停筆，凝神靜思著。

她輕喚了鄔八月一聲，鄔八月望向她，道：「怎麼了？」

「大奶奶，那王婆子……」朝霞頓了頓，道：「這件事要不要派人去京畿大營通知大爺一聲？」

鄔八月搖了搖頭。

「在公主府裡，我也算是主母，這點事情若是都處理不好，豈不是太沒用了？」

鄔八月輕嘆一聲。「王婆子是抓住了，等她臉上消了腫，總能說出一、兩句話來。」

「大奶奶覺得，是不是侯爺夫人下的黑手？」朝霞輕聲問道。

鄔八月笑嘆了一聲。「這也不好說啊……」

「奴婢倒是覺得，如果要害大奶奶流產，其實不用下藥這麼複雜，她能買通人，只需要讓人裝作『不小心』害大奶奶摔跤，也能造成幕後之人想要的效果，又何必下藥，留下罪證？」

鄔八月笑了一聲。「我也想過妳說的這種情況，不過……」鄔八月指了指四周。「我身邊不會讓陌生的人近身，包括妳、暮靄、肖嬤嬤她們，妳覺得妳們能被人收買嗎？」

她搖了搖頭。「那人手腳伸不了那麼長，就只能買通廚房的人。主院和外面的聯結，也就只有飲食了。」

「那王婆子若是知道那是害大奶奶流產的藥，藥到底是經她的手，要是大奶奶真中了招，事發後，王婆子根本無法脫身。」朝霞道。「那王婆子又為何甘願冒這樣的危險？」

鄔八月搖頭。「那就只能等肖嬤嬤審問完王婆子後，聽聽王婆子是怎麼說的。」

估算著鄔八月午睡起身了，肖嬤嬤方才來了前院。

鄔八月道：「辛苦嬤嬤了，從王婆子嘴裡問出了什麼來嗎？」

肖嬤嬤點頭，道：「奴婢問過了，那王婆子說，的確有人找了她，給了她一筆錢，讓她給大奶奶下藥。不過到底是誰指示的，她並不知道。」

朝霞問道：「她就不怕事情敗露？」

「王婆子當然怕。」肖嬤嬤道。「但是她說，那人保證過，交給她的藥無色無味，事後也一定查不出來，絕對不會讓她惹上麻煩。不過王婆子還是有兩分擔心，所以才會慌裡慌張地將藥渣埋了，想著就算找到她，也是個死無對證，沒想到竟然會被翁主的人看到。」
鄔八月點了點頭，朝霞忍不住問道：「王婆子到底是有多缺錢，做這樣的缺德事？」
肖嬤嬤頓了頓，道：「王婆子的獨苗孫得了病，急需錢治病……」
朝霞頓時沒了言語。鄔八月卻是手指在桌上點了點。「那人給了她多少銀兩？」
肖嬤嬤輕聲回道：「三十兩。」
「三十兩啊……」鄔八月笑了笑，搖搖頭。「她的尊嚴和準則，也就只值那麼點錢。」
肖嬤嬤低頭問道：「大奶奶，這王婆子……要怎麼處置？」
鄔八月擺了擺手，問道：「她可記得那個找她的人長什麼樣？」
肖嬤嬤搖頭。「從她嘴裡，也打聽不到其他的消息了。」
「廚房裡的人，還有王婆子的家人呢？可有什麼說法？」
「都說沒什麼異常，只是廚房裡的人說，王婆子最近的確有些心神不寧的。」
鄔八月聽了倒也不意外，讓肖嬤嬤下去，道：「先關王婆子幾日，怎麼處置她，再讓我想想。」
肖嬤嬤躬身應了，退了出去。
朝霞道：「王婆子做這樣的事，死不足惜。」
鄔八月笑嘆道：「算了，也算是為孩子積點德。奪人性命這種事，我做不出來。」
正當這時，暮靄小跑了過來，對鄔八月道：「大奶奶，派去跟著平樂翁主的人回來了！他說、他說……」暮靄喘了口氣，低聲道：「他說平樂翁主似乎是……是進宮裡去了。」

鄔八月頓時大驚，差點沒嚇得起身。

朝霞趕緊到她身邊去將她扶住。

「進宮了？」鄔八月心裡惶惶。「皇上下過令，不允許她進入宮闈，她怎麼會……」

暮靄也是臉色蒼白，道：「那人回來就是這般同奴婢說的，平樂翁主找了一處防衛稀鬆的地方，借著幾個人將守衛的注意力調開，自己乘機溜了進去。」

她頓了頓，道：「一個人。」

鄔八月頓時深吸一口氣。此事非同小可，要是在宮中被逮住了，私闖宮闈可是大罪。

她頓時坐不住了，讓暮靄將那跟著高彤絲去的人叫了進來。

來人做家丁打扮，是在公主府外院做活的。他一腦門兒的汗，低垂著頭不敢看鄔八月，渾身還微微發抖。

鄔八月開口問道：「你親眼見到平樂翁主進宮裡去了？」

家丁連連點頭，微微哆嗦著道：「小的、小的親眼見到的。」

「皇宮哪是那麼容易就能溜進去的？」鄔八月怒道。「皇宮周圍空曠，如果有人接近，一目了然，平樂翁主怎麼會在無人注意的地方進宮？」

「那兒的宮牆下方，被耗子和狗鑽出了一個洞，只有兩個侍衛在洞前守著。引開他們的注意力之後，翁主就……就鑽進去了，一點都沒引起侍衛的懷疑，前後也不過就是幾個眨眼的工夫。」

家丁擦著汗。這消息非同小可，要是傳出去，整個公主府都會遭殃的。

鄔八月沈了沈氣，心裡萬分後悔在高彤絲面前提到陽秋長公主。

可她也不知道高彤絲會忽然跑進宮去啊！

鄔八月看向家丁，又問道：「跟著翁主的那幾個翁主的下人呢？和你一起回來了嗎？」

家丁忙點頭。

鄔八月吐了口氣，道：「此事不可聲張。」

家丁點頭如搗蒜。

「你下去吧。記住，想要活命，就別和人提此事。」

家丁連連點頭，鄔八月給朝霞使了個眼色，朝霞送了家丁出去，給了他一些賞錢封口。

「大奶奶，這怎麼辦啊……」暮靄臉色也極其不好，鄔八月沈吟片刻，咬咬唇道：「讓人去京畿大營，請大爺回來。府裡應該沒有人知道這件事了，現在最重要的是將這件事隱瞞住，能在平樂翁主被宮中的人抓到之前，將她帶出宮來。」

暮靄連連點頭，立刻道：「那奴婢這就讓人前往京畿大營，通知大爺。」

鄔八月點了點頭，暮靄即刻去辦。

朝霞重重地吐出一口氣，臉上的凝重之色顯露無疑。

「大奶奶，消息即便瞞住了，又怎麼知道平樂翁主去了宮裡哪兒？」

鄔八月搖頭，對朝霞道：「讓那幾個跟著翁主的下人上來。」

這幾個人上來之後，都垂首跪在鄔八月面前。鄔八月問他們怎麼會知道那樣方便進宮的地方，其中一個人回道：「翁主一直讓奴才們注意宮裡的動向，剛好昨日那處宮牆牆體下方有些場，奴才們一彙報，翁主便……」
其他的不用他們說，鄔八月也知道了。
鄔八月沈聲問道：「可知道翁主進宮做什麼？」
幾人都面面相覷，皆是搖頭。
鄔八月問清楚了高彤絲進入皇宮的準確位置，讓人將他們關進柴房。
她有些慌亂，但也還不至於六神無主。
平樂翁主進宮，多半是去見陽秋長公主。
但皇宮地形複雜，高彤絲一個人在宮裡想要躲避內監和宮女，成功到達解憂齋，恐怕不是一件容易的事情。
每個地方都有守衛，後宮裡的人更是多，一旦被人發現，她這私闖宮闈的大罪可就推脫不了了……
而且要是平樂翁主在宮中迷路，到處亂闖，也不是不可能的事情。
鄔八月將手握緊又鬆開，不由自主地咬起了手指。
暮靄派人去京畿大營，這會兒也回來了，她和朝霞候在鄔八月兩邊，都是大氣不敢出。
良久，鄔八月方才開口道：「都不要驚慌，當作什麼事都沒發生。」
朝霞緩緩地做了一個深呼吸，問道：「大奶奶，我們現在怎麼辦？要進宮去嗎？」
「豈是想進宮就能進宮的？」鄔八月搖了搖頭，道：「為今之計，也只能等爺回來了再說。」頓了頓，她沈聲道：「也只能祈禱翁主在宮裡沒有被人發現吧。」

當晚，接到消息的高辰複請了假，回了公主府。

聽完鄔八月簡單的陳述之後，高辰複先是問了鄔八月的身體狀況，得知鄔八月一切皆好，他才放了心。

「彤絲對宮中很熟悉，不用擔心她會迷路。」高辰複低聲道：「因母親早逝，外祖母經常接彤絲進宮相陪，可以說，彤絲也算是從小在宮中長大的。各所宮殿的方位她都記得很清楚，有什麼道，她也都爛熟於心。」

他頓了頓。「不過，她總歸是離開了四、五年，印象可能會模糊。再者，宮中有些地方也不會一成不變，總會有所改動，只希望她能走她確定的、熟悉的路。」

鄔八月聞言心裡一鬆又一緊。

「爺，那我們現在怎麼辦？」

「妳做得很好，這件事情不宜聲張。」高辰複沈吟片刻後道：「我們不可能在這個時候進宮去，拜託別人更會打草驚蛇，也就只能……等了。」

「等？」鄔八月咬了咬唇。「要是翁主被抓到……」

「那就要看皇上和皇后的意思了。」高辰複沈吟片刻，道：「這個罪……也是可大可小，皇上要說她不是擅闖，也就沒什麼大事。」

鄔八月點了點頭，又問道：「那要是一直沒有抓到翁主，翁主她……她多半是去見陽秋長公主了。」

高辰複不置可否。「她是不是去見小皇姨，還要等見到她之後，才能問她這個問題。」

「不如……我進宮一趟？就藉口說是想外祖母了，進宮去陪她老人家。」鄔八月咬了咬唇。

「有孕的事就不瞞著了，想辦法讓外祖母知道。外祖母知道這個消息，肯定也很想見我。」

高辰複搖頭。「不妥。不能因為彤絲，而讓妳去冒險。」

鄔八月連連搖頭。「若不是我跟她提起陽秋長公主，她也不會這般。這件事我要負很大的責任，我不能待在公主府裡等消息……」

鄔八月拉住高辰複，道：「爺，你就讓人通知外祖母吧。」

高辰複還是不希望鄔八月為此事勞心。

「妳乖乖在府裡待著，彤絲的事情，我來處理。」

「爺也只能等消息不是嗎？」鄔八月道：「我進宮去也不會引起什麼懷疑，要是能見到翁主，順理成章就能將她帶出宮來。」

「可是妳忘了嗎？有人暗中要害妳。」高辰複沈聲道。「妳不也說了，應當是那人手伸不到妳身邊的人來，所以只能透過給妳下藥來達到目的。只要待在這院子裡，妳就是安全的，一旦出了府，意外隨時都可能發生。妳要是出了事可怎麼辦？」

高辰複一錘定音。「旁的不用多說，我還是那句話，彤絲已經是大人了，她做的事，她應該為此負責。這件事，怪不到妳身上。」

鄔八月咬著唇，不知道該愧疚還是該感動，心裡五味雜陳。

高辰複也只請了一日的假，回來陪了鄔八月一天，將府裡的守衛肅清了一遍。

念在鄔八月沒有中招，且她也想為孩子積德，高辰複沒有要王婆子的命。他下令打了王婆子三十個板子，將與王婆子有親戚關係、平日裡交好的人都給攆出了府，而王婆子本人則被扣在了公主府裡，讓人盯著她做粗活。

高辰複說，說不定還有用得著她出面作證的一天。

而那幾個幫助著高彤絲進宮的人，也被高辰複下令重打了十板子，關進了柴房，讓人嚴加看管。

「下令拿安胎藥來害妳的事情，想必那凶手也知道計劃失敗了。一計不成定然會生二計，妳待在主院裡不要出門，飲食和藥，吃之前都讓人檢查一遍。再過幾日，我就提前送妳回鄔家，有岳父岳母照看著，我比較放心。」

鄔八月抿著唇，點了點頭。「你自己也要小心。」

高辰複伸手摸了摸鄔八月的頭，輕聲問她。「今兒個嚇著了吧？」

鄔八月搖了搖頭，道：「還好，事後有出些冷汗。」

「換了衣裳了嗎？可別著涼了。」高辰複道。

鄔八月點頭，笑道：「爺放心，朝霞她們也盯著我呢。」

高辰複頷首。「別想太多，彤絲的事，我們等消息就好。」

這一等，就等了幾天。

幾天的時間裡，宮裡沒有任何消息傳來。

鄔八月想，高彤絲應該是順利到達了她的目的地。只是她心裡也有些疑惑。

按說，雲秋宮被燒之後，陽秋長公主身邊的人都被杖斃了，那麼，陽秋長公主身邊的人，自然也都是皇上或太后的人。

高彤絲見陽秋長公主，這些人不會同自己的「主子」彙報嗎？

鄔八月忐忑不安。

沒有消息便是最好的消息，她當然明白，但要是沒有消息，她又有一種不安的感覺，有些等待判決的茫然和緊張之感。

就在這一天凌晨時分，高彤絲卻詭異地自己回來了。

當晚，高辰複也在府裡，小夫妻二人正睡得香。

外間守夜的朝霞被人叫醒，二門上守門的婆子說外院有人找她。

找她的是周武，他讓朝霞去通知高辰複，平樂翁主回來了。

朝霞一驚，頓時睡意全無，趕緊快速又悄聲地進了主臥，輕輕將高辰複搖醒。

高辰複睡覺警醒是一直以來的習慣，朝霞只搖了他兩下，他便醒了過來。

「爺。」顧忌著鄔八月，朝霞將聲音壓得極低。「周侍衛讓奴婢通知您，平樂翁主回來了。」

高辰複頓時瞇了瞇眼睛，小心翼翼地從鄔八月身邊起身。

鄔八月嚶嚀了一聲，翻了個身繼續沈沈睡去。

高辰複披了件外裳徑直走了，直往高彤絲的院子裡去。

高彤絲的院落只點了一盞昏暗的燈，她就坐在燈燭前，左右兩邊站了四個高辰複的親衛。

「吱呀」一聲，房門被緩緩從外拉開，冷風頓時竄了進來。

高彤絲不由自主地聳了聳肩，輕聲道：「大哥，雖說是伏天，但這時辰還是很冷的。」

高辰複高大的身軀在燭火的映照下，形成了巨大的陰影。

他將房門闔上，揮了揮手，四名親衛悄聲退了出去。

高辰複坐到了高彤絲面前，靜靜地望了她一會兒，輕聲問道：「出去玩了一趟，是不是覺得特別刺激？」

高彤絲一笑。「大哥，相信我，這並不好玩。」

「知道不好玩，還冒著生命危險進宮？」高辰複陡然厲聲道。「妳知不知道妳這行為，讓多少人替妳擔心！」

高彤絲不置可否。

高辰複壓下怒氣，沈聲問道：「進宮做什麼？這幾天，妳在哪兒過的？」

高彤絲抿抿唇，輕笑一聲。「大哥一定要知道嗎？可別等我說了，你又以我口說無憑、沒有證據為由，不相信我說的話。」

「妳說妳的，我信不信是我的事情。」高辰複冷凝地望著高彤絲。「把妳這幾日幹什麼去了、見了什麼人、說了什麼話、這般做的目的，統統告訴我。」

高彤絲莞爾一笑。「大哥，我這樣做有什麼好處？」

高辰複沈聲道：「妳沒有選擇的權利。」

「我有。」高彤絲笑道：「我成功出來了，沒有人知道我曾經進過皇宮，那麼就沒人能以這個來威脅我，因為沒有證據啊。」

高彤絲攤了攤手，笑道：「所以，要不要說是我的事情，即便是大哥，也沒辦法撬開我的嘴。」

四周昏暗，那一盞油燈因為風的關係，搖曳得厲害。

高辰複盯著高彤絲，嘴角緊抿。

他心裡很憤怒，自然也摻雜著擔心，但對於高彤絲這樣耍賴的行為，他卻沒有辦法。

高彤絲說得對，她要是不想說，高辰複撬不開她的嘴。

「妳究竟為什麼會變得這樣偏執可怕？」高辰複微微閉了眼。「我以為妳這幾年在玉觀山上修身養性，總會改變一些性子，可沒有想到，沈靜也只是表面上的，妳不僅沒有改變，反而更讓人捉摸不透了。彤絲，妳心裡到底在想些什麼……」

「我在想什麼，大哥不會不清楚。」高彤絲輕聲笑道：「我想要淳于老婦死，想要整個蘭陵侯府歸屬於它本該屬於的人，我想要母親當年過世的原因大白於天下——這種種，大哥你不做，那就只能由我來做。」

高彤絲定定地看著高辰複。「蘭陵侯府絕對不能落到高辰書的手上。」

「彤絲。」高辰複輕吐了一口氣。「不論如何，辰書也是無辜之人。他心性純善，從來未曾做過傷害妳的事情，即便妳針對淳于氏，也不要累及無辜。」

「無辜？」高彤絲輕笑一聲，笑聲漸漸高亢。「誰不無辜？你不無辜嗎？我不無辜嗎？別跟我談什麼無辜！」

高彤絲臉上的笑意全無，她雙手按著桌，緩緩朝前傾了身子。

「他是淳于氏的孽種，你同情他但我不會。我只知道，沒有淳于氏，就沒有他。我要讓淳于氏得到她應有的報應，這報應要是印證在她的兒女身上，你說她會不會生不如死呢？」

「彤絲！」高辰複壓低聲音喝了一聲。

高彤絲緩緩恢復之前的坐姿，微笑著輕聲道：「大哥不用擔心，我進宮去也沒做什麼別的事情，不過找人聊了聊。你看，不也沒人發覺嗎？你和大嫂的掩護和隱瞞還是做得很好的。」

「妳找誰聊？」高辰複望著她。「小皇姨？」

高彤絲又是一笑。「大哥既然猜到了，又何必問呢？」她頓了頓，道：「大哥不要再問了，別的我不會多說，你只需要知道，我不管做什麼，都不會危害你和大嫂。」

高彤絲抬起頭，衝高辰複揚了個笑臉，道：「夜深了，聽說大嫂晚上睡得並不踏實，要是半夜醒來發現大哥不在身邊，恐怕心裡會恐慌。大哥還是回去吧。」

高辰複臉上陰暗不明，瞧不真切他的表情。

「我會替大哥守護你的幸福。」高彤絲輕聲道。

高辰複忽然冷聲一笑。「我的幸福我自會守護，不需要妳操心。」

高彤絲笑道：「看來大哥真的是惱了我了。」

高辰複站起身，臉徹底隱藏在了黑暗之中。

「彤絲，妳不是小孩子了，再怎麼樣心智也該成熟了。母親生妳來世上，不會想看到妳這個樣子。真相我們可以查，但自己的未來，也不能就這樣捨棄，否則，即便真的查出了真相，真的為母親報了仇，死後到了地下，妳也無顏面見母親。」
高辰複的聲音很飄渺，高彤絲微微低著頭，露出一個苦笑。
她輕聲說：「幸福，大哥有就好了。我，不需要。」
「高、彤、絲。」高辰複一個字一個字地喚她。
高彤絲低應了一聲。「大哥不要著惱，你想我過得有意義，那我可以告訴你。」她抬起頭，輕聲道：「我現在做的，就是我認為最有意義的事情。」

清早，鄔八月醒來便得知高彤絲已經回來了的消息。
她趕緊梳洗穿戴去見她。
然而還不等她去，高彤絲就先來了。
「翁主！」鄔八月驚叫了一聲。
高彤絲上前道：「大嫂不要慌張，我人不是在這兒嗎？妳動作別太大，仔細動了胎氣。」
鄔八月死死盯著高彤絲，見她眼下有些青紫，人也有些疲態，應當是睡眠不好造成的。
屏退了左右，只留了朝霞在身邊，鄔八月問道：「翁主這幾日……去哪兒了？什麼時候回來的？」
高彤絲頓時一笑。「昨兒半夜回來的。至於去哪兒……大嫂既然知道，又何必多此一問。」
她飲了口茶，傾身笑道：「大嫂別擔心，我這不是回來了？有什麼事，也只管讓我擔著。」
「翁主……」

「大嫂懷著孕呢，憂思太重可不好。」高彤絲佯瞪了鄔八月一眼。「大哥審過我了，大嫂就別再審一遍了。」

鄔八月望著她半晌，最後只能低嘆一聲。

「翁主以後不要做那樣危險的事情，妳大哥會擔心的。」鄔八月輕聲道。「翁主既然回來了，那這件事情就當作從來沒有發生過，以後也不用再提，免得節外生枝。」

高彤絲笑著點頭。

她的笑容瞧著很爽朗，但鄔八月總覺得其中隱藏了些什麼。

高彤絲身上明顯是有秘密的，那次賞花宴上到底發生了什麼，真是一個難解的謎題。除非當事人肯說，否則根本沒辦法查。

高彤絲起身，對鄔八月笑道：「對了，大嫂，我今兒還要出門一趟，提前跟大嫂您說一聲，免得大嫂擔心。」

鄔八月張了張口，頓時有些緊張。「妳要去哪兒？」

高彤絲莞爾一笑。「我想去軒王府。軒王爺總歸也是我的表弟，我去和表弟媳婦聊聊天。」

鄔八月神情一頓。

高彤絲之前離開的時候，鄔八月猜測她應該是去軒王府，向軒王妃求證的，沒想到她徑直就奔向皇宮。

如今高彤絲回來了，鄔八月認為她已經沒有去見軒王妃的必要了，可沒想到她仍舊要去見軒王妃。

她去見軒王妃做什麼呢？自然不會是如她所說的「聊聊天」那麼簡單。

有那麼一瞬間，鄔八月幾乎要脫口而出「我和妳一起去」。

但想到高辰複的囑咐，她心裡一暖，這想法也就偃旗息鼓了下來。

「……翁主要出去，身邊還是帶上一些人為好。」鄔八月嘗試著道。

這是要往高彤絲身邊插人「監視」，鄔八月擔心高彤絲會心生不滿。

倒是沒想到高彤絲毫不吃驚，也不生氣，笑著點頭道：「大嫂要是不放心，就派一隊侍衛跟著我就好，我去軒王府略坐坐就回來。」

鄔八月暗暗鬆了口氣，點了點頭。

高彤絲也不耽擱，當即便告辭離開。

鄔八月坐在床上，左思右想了好半晌。

高彤絲回來後，高辰複應該已經和她談過了。

他們談了什麼，鄔八月自然是沒辦法知道的；高辰複一大早就走了，她也沒辦法問他。

想到這兒，鄔八月就有些抓耳撓腮，她覺得自己被一團迷霧給罩住了，真相就隱在裡面，然而她無論如何都看不真切。

但是，真相已經漸漸浮現出來了，只需要再清晰一點、再清晰一點……

「陵梔姊，妳這樣不行的。」

靈兒坐在對面的榻上，微微噘著嘴對鄔八月道：「孕婦想太多，對胎兒不好。妳心情不愉悅，胎兒也能感受得到。」

鄔八月一愣，隨即對靈兒笑道：「嗯，我知道了。」

「妳知道了還是會亂想。」靈兒嘆了一聲。「陵梔姊，妳這幾天都這樣。」

鄔八月張了張口，被靈兒這麼一個小娃娃數落，她有些失面子。

「你今天看醫書了嗎？」鄔八月板著臉問道。

靈兒嗤笑一聲。「又轉變話題……」他指了指鄔八月旁邊桌上擱著的藥碗，道：「趕緊喝安胎藥吧。唉，那麼大的人了還要別人操心。」

鄔八月臉色微紅，端起藥碗將安胎藥一飲而盡。

喝完藥，靈兒下去了，鄔八月忽然道：「對了，讓肖嬤嬤上來，我得問問她那塗家的情況瞭解得怎麼樣了。」

暮靄清脆地應了一聲，出去喚肖嬤嬤。

鄔八月輕聲道：「想到要把隋洛送出去，我又忽然有些不忍心了。那孩子那麼小，就被人送來送去，對他也不好……」

朝霞輕聲道：「大奶奶肯費心為他找個好人家，也是做到極致了。」

鄔八月搖了搖頭。「這段時間，隋洛和靈兒相處得很好。我看得出來，隋洛很依賴靈兒這個大哥哥。靈兒呢……雖然時時面上露出嫌棄，但我知道隋洛在他心裡其實也很有分量。」

她笑了一聲，又輕嘆道：「要是得知隋洛會被送走，不知道靈兒會不會埋怨我？」

第五十八章

肖嬤嬤很快就上來了，聽鄔八月問起，頓時鬆了口氣，道：「回大奶奶的話，已經打聽清楚了，這幾日見大奶奶一直憂思，也不敢拿此事打擾大奶奶。」

鄔八月點點頭，笑道：「辛苦嬤嬤了。打聽得怎麼樣，還請嬤嬤說說。」

肖嬤嬤立刻道：「之前和大奶奶提過，塗家是做豆腐的，他們有一個豆腐坊。塗家二老有三個女兒，沒有兒子，所以想收養一個男孩給他們傳承香火，為他們養老送終。塗家大女兒和二女兒都嫁去了外地，大概每隔幾年才會回娘家來瞧瞧他們，小女兒倒是就嫁在了京郊，時常回來探望塗家二老。」

鄔八月點了點頭。「那塗家二老和三個女兒為人如何？有沒有什麼不著調的親戚？」

「塗家二老沒有什麼親戚，豆腐坊也不過是個小作坊，就他們二老做活也能維持。周遭的鄰居都說塗家二老人很好，而那三個塗家姑娘，也都是勤勞樸實善良的姑娘。尤其三姑娘，因兩個姊姊都嫁得遠，她怕自己也嫁遠了，二老就沒人照顧了，所以也捨棄了一門好姻緣，退而求其次就嫁在附近。」

鄔八月點點頭，倒是覺得這家人有這樣的品性也算難得。

她想了想，問道：「那對於塗家二老收養子的事，塗家三個姑娘是什麼態度？」

「大姑娘和二姑娘嫁得遠，想必還不知道這件事。三姑娘倒是竭力支持。」肖嬤嬤頓了頓，輕聲道：「塗三姑娘沒道理反對。她要是有個弟弟，即便是塗家二老百年之後，她在婆家有什麼事，也可以有個娘家人依仗。沒有男人頂立門戶，女人的日子也不好過。」

鄔八月理解地點點頭。這不是現代，女人也可以撐起半邊天，在這規矩嚴苛、對女人有諸多束縛的古代，女人想做點什麼成績，都得躲在男人後面。

鄔八月對肖嬤嬤道：「妳尋個日子，讓塗家二老來見見我。」

肖嬤嬤頓時點頭道：「他們也盼著呢，奴婢這就去。」

鄔八月倒是一訝。「他們那麼急？」

「想著要早點和養子培養感情呢，時間拖得越久，他們也不踏實。」肖嬤嬤笑道。

鄔八月莞爾一笑，點了點頭。

高彤絲回來得並不晚，似乎真的只是去軒王府找軒王妃聊了會兒天。

她回來便在鄔八月跟前走了一趟，向她示意自己是真的「回來」了，這才回了她的院子。

跟去的人稟告說高彤絲的確去了軒王府，但他們沒有跟進去，當然也不會知道高彤絲和軒王妃聊了些什麼。

鄔八月有些挫敗。

朝霞安慰她道：「平樂翁主做事一向獨來獨往，大奶奶也別太放在心上。就當翁主她的確是去軒王府和軒王妃聊聊天。」

鄔八月笑了一聲。「這不是自欺欺人嗎？」

朝霞道：「大奶奶沒辦法從翁主那兒得到答案，那就只能去問軒王妃了。」

「這倒是個好主意。」鄔八月揚眉笑道。「可妳看我這樣，哪能出去見軒王妃？」

朝霞掩唇。「大爺讓大奶奶好好在府裡安胎，您就別老想著出門了，可不能辜負了大爺的一番心意。」

鄔八月斜睨了朝霞一眼，臉上卻不由自主地露出了幸福的笑。

在公主府裡的確沒有那麼多的事情做，自從鄔八月懷孕了之後，高辰複還禁止她與月亮玩耍。

月亮的體型已經很大了，也不懂收斂力道，見到高辰複或鄔八月總會撲將上來，要是將鄔八月撞著了，後果不堪設想。

好在還有靈兒和隋洛兩個小的，能在鄔八月身邊逗趣。

第二日，肖嬤嬤便將塗家二老帶了過來，塗家的三姑娘也跟了來。

塗家二老瞧著年齡有四十來歲，兩個人都有些佝僂著背。塗家姑娘瞧著十七、八，大概是還沒有被生活磨平了稜角，看上去雙目還很明亮。

這應該是他們第一次進這麼大的宅子，也是第一次見到有權勢有地位的「貴人」，身為平民的他們多少有些忐忑不安，塗家太太更是顯得戰戰兢兢的。

鄔八月坐在了首座上，請他們也坐。

肖嬤嬤一直給塗家太太使眼色，但顯然不能輕易地克服她的畏懼。

暮靄給塗家三人上了茶，鄔八月溫和地笑道：「今日請塗老爺和塗太太來，為的是隋洛的事情。塗老爺，塗太太，你們想要收養一個兒子，將來讓他承繼家業，給你們養老送終，對吧？」

塗家二老點頭如搗蒜。

「塗三姑娘的意思呢？」鄔八月竟然會問自己，塗三姑娘有些意外鄔八月看向塗三姑娘。

塗三姑娘有些意外鄔八月竟然會問自己，愣神了片刻才小心地道：「回高夫人，我能有個弟弟給爹娘支撐門戶，是很高興的。」

鄔八月「唔」了一聲。「妳兩個姊姊可知道這件事？」

塗三姑娘搖頭。「回高夫人，大姊和二姊嫁得遠，三年五載才會回來一次，她們不知道這件事。不過多個弟弟，她們肯定不反對的。」

鄔八月點了點頭，塗太太抓了抓頭，小心翼翼地開口道：「高、高夫人……咱、咱能先瞧瞧那娃子不？」

肖嬤嬤頓時輕斥了一聲，埋怨塗太太多嘴，鄔八月卻是笑了笑，道：「這也是人之常情，你們喜歡隋洛，也要隋洛喜歡你們才成。」

她看向朝霞道：「讓趙嬤嬤帶隋洛上來。」

很快，趙嬤嬤就帶著隋洛上來了。靈兒被隋洛拉著手，不情不願地跟在了後面。一跨進門，靈兒就嚷道：「陵梔姊，突然叫隋洛來花廳做什麼？」

鄔八月不搭理他，伸手朝隋洛招了招，道：「洛兒，到我這兒來。」

隋洛乖乖地朝鄔八月走了過去。這下，他不得不鬆開靈兒的手，但靈兒還是跟了上去。

鄔八月拉過隋洛，給他理了理衣服。

隋洛到底還年幼，並不知道他即將面臨的會是什麼樣的事情，靈兒卻是知道的，趙嬤嬤說過一次，他就記住了。他知道隋洛會被人收養，以後不會住在公主府。

鄔八月正要開口，靈兒便搶先說道：「陵梔姊，隋洛不會離開公主府。」

鄔八月一愣。

靈兒梗著脖子望著她。

「靈兒——」鄔八月輕聲開口，靈兒打斷她。「不要把隋洛送走。」

望著靈兒固執的小臉，鄔八月嘆息了一聲，道：「靈兒，洛兒被人收養，就會有新的爹娘疼他。不把他送走，那他在我這兒，是個什麼身分？他不是下人，可也不是主子。」

「我也不是下人，不是主子，為什麼我就可以安安穩穩住著？」靈兒哼了一聲，道：「我不管，反正陵梔姊妳不能把隋洛送走。」

一旁的隋洛微微僵著脖子，瞪大著眼睛，視線在鄔八月和靈兒兩人身上來回掃射。

靈兒的反應雖說在鄔八月的意料之中，但鄔八月沒想過靈兒會這般堅決。看來他是真的喜歡隋洛這個弟弟。

鄔八月嘆了一聲，對趙嬤嬤道：「帶隋洛下去吧。」

靈兒沒有跟著下去，他揉了揉隋洛的髮頂，留在了花廳，虎視眈眈地望著鄔八月。

鄔八月覺得好笑，又有些鼻酸。

靈兒也是從小就沒了爹娘，鄔居正也曾想要將靈兒送到一戶要收養兒子的人家，但靈兒死活不肯，鄔居正也只能一直將他帶在身邊。

如今角色轉變到了隋洛身上，靈兒感同身受，強烈反對也不稀奇。

鄔八月對塗家三人抱歉一笑。「塗老爺，塗太太，塗三姑娘，今日真是對不住……」

塗老爺和塗太太連連擺手。出了這樣的變故，他們也有些不知所措。

塗三姑娘輕聲問道：「這位小公子反對……高夫人，那娃娃，我爹娘是不是就不能收養了？」

「這個……」鄔八月看了看靈兒，靈兒頓時抬著下巴噘著嘴。

她心裡一嘆，對塗家人道：「這我也不能確定，還得等我家爺回來問問他的意思。」又頓了頓，道：「塗老爺和塗太太若是有別的人選，也不用顧忌我這邊。」

鄔八月對朝霞招招手，道：「今日塗老爺和塗太太荒廢了一日工夫，豆腐坊的生意也沒做，我實在愧疚，這點銀錢當作貼補。」

塗老爺忙推辭不受，朝霞笑道：「塗老爺還是接了吧，不然我家夫人心裡不好受，何況今日的確是讓你們耽誤了工夫了。」

塗老爺便去看肖嬤嬤，見肖嬤嬤點頭，他才戰戰兢兢地收下了一點碎銀子。

送走塗家三人，鄔八月看向明顯鬆了口氣的靈兒，無奈道：「不將洛兒送去肯收養他的人家，那今後洛兒在公主府裡算個什麼身分？就這般繼續將他養大嗎？」

「有什麼不可以？」靈兒梗著脖子，言之鑿鑿地道：「反正高統領和他身邊的侍衛都會拳腳功夫，會舞刀弄槍，讓隋洛就待在你們身邊，學上兩手，等明年陵梔姊妳的寶寶出生了，讓隋洛給他當貼身護衛不也很好嗎？」

鄔八月一聽，覺得靈兒這建議倒也十分可行，但一想到隋洛的來歷，她又有些猶豫。這事還是得等到高辰複回來之後，問問他的意思才行。

見鄔八月的態度有些鬆動了，靈兒方才離開。

朝霞上前扶了鄔八月回房，一邊說道：「仔細想想，靈兒的提議倒也合適。小少爺出生之後，身邊肯定會配保護他的人。如果是隋洛的話，大奶奶和大爺自小養著他，性子只要教好了，想來他也不會忘恩負義才對。」

鄔八月輕輕點頭，伸手搭在腹部，道：「洛兒年紀還小，是非恩怨界定得還不是很清楚，只要他身邊沒有人給他灌輸仇恨的念頭，他應該不會長歪才對。」

她想了想，道：「等爺回來同他商量一下。洛兒這孩子文靜秀氣，我也挺喜歡的。」

朝霞頷首，輕聲一嘆，道：「大奶奶仁善，也已經為隋洛打算到這一步了。」

鄔八月抿抿唇，撫了撫肚子，輕緩一笑。

高辰複回來之後，鄔八月就問了他的意思。

「他不願意離開這兒？」高辰複有些意外。

鄔八月搖頭，道：「靈兒不希望他走，洛兒倒是沒怎麼表達他自己的意思。」

鄔八月頓了頓。「洛兒年紀還很小，這些事情問他也不大好。就算問了他，恐怕……他也不會太明白。」

「嗯。」高辰複卻是很乾脆地點頭道：「妳看著辦吧，要是覺得能留他下來，就把他留下來也不錯。至於功夫，可以讓府裡的侍衛教教他。」

鄔八月張了張口，輕聲問道：「爺不會有顧慮嗎？」

「顧慮？」高辰複一個挑眉，隨即明白，笑道：「如果妳說的顧慮是指隋洛的父親，不用太擔心。」他輕輕拍了拍鄔八月的肩，道：「我們養著那孩子，總不至於把他給養歪了。」

「爺那麼有自信？」鄔八月調侃一笑。

高辰複輕哂道：「我是對妳有信心。」

他頓了頓，問鄔八月道：「隋洛人呢？」

「待在他屋裡吧。」鄔八月道。「也有可能和靈兒在一起。」

高辰複點點頭，道：「找他來說說吧。」他看向鄔八月道：「雖然他還很小，但還是要問問他的意思。」

鄔八月點了點頭。

很快，趙嬤嬤就將隋洛帶了上來，靈兒沒跟在他身邊。

他看上去比之前還要小心翼翼。

鄔八月有些心疼，招手讓他過來，輕輕撫著他的背，道：「洛兒，我有件事情要問你，想聽聽你的想法。」

隋洛眨著眼睛，忐忑不安地點頭。

鄔八月便問道：「你希望能有新的、會疼愛你的父母，還是……希望留在這兒？」

隋洛頓時露出惶恐害怕的表情，直往後躲避，似乎十分抗拒回答這樣的問題。

鄔八月已經將語氣放得十分柔和了，見隋洛這般，她也有些無奈。

高辰複在他身後說道：「我們沒有強迫你的意思，你心裡怎麼想的，你也可以說出來。」

隋洛害怕地望了高辰複一眼，大概覺得還是鄔八月更加親切些，他往鄔八月的方向挪了挪，低著頭，好半天方才輕聲說道：「我、我可以和靈兒哥哥在一起嗎？」

鄔八月莞爾一笑，問道：「你就是想和你靈兒哥哥在一起，其他怎麼樣都好，是嗎？」

隋洛猛烈地點頭。

鄔八月看向高辰複，高辰複也望著她。他的表情就是讓鄔八月自己作主的意思。

鄔八月心裡默了默，道：「那……你就留在府裡吧。」

隋洛頓時抬頭，雙眼亮晶晶地望著鄔八月。「不把我送走嗎？」

她笑著搖頭。

隋洛到底是個小孩子，頓時就蹦了起來，然後意識到這樣不對，趕緊離鄔八月遠了點，臉蛋紅撲撲的，說：「趙嬤嬤說大奶奶肚子裡有小寶寶，不能挨大奶奶太近……」

鄔八月頓時一笑，道：「沒關係的。」

她喚了趙嬤嬤，讓她將隋洛帶下去。

「爺。」鄔八月對高辰複道：「那……這件事就這麼定了？」

高辰複輕輕點頭，笑道：「說了妳拿主意，自然是妳說了算。」

鄔八月莞爾。

「我明日會讓人去鄔府問問岳父岳母的意思，看看鄔府那邊方不方便讓妳回去安胎。」高辰複忽然又開口說道：「如果岳父岳母沒有難處，等下次我回來，就送妳過去。」

鄔八月心裡微暖，問道：「爺也去鄔府吧？」

「嗯。」高辰複點點頭，道：「我總歸三日才去住一晚上，岳父岳母應該不會攔著我吧？」

鄔八月也笑了起來，又擔心地問道：「那翁主這邊……」

「我多派了些人看著她。」

高辰複也對上一次高彤絲私下暗入皇宮的事情心有餘悸，從高彤絲回來之後他就多派了人在暗地裡看著高彤絲。

也不知道高彤絲是不是對此有所警覺，這幾日都很老實。

「蘭陵侯府那邊，妳也不用擔心。」高辰複道：「皇上既然說了會給我們一段時間，對此事，他也只會睜一隻眼閉一隻眼。公主府我們既不住了，侯爺也沒理由一定要讓皇上將公主府收回去。」

鄔八月暗暗嘆了一聲。「但也總歸要回蘭陵侯府去。」

高辰複眼眸一暗。「上次安胎藥的事……只有知道妳懷有身孕的人才有可能下那樣的藥。如果照彤絲所說，莫語柔那兒倒是可以好好查一查。」

鄔八月眯了眯眼睛。「爺……以前和莫姑娘關係很好嗎？」

「只能說知道這麼個人，關係好從何說起？」高辰複挑眉看了鄔八月一眼，不知怎麼的，忽然就笑了一聲，道：「這是吃醋了？」

鄔八月臉上頓時一紅。「沒有……」

「沒有吃醋，我怎麼聞到一股酸味？」

高辰複打趣地笑了一聲，正色道：「這件事情我會讓人仔細去查，妳不要太有壓力。」

鄔八月輕輕點頭，想了想說道：「爺，那背後之人的手段不管有多高，但總不至於一點蛛絲馬跡都留不下來。」

高辰複看向她，輕聲道：「妳的意思是……」

「爺從漠北回來的時候被親兵在路上叛變，那些人也是說，不知道幕後到底是誰指使的。我想了想，覺得和這次安胎藥裡被下藥的事情何其相似，總覺得應該就是同一個人所為……」

高辰複默然。如果兩件事是同一個人所為的話，有這樣動機的人並不多。在這其中，淳于氏是最有可能的。

鄔八月頓了頓，輕聲道：「假設這幕後之人是同一個人，那這人的手段看似高明，但其實也很簡單。」

「妳說。」高辰複認真地看著她。

鄔八月默默地組織了下想法，道：「我曾經聽人說過一個定理，兩個物品只要有接觸，就一定會留下對方物品的資訊。說通俗一點，兩個人，只要他們的手輕輕碰到了一起，那彼此都會有對方手上的皮脂。只要有接觸，就一定會有交集，只是交集多寡會有區別。」

鄔八月看向高辰複，道：「這兩件事都是最後一個環節，被人將這環節的關鍵給抽掉了。叛變的親衛不知道是誰在幕後主使，而王婆子也不知道是誰要她下藥。但是，幕後一定要有人出面，同親衛和王婆子接觸才行。而這個人，就是關鍵。」她道：「王婆子還在府裡，我倒是覺得可以從她入手。她應當不會不記得讓她下藥的人的長相，讓她描述出來，請畫師給畫張像，試試看能不能找到這個人。」

高辰複沈吟片刻，道：「去……忠勇伯府找？」

鄔八月一愣，看向了高辰複。

高辰複臉色淡淡的，瞧不出來太多的情緒。

「……蘭陵侯府也可以，試著找找看……」鄔八月的聲音漸漸小了下去。

「好。」高辰複點了點頭，對鄔八月道：「找畫師的事情就交給我了，妳不要多操心。」

鄔八月抿了抿唇，問道：「爺，去鄔府的事，是否要和翁主交代兩句……」

高辰複沈默了片刻，方才低聲道：「彤絲那邊我會去說。」

「……爺還在生翁主的氣？」鄔八月低嘆一聲，輕聲道：「翁主進宮的事既然沒有傳揚出去，爺也別再生氣了。你們兄妹倆這般僵著也不好。」

高辰複沒有回答。

第二日，高辰複便去了鄔府一趟，回來後告訴鄔八月，鄔家那邊很高興鄔八月能夠回去養胎。

「公主府的情況，岳母也是知道的，讓妳回蘭陵侯府她也不放心，聽說我會送妳回娘家，她很開心，當即便要同我回來接妳。」

高辰複笑了一聲，鄔八月莞爾，給他理了理衣襟，笑問道：「那父親呢？父親怎麼說？」

「岳父沒說別的，但瞧面色也很高興。」

高辰複微微彎著唇角，輕輕拉住鄔八月的手，道：「這件事便算是定了，等我下次回來，我就送妳回去。」

鄔八月頷首，瞧了瞧日頭，道：「爺趕緊去大營吧，要是過了時辰可就不好了。」

高辰複點了點頭，往外走了兩步，又回頭對鄔八月道：「妳一個人在府裡要小心些。」

鄔八月微微笑，頷首道：「爺放心，我會很小心。」

「那就好。」高辰複笑了笑，轉身喚了親衛，大踏步地離開了。

再兩、三日便要回鄔家，鄔八月心裡有激動喜悅，也有忐忑不安。

段氏的身體一日不如一日，鄔八月心裡也清楚，陪伴她的時間沒剩多少了。

而鄔國梁和姜太后的事情始終橫在她心口。

此番回鄔府，要是遇見了祖父，她要怎麼面對？

鄔八月煩惱地甩了甩頭，將腦海中的思緒給拋了開。

她側頭吩咐朝霞道：「這兩日，妳和暮靄辛苦一些，收拾收拾東西。這次回鄔家去，少說也要住上一、兩月。妳從我的小金庫裡拿二十兩出來，儘量去兌散了，到時候好打賞。」

兩日時間一晃而過。

朝霞已經將要帶去鄔家的東西都整理了出來，只等著高辰複陪鄔八月回鄔家。

高辰複回來當晚，方才在飯桌上宣布了這一個消息。

高彤絲頓時一愣，臉上就有些不大好看了。

「大哥，這是被父親給逼得，只能讓大嫂回娘家嗎？」

高彤絲臉上微寒，高辰複也不瞞她，道：「侯爺要用公主府為藉口，逼我們回蘭陵侯府，那我們現在不住這了，他便也無從打公主府的主意。」

高彤絲冷冷一笑，怨恨的神情顯露無疑。

「大哥大嫂只管去鄔府，我就待在這兒，我看誰敢攆我！」

高彤絲重重地哼了一聲，看向鄔八月。

「大嫂回了娘家也不要掉以輕心，公主府的人好收買，鄔府的人也不一定就不見錢眼開。要是蘭陵侯府那邊的賤人知道大嫂會長住娘家，說不定會將毒手伸到鄔家去。」高彤絲言之鑿鑿地說道。「所以大嫂在娘家還是同在公主府一樣，就待在一個院子裡，別輕易出去，用的下人也讓親家太太給挑信得過的，吃飯之前也讓人試試是否有毒。」

鄔八月被高彤絲這煞有介事的描述弄得起了些微冷汗。

她點了點頭，道：「我知道。翁主一個人在公主府住……也要小心。」

想起高彤絲曾經堂而皇之地就進了宮，鄔八月還有些心有餘悸。

等她和高辰複都去了鄔家，公主府就只剩下高彤絲一個人，雖然有高辰複派的人在她身邊，但高辰複不在的公主府，高彤絲就是唯一的主子，她若執意想做什麼，即便是高辰複派在她身邊的人恐怕也沒辦法阻止。

高彤絲微微一笑，意有所指地道：「我一個人在這兒住著，自然會萬分小心。母親的仇還沒報呢，我怎麼捨得死？」

「好好說話，什麼死不死的。」高辰複擱下筷箸，看了高彤絲一眼，道：「吃過了就回去洗漱休息。」

高彤絲抿抿唇，慢吞吞地站了起來，給高辰複和酈八月行了禮告辭，這才慢慢地走出了飯廳。

「爺。」酈八月輕聲喚高辰複道：「翁主這兒……真的讓她一個人住嗎？」

「親衛會看著她。」高辰複言簡意賅地道。「妳別操這個心，明日我們就回酈家了，妳臉上可不好露出愁容。」

酈八月呼了口氣，只得點了點頭。

第二日清早，高辰複便讓人準備了馬車，在馬車中鋪了細軟之物。

朝霞也按照酈八月之前的吩咐，讓人將收拾整理出來的東西搬到了另一輛馬車上。

高辰複沒有叫醒酈八月，等她睡了個自然醒。

最近酈八月開始變得有些嗜睡了，這一覺，直睡到日上三竿才起來。

迷迷糊糊地撐起身，見到坐在一邊軟榻上看書的高辰複，酈八月愣了一下，方才驚呼道：「呀，什麼時辰了？」

高辰複眼睛從書上移開，聞言一笑，道：「還早。」

朝霞聽到響動，帶著晴夏晴冬走了進來，伺候她起身洗漱。

換上寬鬆的家常衣裳，酈八月走到高辰複面前，抿唇埋怨道：「爺起了也不叫我，這不是浪費爺的時間嗎……」

「沒有，我中午再回營也使得。」

高辰複擱下書，輕輕拉過鄔八月的手，道：「收拾妥當了？去用早點，然後我們就啟程去鄔府。」

高辰複牽著鄔八月去了飯廳，等她用過了早飯，這才和她出了公主府。

一路上，高辰複始終陪伴在鄔八月左右，鄔八月下個臺階、跨個門檻，他都十分注意，屢次提醒鄔八月要當心腳下。

鄔八月無奈，但心裡還是十分甜蜜的。

順利上了馬車，高辰複也棄馬不騎，而是跟著鄔八月鑽入了馬車內。

「……爺？」

鄔八月瞪大眼睛，有些不敢相信高辰複也會鑽馬車。

「這兒倒也不算擠。」高辰複環視一圈，目光落在鄔八月錯愕的臉上，頓時好笑道：「這般望著我做什麼？」

「爺怎麼不騎馬？」鄔八月奇怪地問道。

「這兒離妳近些。」

高辰複答了一句，對鄔八月一笑。「要是有什麼事，我也能第一個知道。」

他微頓，笑問道：「怎麼，不想我陪在妳身邊？」

「不是，當然不是……」鄔八月趕緊否認，片刻後方才羞赧道：「只是……一直以來爺都是騎馬的，這還是第一次見爺坐進馬車來。」

高辰複立刻便笑了。

鄔八月望著他喃喃道：「最近，爺也變得愛笑了很多。」

高辰複一個挑眉，頓時恢復了往常冷峻的表情。

他道：「還是這樣比較好，下面的人才不敢跟我嘻嘻哈哈。」

「這樣是挺有威嚴的。」鄔八月贊同地點點頭，隨後又微微一笑，伸手挽住了高辰複的手臂，輕聲說道：「不過我還是更喜歡爺笑的時候，很溫暖。」

高辰複心裡一震，半晌之後，他方才輕輕抽出那隻被鄔八月抱住的手，摟住了她的肩頭，將她攬入懷中。

望著鄔八月的髮頂，高辰複緩緩綻出一個笑來。

到鄔府的時候，早有人等在門口，準備接人了。

早兩日就得知今日女兒女婿會來的賀氏安排了人，將鄔八月和高辰複迎進了鄔八月的瓊樹閣。

從鄔八月出嫁之後，賀氏便著手稍微改造了一下鄔八月的閨房，以便鄔八月攜夫君回來時能方便入住。

賀氏已經等在了瓊樹閣。

見到面如桃花粉嫩的女兒和挺拔俊秀的女婿，賀氏臉上的笑便止不住，一想到鄔八月才出嫁便懷有身孕，賀氏更是高興，迭聲讓他們小心著進來，吩咐丫鬟上茶上點心。

高辰複給賀氏見了禮，扶著鄔八月坐了下去，等鄔八月坐穩了，他方才挨著鄔八月旁邊坐了下來。

「岳母，這段時間就要多煩勞您了。」

高辰複客氣懂禮地給賀氏道謝，賀氏連連擺手，笑道：「辰複說這話可就外道了，八月是我的女兒，照顧她怎麼能稱得上是煩勞。」

高辰複便是一笑。「是小婿用詞不當。」

賀氏對他笑道：「你營裡的事情也多，我也不耽誤你了。八月你安全送過來了，可以放心了？」

高辰複站起身給賀氏拱手施了一禮，又和鄔八月說了幾句話，這才帶著人匆匆趕去京畿大營。

鄔八月望著他的背影，直到瞧不見人了，方才收回了視線。

「那麼依依不捨呀？」賀氏頓時一笑，打趣鄔八月道：「姑爺可是個疼人的，舉手投足間都在照顧著妳。八月，妳好福氣。」

鄔八月臉上微燒，微微咬牙道：「母親，哪有像妳這樣打趣女兒的？」

「好好好，不打趣，不打趣。」

賀氏笑了一陣，方才收住了笑。

「既然回來了，就好好在這兒住著，父親母親總不會虧待了妳。」賀氏輕輕拍了拍鄔八月的手，笑嘆道：「我粉嫩嫩的女兒，也要做別人的娘親了。」

「母親……」鄔八月蓋住賀氏的手，認真道：「我就是當了祖母，不也還是母親的女兒？」

賀氏笑話她。「還沒真正當上母親呢，倒是想著要做祖母了。」

鄔八月也跟著笑。

賀氏站起身，道：「走吧，照例，還是要先去見妳祖母才是。」

第五十九章

「祖母的身子可還好？」任由著賀氏牽著她，鄔八月輕聲問道。

賀氏輕嘆了一聲。「還是那樣子，人似乎……越發糊塗了。」

鄔八月輕抿了唇，半晌後輕聲道：「這次我回來，就可以多陪在祖母身邊了。」

「嗯，妳和妳祖母多說說話，她昨兒還唸叨妳呢。」賀氏微微一笑，道：「聽說妳今兒回來，昨兒她就沒睡好覺，一直盼著。」

頓了頓，賀氏又輕聲道：「不過今早她似乎又忘記這事了。」

「沒事，待會兒就見到祖母了。」鄔八月一笑，心裡有些酸楚。

段氏的記憶已經衰退到這樣的程度，恐怕真的是……沒多少日子了。

雖說人老了，早晚有這一天，但真到這個時候，總會讓人覺得難以接受。

尤其那個人，是這個世上最疼愛自己的人。

「母親，您看看誰來了？」

賀氏笑咪咪地走了進去，裴氏和顧氏已經候在裡面了。

段氏頭上戴著抹額，陳嬤嬤正在給她餵稀粥，段氏嫌沒味道，有些耍賴，不想喝粥。

丫鬟掀起門簾笑著稟道：「二太太來了。」

賀氏牽著鄔八月朝段氏走去，裴氏眉梢一挑，笑道：「呀，這是誰呀！」

顧氏掩著唇笑。

陳嬤嬤瞇著眼望了一會兒，驚喜道：「老太太，是四姑娘……啊，是四姑奶奶回來了！」

「四兒？」段氏疑惑地輕喃了一句，然後雙眼猛地一亮，手朝著鄔八月伸了過去，道：「是八月回來了？」

「祖母！」鄔八月緊走了兩步，到了段氏身邊，讓段氏將她拉住。

「八月呀？」段氏伸手摸摸鄔八月的頭和臉，確認的確是自己的寶貝孫女，頓時喜笑顏開。「真的是八月啊！」

鄔八月連連點頭，臉上帶著笑，說道：「是我，祖母，我回來看您了。」

段氏頓時笑道：「好、好，該多回來才對！」

段氏笑了一陣，又問起鄔八月。「回來玩多久啊？可別讓蘭陵侯府的人挑理。」

鄔八月一愣，看向賀氏。

賀氏輕聲道：「母親您忘了？八月是過來安胎的。」

「安胎？」段氏疑惑地道了一句，然後喜道：「八月，妳有身孕了？」

鄔八月壓下心裡的酸澀，點頭笑道：「是啊，祖母，您不單要有重孫子，還要有重外孫了，您高不高興？」

「高興！高興！當然高興啊！」段氏樂得合不攏嘴，連連拍著鄔八月的手，因為笑著，臉上都泛起了摺子。

鄔八月接過陳嬤嬤手上的養身粥，哄道：「祖母要是不吃飽，可沒力氣抱重孫呢。來，孫女餵您吃粥。」

段氏笑咪咪地點頭，鄔八月將舀了粥的瓷勺遞到段氏嘴前，段氏便配合地張嘴吞下，也不再嫌棄粥沒味道。

段氏吃完粥，陳嬤嬤扶著她出恭。

裴氏對鄔八月笑道：「也就八月有能耐，能哄得下老太太吃東西。」

鄔八月喚了裴氏一聲四嬸，給裴氏和顧氏都見了禮。

裴氏笑道：「這下妳回來，妳三嫂可是有伴了。」

鄔八月點點頭，問道：「三嫂怎麼沒在這兒？」

「嗜睡呢，估計這會兒才起。」

「再過一陣子，妳也會和妳三嫂一樣。」

賀氏笑了一聲，顧氏頓了頓，問鄔八月道：「八月啊，四姑爺這次送妳回娘家來安胎，蘭陵侯府那邊……沒什麼說法嗎？」

鄔八月搖搖頭，輕聲道：「我們搬到公主府住之後，也沒和那邊有聯繫。這次過來是因為侯爺他進了宮，想請皇上收回公主府，逼我們回去住，爺才將我送過來……」

顧氏恍然大悟，對賀氏道：「二嫂，看來蘭陵侯府不怎麼太平啊。」

「繼母和繼子……這種關係處不好也是尋常。」

賀氏輕輕拍了拍鄔八月的肩頭，道：「不過好在姑爺是個會疼人的，不然就八月這性子……」

「之前陵桃說，蘭陵侯夫人厲害著呢……」裴氏小小聲地問道：「八月，妳覺得妳繼婆婆人怎麼樣？」

鄔八月張了張口。她不慣在人後說人壞話，對淳于氏雖有疑，可她也不能這樣堂而皇之地說出來，想了想，方才婉轉地道：「我與侯爺夫人接觸得並不多，不過她瞧上去倒是慈眉善目的，就是……侯爺夫人所出的兩個小姑子，對翁主、對我，似乎都有些意見。」

「蘭陵侯府的姑娘？」裴氏細細一想，立刻對賀氏道：「蘭陵侯府的二姑娘不就是未來的軒王側妃？」

賀氏一頓，點點頭。

「軒王妃的母親許太太，近段時間不是和二嫂妳走得挺近的？」裴氏道。

鄔八月訝異地看向賀氏。

賀氏笑道：「嗯，軒王爺大婚時，和許太太多聊了幾句，後來兩邊走動得便比較多。」

裴氏馬上問道：「軒王爺納側妃的事，許太太怎麼看？」

賀氏好笑道：「妳這話問得倒是奇怪，皇家子弟納側妃，許太太還能有意見不成？更何況許翰林家的家風嚴謹，就算許太太心裡有點什麼，也不會同別人說。」

裴氏惋惜道：「這說的倒也是。」

顧氏輕聲道：「不過設身處地想一想，許太太心裡恐怕也不好受吧。軒王妃到現在肚子還沒動靜呢，軒王就要娶側妃了。要是側妃過門，先於軒王妃生了兒子，軒王妃今後的日子恐怕不好過，尤其這側妃的出身還不低……」

鄔八月聽在耳裡，想起得知麗容華想要撮合陽秋長公主和高辰書的消息，便趕緊前來告訴她的軒王妃，心裡一嘆。

男人三妻四妾天經地義，背後煎熬的永遠是女人。

段氏回來後，三個兒媳婦陪著她說了會兒話，便請安離開了。

鄔八月仍舊留在主院陪著段氏聊天，時間很快就晃到中午，又陪著段氏用了午膳，段氏睏意襲來，便去午睡了。

鄔八月等她睡熟，也挪到外間的軟榻上去休息。

陳嬤嬤讓人輕手輕腳地鋪了毯子，方才請鄔八月落坐。

「嬤嬤。」

陳嬤嬤待要走，鄔八月喚住她，沈默了片刻，輕聲問道：「祖父這段時間還在朝中忙碌嗎？」

陳嬤嬤點點頭，道：「即刻便要秋闈了，老太爺每日都會進宮。」

「那……祖母這樣，祖父他知道嗎？」鄔八月又問道。

陳嬤嬤似乎有些顧忌，猶豫地道：「這……老太爺應當是知道的吧。」

「嬤嬤？」鄔八月見陳嬤嬤似乎有難言之隱，頓時皺眉，道：「嬤嬤，有什麼事，妳告訴我。」

陳嬤嬤輕嘆一聲，道：「老太爺和老太太恩恩愛愛了一輩子，要是在這會兒傳出些什麼嫌隙傳聞來，恐也不好……」

「這當中發生了什麼事？」

「嫌隙？」鄔八月抓住了陳嬤嬤的關鍵字，低聲問道：「這當中發生了什麼事？」

「發生了何事，老奴也並不清楚，只是……似乎老太爺和老太太吵過一架。」

陳嬤嬤壓低聲音說道：「這也是不久前才發生的事情，那日，老太爺和老太太身邊也沒有旁的人伺候，只有老奴在老太太身邊。老太太身體是不大行了，但那會兒也沒糊塗……然而從那日後，老太爺幾乎沒和老太太打照面，老太太她也再不提老太爺。但從那日起，老太太就……就糊塗了。」

陳嬤嬤嘆了一聲。「到底他們因何而吵，老奴也不清楚。事後問老太太，老太太只吩咐讓老奴不要將此事告訴別人。是以幾位老爺和太太，老奴也沒有說。今兒四姑奶奶問起，老奴想著，您能從旁勸勸。老太太她最疼愛您，也最聽您的話了。」

鄔八月皺眉冥思，半晌後才點頭，道：「嬤嬤放心，我會從旁勸勸祖母的。」

「欸。」陳嬤嬤欣慰地點點頭，又道：「這事，四姑奶奶先別急著和二太太說，老太太她囑咐過老奴的……」

「我明白。」鄔八月沈吟片刻，低嘆一聲，拉過薄毯子道：「嬤嬤，我睡一會兒，要是祖母先醒了，記得叫醒我。」

陳嬤嬤答應了一聲，讓人將簾子遮起來，免得陽光太熾，光線太強讓鄔八月睡不著覺。

這一覺，鄔八月並沒有睡熟，她腦子裡翻來覆去都是陳嬤嬤告訴她的事情。

會是什麼事，讓一直以來相敬如賓的祖父祖母產生隔閡，甚至因此發生爭吵呢？

短短半個時辰不到的時間裡，鄔八月腦子裡閃過無數幅的景象。她一直渾渾噩噩，陳嬤嬤喚她時，她很快就醒轉了過來。
段氏已經洗漱妥當，正坐在一邊笑望著她。
「祖母，您起了？」鄔八月喚了段氏一聲，忙讓朝霞、暮靄伺候她起來。
「不著急，穩重些。」段氏笑道。「太浮躁了，以後嫁人了，婆婆可不會高興的。」
鄔八月動作一頓，心裡頓時一嘆。祖母又糊塗了。

回到鄔家，鄔八月的心情是很好的。
公主府裡到底沒有多少人，她平常也沒幾個人說話。
朝霞、暮靄雖然陪在她身邊，但總有主僕之別。隋洛人小，和他玩倒無妨，可靈兒總會在一邊囑咐，說她肚子裡有小寶寶，讓隋洛小心著些。久而久之，隋洛也不大願意在她面前玩。
如今回了鄔家，有父親母親照看著，說話的人也多了。
尤其是株哥兒和陵梅，打從鄔八月回鄔家之後，他們便時常到瓊樹閣來陪鄔八月說話，尤以陵梅來得最勤快。
鄔陵梅也已十二歲，開始抽條，圓圓的討喜的小臉也漸漸地開始變瘦，整個人瞧著也漸漸亭亭玉立，不過身上沈靜溫婉的氣質卻始終沒變。
鄔八月一直篤定，鄔陵梅其實是她們姊妹當中，活得最明白的一個。
瓊樹閣內，鄔八月歪躺在軟榻上，鄔陵梅坐在一邊繡墩，纖纖素手正在傾茶、洗杯。
鄔八月望著她，輕聲問她道：「陵梅，妳這段時間沒有去東府嗎？」

鄔陵梅一笑，回道：「怎麼會沒去呢？老太君唸叨著，我要不去，她老人家該親自來西府接人了。」

鄔八月便頓了頓，想著東府現在的處境，她心裡默嘆一聲，又開口問道：「東府現在的情形如何？」

鄔陵梅輕笑出聲。「東府的情形我沒怎麼注意，不過兩府女眷不相往來是一定的。祖母病著呢，母親和兩位嬸母都要在祖母跟前侍疾，哪還有閒心去東府？東府的人也沒來我們西府，想必他們現在還拎不清情況呢。」

鄔八月一個挑眉，鄔陵梅望向她，頓時笑道：「四姊姊也知道的吧，五皇子被懿妃娘娘抱了去撫養，鄔昭儀什麼都沒撈到，還因為生了個腦子有問題的皇子而失了寵，東府還有什麼倚仗？」

「那……陵梅是覺得，東府現在就該反過來，巴結西府不成？」鄔八月好奇地問道。

鄔陵梅嘆笑一聲。「四姊姊不要歪曲我的意思，我可沒這麼說。」她頓了頓，道：「更何況……假使東府真的有這個意願，西府也最好……不要回應。」

鄔陵梅之前便希望東、西兩府能分開過日子，這個鄔八月是知道的。

鄔八月嘆了一聲，道：「祖母身體不好，也不見東府有什麼表示，想必東府也沒有要和西府再密切往來的意思。既然這樣，那現在這情況倒也合人的心意。」

鄔陵梅笑著抿唇，將過濾好的茶斟到了小瓷杯中，拿竹夾子挾起，遞給鄔八月。鄔八月伸手接過，瓷杯溫熱，並不燙手。

她輕輕聞了聞味道，方才慢慢地飲下。

「妳就是喜歡做這種寧靜優雅的事。」鄔八月笑嘆一聲。「插花也好，茶道也好，人家都是圖個趣味，妳卻是當作一件正經事來做。」

鄔陵梅笑道：「我就只有這些愛好罷了，四姊姊莫不是看不慣？」

「怎會。」鄔八月搖頭，道：「活得精緻些也好，以後妳嫁了人，沒事時也可以做這些事打發打發時間。」

鄔陵梅莞爾，不置可否。

「對了。」鄔八月擱下小瓷杯，問鄔陵梅。「最近舅父舅母有沒有到府裡來？」

「來過。」鄔陵梅頷首，道：「舅母帶著嫵兒姊姊過來作客，也去探望過祖母。」

「那……舅母可有說過什麼？」

「四姊姊要問什麼？」鄔陵梅笑問道。

鄔八月輕咳了咳，道：「自然是問表兄科考準備得如何了。」

「表兄才識淵博，這一點，四姊姊就不用替舅母操心了。」

鄔陵梅笑了笑，頓了片刻又道：「不過，最近表兄倒是出了名了。」

鄔八月一愣。「出名？」

鄔陵梅點頭。「在酒樓裡和眾學子鬥酒賽詩，出名了。」

「怎麼回事？」鄔八月立刻問道。

在鄔陵梅的講述中，她終於知道賀修齊是怎麼樣「出名」的了。

年輕學子在酒樓當中高談闊論，已經是科考之前的傳統。

科考之前，科舉主考官會不定時地前往燕京城中的酒樓，聽聽年輕學子們都在關注什麼、說些什麼；而學子們便依靠這種方法，表達自己、抒發理想，一來可以在學子當中提高自身的名聲，二來如果能吸引得了考官的注意，引得考官青睞，那就更好不過。

但賀修齊的出名，並不是出在他的斐然文采之上。

賀修齊喝得微醺，與人鬥詩之後，不知是誰點到了「女人」這個古往今來男人都熱衷的話題。

賀修齊表示，女人美貌與否並不重要，娶妻娶賢，再漂亮的女人，要是一個頭腦簡單的草包，那領回家中也毫無意義。

便也有同樣喝得醉醺醺的學子開玩笑，對賀修齊道：「修齊兄未曾娶妻，自然不懼，但若今後你真娶了個貌醜無鹽的，恐怕就要後悔說出此番話了。」

賀修齊平常並非好與人爭執，但那日他卻卯上了勁，和那學子理論了起來。

二人都是有學有識者，唇槍舌劍，引經據典，爭論得不可開交。

這種爭論自然也引起了別的學子的注意，一時之間，整個酒樓之中的人都圍觀起他們的爭論。

賀修齊認定女人的容貌可以忽略不計，而那名學子卻認為，女人的容貌至關重要。

那名學子言道：「女人要是長得太醜，男人回家之後連看都不願意看她一眼，又如何能家庭和睦？」

賀修齊堅持認為。「女人有才又有貌自然極好，但若二者只能取其一，還是取才為佳。」

二人毫不退步，爭得臉紅脖子粗，就在他們互不相讓的時候，不知是誰嚷了一句。「口說無憑！修齊兄你要是真這般想，不如努力做駙馬，去娶陽秋長公主吧！陽秋長公主可還沒出嫁呢！你要是尚了公主，我們就信你說的這番話！」

賀修齊當即便豪言。「好！我們一言為定！明年春闈，我一定金榜題名，然後在大殿之上向皇上言明心志，定要求得陽秋長公主下嫁！」

之前和賀修齊爭論的學子頓時哈哈大笑。

「修齊兄，當為豪傑！」那學子舉杯向賀修齊示意，將杯中酒一飲而盡。

眾人哄然大笑，提及陽秋長公主的那位開口道：「修齊兄若真能得償所願，娶得陽秋長公主，我等定會在修齊兄大婚之日，送上不菲賀儀！若今後修齊兄和公主能琴瑟和鳴，我等此生都敬服修齊兄！」

「一言為定？」

「一言為定！」

自此，賀修齊開始名揚於燕京城。

市井百姓都等著看賀修齊穿上大紅綢衣，迎娶陽秋長公主的那一日。

但更多的，恐怕都是在等著看賀修齊的笑話。

鄔八月聽到這兒，眉頭深深皺起。

「舅父舅母可知道此事？」鄔八月問鄔陵梅。

「自然知道。」鄔陵梅頷首，道：「此事出了也不過兩日時間，京中傳得沸沸揚揚。舅父舅母本就關注表兄科考之事，怎會不知道表兄所放的這一番豪言？」

「那……舅父舅母如何反應？」

「似乎並沒有太多反應。」鄔陵梅想了想，道：「許是表兄同舅父舅母說了什麼，倒也沒見舅父發怒舅母哀嚎。」

鄔陵梅說到這兒，便是一笑。「若這是表兄吸引考官的一種手段，那不得不說表兄成功了。非但吸引了考官，恐怕皇上那兒也會知道表兄之名。」

鄔陵梅頓了頓，倒是好奇地問鄔八月道：「四姊姊，陽秋長公主真的如同傳聞中所說那樣貌醜無鹽嗎？」

鄔八月張了張口，含糊道：「我也未曾見過陽秋長公主，所以，我也並不知此事。」

鄔陵梅便嘆了一聲，道：「陽秋長公主久居深宮，也一向不理世事，倒沒想到如今卻因為這種事情而成了市井百姓嘴上的談資。」

「表兄此舉，委實有些不妥當。」

「但表兄若是故意為之，也不得不說此舉高明。」鄔陵梅笑道。「表兄有才識，千里馬只缺伯樂，他這般吸引伯樂，雖說借用了陽秋長公主之名，但對他而言卻是好事。」

「若是最終他真的娶了陽秋長公主呢？」鄔八月道。

「娶便娶唄。」鄔陵梅笑笑。「表兄一書香門第之學子，能尚主，成為當今聖上之妹婿，也是他高攀了。」

鄔八月不置可否，輕嘆了一聲。「若是表兄刻意為之，那和他爭論的那人，還有那提及陽秋長公主之人，恐怕都是與他交好串通的。」

「倒不見得。」鄔陵梅卻搖頭，頓了頓，道：「提及陽秋長公主的那人並無太多名聲，有可能是表兄之友，但和表兄爭論那人卻不可能是和表兄串通的。」

「喔？」鄔八月笑問道：「陵梅如何知道？」

「那人……也算是四姊姊的親戚。」

鄔陵梅看向鄔八月，道：「那人名為淳于肅民。」

「淳于肅民?!」鄔八月驚了一瞬，頓時坐直身體，復問道：「陵梅，妳確定是淳于肅民？」

「確定。」鄔陵梅點點頭，道：「雖然此事發生才不過兩日，但京中已經傳得甚囂塵上。賀修齊和淳于肅民的名字也已廣為人知。不過，淳于肅民的名氣比表兄要差一些。」

她頓了頓，道：「淳于肅民是忠勇伯府的公子，是蘭陵侯夫人的姪子，四姊姊應當知道吧？」

「唔，聽說過這人，不過沒見過。」鄔八月笑了笑，道：「算了，科考上的事，我也不懂。」

鄔八月說著便揶揄地看向鄔陵梅。「陵梅倒是挺關注這事的？是想從金榜題名的學子中選一個未來夫婿？」

鄔陵梅的臉微微紅了紅，嗔道：「四姊姊妳真不害臊。」

不過，她卻接著說道：「現在關注著那群學子也是好的，說不定我將來的夫婿，真的是其中的一員呢。」

鄔八月「啊」了一聲。

「四姊姊有什麼好驚訝的？」

鄔陵梅將茶具簡單地收拾了一下，清淡地一笑。「三姊姊和四姊姊都嫁得很好，即便是為了平衡，我也不會再嫁皇親國戚，母親定然會為我尋一個普通一點的人家。恩科學子是最好的選擇。能參與恩科的，尤其是能進入春闈的，必然都是腹有詩書之人，年輕學子一般都從縣令做起……若能得我為妻，礙著鄔家權勢，想必也不敢起別的心思。」

鄔八月定定地看著鄔陵梅，良久一嘆。「這些都該是父親母親為妳操心的，妳倒好，自己都已經將這些事情考慮清楚了。」

「自然該考慮清楚了才是。」鄔陵梅笑笑，道：「對未來夫婿有一個大概的認識，總好過兩眼抓瞎，我心裡也能有個準備。」

「母親……同妳說過嗎？」鄔八月輕聲問道。

「母親認為我還小，同我說這樣的話也說得很淺，並未往深處說。」鄔陵梅笑道：「不過也只是早晚的問題。」

鄔陵梅才十二歲，卻已經將未來看得如此透澈。鄔八月不知該心疼還是嘆息。

鄔八月按下心中所想，問鄔陵梅道：「除了表兄和淳于肅民，京城之中參試的學子裡，可還有名聲較大、出類拔萃的？」

「倒是沒有聽說過旁人。」鄔陵梅一笑，道：「想必要等到春闈之前，這些人才會給自己造名聲。」
鄔陵梅的婚事自然輪不到鄔八月來安排，有鄔居正和賀氏，鄔八月倒是不擔心。且她相信，不管將來鄔陵梅的夫婿是個什麼樣的人，鄔陵梅也能應對自如。給她什麼樣的生活，她都能很快融入，並且很快適應。
就這一點來說，鄔陵梅遠比鄔陵桃和她更加看得開。
「瞧著瞧著，陵梅也大了。」鄔八月輕輕一嘆，道：「想法比我都要成熟了。」
朝霞一笑，道：「五姑娘也是十二、三歲的年紀了，要還是萬事不知的小丫頭，大奶奶您可就要擔心了。」
鄔八月想想笑道：「妳說得也是，她能看得清楚自己所站的位置便是好事。」

鄔八月在鄔家生活得很愜意，每日清早起身，她便會去主院陪伴段氏，用過午膳後，段氏午睡，她也在隔間陪著午睡，醒後再陪著段氏說會兒話，方才返回瓊樹閣。
生活規律，日子就這樣不緊不慢地過著。
高辰複休假時回來，見鄔八月面色紅潤、笑容滿滿，便知自己這個決定沒有錯。
「在鄔府待著，可還習慣？」高辰複笑問她道。
鄔八月自然是點頭，抿唇羞赧地道：「父親母親都很遷就我，府裡上下和我出嫁之前並沒有太多的變化。」
高辰複便笑著點頭，攬了鄔八月的手進了臥房。

鄔八月伸手給他褪下了外氅披風，問道：「爺在大營裡，可還一切順利？」
高辰複頷首，道：「如今也算太平豐年，沒有戰事，軍中自然寧靜。」
高辰複笑了笑，道：「不過緊接著也要武舉取士了，京中還是有些劍拔弩張。」
鄔八月張了張口，坐到了高辰複對面，道：「爺，我這兩日聽到了一些有關表兄的傳聞……」
高辰複挑了挑眉，笑道：「妳是說，他在酒樓中的言行？」
「爺也知道？」
「自然知道。」高辰複道：「再怎麼說，他也是妳表兄，是我的妻舅。他的事，下邊的人聽到了，也會和我言語兩句。」
鄔八月便湊近問道：「那依爺看，表兄他是故意這般作戲，引起考官甚至是皇上的注意呢？還是……」
高辰複輕笑一聲，搖了搖頭嘆道：「這可不好說啊……之前他透露想要尚主的念頭，讓我探問探問宮中的意思，但因為小皇姨的事情也算是個禁忌，所以我未曾在皇上面前開過口，我也回了他的。從那之後他便未曾再找過我。如今出了這回事，大概是他主動出擊了。」
鄔八月點頭道：「我也這般認為，表兄可不是酒量不佳之人，他更不會放縱自己喝醉，且還胡亂言語。」
高辰複頷首，揭過這個話題，去盥房沖了個涼，洗漱完畢後才又回了臥房。
鄔八月仍舊在冥思。

高辰複一笑，道：「妳要是心裡一直擱著這個事，倒不如讓人請了妳表兄來問個清楚。」

鄔八月搖頭，道：「問他此事還是算了，我即便是問了，他也不會同我說。再者……」她笑嘆道：「我與他不過是表兄妹關係，也沒那立場問他。」

高辰複道：「他有學識，也不是蠢人，妳就不用替他操心了。」

鄔八月呼了口氣，忽然道：「陽秋長公主雖年方十五，但她是我們的長輩，表兄是我們同輩，不管如何，我不希望陽秋長公主嫁給表兄。」

「宮中不是說了，小皇姨不適合嫁人。」高辰複拿著乾爽的毛巾擦著微濕的頭髮。

「對了，爺。」鄔八月看向高辰複，道：「我怎麼聽說和表兄一起出名的，還有忠勇伯府家的淳于肅民？」

高辰複的手微微一頓，道：「這我也知道。」

「表兄和他走得很近嗎？」鄔八月輕聲問道。

高辰複搖搖頭，道：「這些學子，彼此之間可能都不認識，聚在一起於酒樓中說古論今，更多的是要表現給可能是考官的大人們看。淳于肅民有幾分才學，這我倒是知道，他和賀修齊一見如故，暢所欲言倒也不是不可能。他們之間或許也只是萍水相逢的同道中人，聚在一起高談闊論並不稀奇。」

鄔八月搖了搖頭，將賀修齊的事放在了一邊。

他最終能不能拔得頭籌，那已不是她能預料的了。

在鄔家住了半個月，一切皆好。

大概是因為鄔八月回來陪著段氏，段氏的精神好了一些，雖然人還是時斷時續地糊塗，但面色要好了許多，也沒有之前那樣喜歡昏睡了。

陳嬤嬤迭聲說是鄔八月的功勞。

賀氏心疼女兒，覺得女兒懷有身孕還整日陪在段氏身邊，有些虧身子。

但鄔八月捨不得走。

陪段氏一天，日子就少一天。鄔八月不想留下遺憾。

段氏的記憶在不斷地倒退，之前認為鄔八月還沒出嫁，現在已經倒退到鄔八月還只有鄔陵梅那麼大的時候了。

和賀氏等人說起時，段氏就會笑話鄔八月頑皮搗蛋，性子好強，說她要不是長相柔美，恐怕別人都會說她是一個假小子了。

賀氏等人也只能在一邊附和，都不敢提醒段氏，鄔八月已經嫁人，還即將做母親了。

背著段氏，鄔居正也只能苦笑。

「母親恐怕沒剩多少時候了。」鄔居正嘆息一聲，對賀氏道：「該準備的事，都準備起來吧。」

鄔八月站在一邊，微微垂頭。

「八月別難過。」賀氏輕輕捏了捏她的耳朵，道：「老太太這一生也算是順風順水，就是故去了，也是喜喪。」

鄔八月點點頭，忽然道：「母親，我回來這麼多日也沒見著祖父。祖母這般模樣，祖父真的不知道？真有那麼忙嗎？」

鄔居正和賀氏皆是一愣。

良久，鄔居正才道：「妳祖父忙於科考之事，大概……的確很忙吧。」

這話鄔居正自己說出來都不信。

正當大家都在默默為段氏大喪之後的後事準備時，南方卻突然傳來了噩耗。

第六十章

鄔八月作夢都沒有想過，鄔陵柳出嫁還不到半年，便在江南之地香消玉殞。

聽聞這一噩耗，東府之人作何反應，鄔八月並不知道，但整個西府皆是一片愕然。

商賈之家能娶得世家女兒為妻，再怎麼樣也該好好照顧，好端端一個二九年華的女子，就這般沒了？

段氏生著病，賀氏也不欲以此事擾她心神。

主廳之中，賀氏、裴氏和顧氏圍坐一桌，丫鬟們屏息凝神，大氣都不敢出。

鄔八月和小顧氏攜幾個弟弟妹妹坐在一邊，面色皆有些不好看。

鄔陵柳出嫁在鄔八月印象中，似乎也不過就是前段時間的事情。

錢家來信報喪，稱是鄔陵柳下了江南後，水土不服，染了病症，沒能捱過去。

抱病而亡倒也說得通，但鄔陵柳又不是自小嬌弱之人，身體底子不說極佳，也不至於生一場病就撒手人寰吧？

賀氏不信，裴氏、顧氏也都說不信。

「江南氣候宜人，這等天正是溫潤之季，便是有些蚊蟲之症，錢家家財萬貫，也不至於讓二姑奶奶染上。怎會這麼蹊蹺，她人說沒就沒了？」

裴氏自從小顧氏有了身孕，在鄭氏前來鬧一次出過頭之後，膽子便大了許多，性子越發直爽。

顧氏道：「二姑奶奶出嫁時雖然出了那樣的事，但好歹也已經出嫁了。錢家即便是不喜二姑奶奶得罪了東府，害得東府失了長孫，但也不至於害二姑奶奶的性命，難不成二姑奶奶真的是病亡？」

「錢家報喪傳信的人去的是東府，我們在這兒倒也不好做無謂的猜測。」

賀氏嘆了一聲，頓了頓，道：「東府今年……可真是多事之年啊。」

東府今年真的是多事之年，原本是極好的運道，將有長孫出生，宮中鄔昭儀也要臨盆產子，瞧著東府就要跟著水漲船高，卻愣是不知道哪兒出了岔子，先是長孫沒了，再然後鄔昭儀生產凶險，五皇子疑似傻子。

現在，東府出嫁不久的二姑奶奶又突傳噩耗……

「讓府裡的人都注意言行，不要說些旁的話來，讓東府的人盯上。」賀氏疲憊地道了一句，又搖了搖頭。「不過，東府應該沒有那閒工夫理會我們西府的事情。」

裴氏冷笑一聲。「就怕東府的人又要說是我們西府搶了他們的好運道。」

賀氏一笑，道：「他們要這般說，我們也毫無辦法……」

她招了招手。「這事就別聲張了，老太太那兒要是聽到了，恐怕心裡不好過。雖然陵柳那孩子並不是我們西府的血脈，但到底也是一條如花性命。白髮人送黑髮人，太可惜。」

裴氏點了點頭，叫上顧氏，讓人去傳了各管家、管事。

賀氏則讓人送鄔八月和小顧氏回房。

「這事妳們知道便罷，別太放在心上。」賀氏道。「二姑奶奶已出嫁，喪事也自有錢家的人操持。」

鄔八月忍不住問道：「母親，連我們都懷疑二姊姊突然辭世，事有蹊蹺，您說，東府的人會不會查此事？」

「呵。」賀氏笑了一聲，嘆道：「恐怕不會吧。」

鄔八月頓時默然。是啊，她心裡也覺得，東府即便覺得鄔陵柳的死有蹊蹺，作為娘家人，恐怕也不會出頭替鄔陵柳尋個明白。

若鄔陵柳是得寵的鄔家女兒，東府興許還會問上兩句。

但她非但不是一個得寵之人，她還在出嫁時，害得東府失去了長孫。

光是這一項罪，東府對鄔陵柳的死不聞不問便不稀奇。

鄔陵柳的生母田姨娘興許會鬧上一鬧，大老爺做為鄔陵柳的生父，興許也會問上兩句。

但其他的人……恐怕多半也只會冷眼旁觀吧。

鄔八月心有戚戚，嘆息一聲，和小顧氏慢慢離開了主廳。

鄔陵柳的死，就好像一粒小石子投入偌大的鏡湖之中，只起了點點漣漪，便悄無聲息。

東府的人甚至表現得沒將此當作一回事，連半盞白燈籠都沒掛。

錢家報喪之人也早早在傳過噩耗之後，便離開了京城。東府連兩句問責都沒有。

鄔八月只覺得心涼。好歹是府裡的姑娘，生死乃是大事，再是不待見她，知曉她過世，多問上兩句也是應當的。
可東府表現出來的冷漠，讓鄔八月只覺得遍體生寒。
鄔陵梅輕輕笑著，說道：「四姊姊，妳難道還沒有習慣東府的處事方式嗎？對他們有利的，他們就殷勤備至；對他們無用的，他們自然也就不當回事。二姊姊落到這步田地，其實也是她咎由自取罷了。」
鄔陵梅說著，嘆了一聲。「只是不知道她的去世，是否真的只是因為一場病？但現在她人也已經沒了，再追究這個，也沒有意義。即便她死因並非這麼簡單，江南與燕京相隔這般遠，如今的東府恐怕沒有精力去追究。當初錢家給了那麼大一筆聘禮，東府其實理虧著呢。」
鄔八月搖了搖頭，道：「話也不是這般說。若二姊姊真的死得蹊蹺，鄔家不追究，不是顯得鄔家太無能了？」
「所以，鄔家默認為真的是水土不服而病亡唄。」鄔陵梅輕聲道。「四姊姊覺得，二姊姊在出嫁時做的那些事，東府真的會輕饒了二姊姊嗎？何況二嫂因她失子，更是對她恨之入骨……」
鄔八月心下一梗。
鄔陵梅抿了抿唇，輕輕比了個「噓」，道：「東府都不追究，四姊姊就更沒必要糾結了。二姊姊的事，遠遠輪不到我們來管。管得深了，恐怕會生出別的事端來。」
鄔陵梅的意思，鄔八月當然懂。
只是鄔陵柳和她雖的確不怎麼對盤，但追根究柢，鄔陵柳也並沒有傷害過她什麼。
死者為大，又並非血海深仇，又還有什麼好介懷的？

鄔八月嘆了一聲，扭頭吩咐朝霞，道：「給二姑奶奶點根安魂香，妳代我拜一拜她。」

朝霞應了一聲。

轉眼，到了鄔八月十五歲的生辰。

段氏倒還記得這個日子，特意讓陳嬤嬤親自下廚，給鄔八月做了一碗長壽麵。

高辰複請了一日假，回來陪鄔八月過生辰。

段氏見到陪著鄔八月一起進主院來的高辰複，愣了一下。

「八月，這是誰？」段氏已認不得高辰複了。

高辰複知曉鄔府老太太不大認識人了，倒也不奇怪。

他和鄔八月並肩走到了段氏身前，躬身給段氏行禮，清楚地道：「請祖母安，晚輩是八月的夫婿，您的孫婿。」

鄔八月輕輕扶過段氏朝她伸過來的手，微微笑道：「祖母，這是我的夫君。」

「妳什麼時候嫁人了？」

段氏頓時大驚失色，立刻叫嚷道：「陳嬤嬤！陳嬤嬤！」

「老太太！」

陳嬤嬤趕緊走到段氏身邊來，段氏怒道：「老二和他媳婦兒呢？讓他們來！八月什麼時候出嫁了？這什麼時候的事，他們竟然瞞著我！」

主院頓時人仰馬翻，鄔居正和賀氏匆匆趕來，和鄔八月一起迭聲解釋了好久，段氏方才不得不接受這個現實。

「……這麼說，是我忘記了？」段氏怔愣地道。「我、我記不得近幾年的事了？」

鄔居正輕輕點頭，道：「母親別想太多，您這不過是生病了，您也正吃著藥呢，沒準哪天就好了。」

段氏沈默了下來，半晌後道：「你們別唬我，我知道的，我這是沒多少日子了。」

段氏望向賀氏。「我的身後事，妳都準備起來了吧？」

「母親……」賀氏不忍地喚了她一聲。

段氏輕聲嘆氣，忽然又道：「今兒是八月的生辰吧？長壽麵做了嗎？」

陳嬤嬤在一旁默默淌淚，輕聲道：「老太太您又忘了，今兒早晌老奴就親自給四姑奶奶做了長壽麵，還是您看著四姑奶奶吃的。」

段氏頓時又笑了起來。「吃了長壽麵就好，吃了就好。」

段氏又開始犯糊塗，鄔八月瞧著難受，偏過了頭去。

高辰複輕輕攬住她，神色剛毅中隱帶著心疼。

段氏精神不濟，一會兒後又睡熟了。鄔居正等人悄悄退了出去。

賀氏勉強笑了笑，對鄔八月道：「今兒雖是妳生辰，但妳有身孕，也不好太熱鬧，我讓人請了臺戲班子唱兩齣文戲，妳四嬸、五嬸也很久沒有看戲了。」

鄔八月抿唇點頭，道了一句。「好。」

賀氏請的戲班子自然都是在京中有些名氣的，鄔八月也不用擔心看到慈寧宮裡那齣含沙射影的【花屏記】一般的戲目。

她不好戲，看到一半便歪了身子打瞌睡。

正迷迷糊糊間，忽然聽到有些嘈雜之聲。

朝霞喚醒她，臉上帶著些微驚慌，輕聲道：「大奶奶，東府那邊傳來消息，田姨娘自縊，老太君暈倒了！」

田姨娘自縊，鄔八月倒是沒太多感覺，畢竟只是一個姨娘，在兩府裡都是登不上檯面的人物。

但老太君暈倒那可就是大事了。

鄔八月的瞌睡一下子沒了，高辰複起身行到她身邊，將她扶了起來。

鄔八月趕緊問道：「老太君怎麼了？」

郝老太君的身體一向康健，怎麼會突然暈倒呢？何況這事還是和田姨娘自縊的事情一起傳過來的。

朝霞輕聲而快速地說道：「二姑奶奶的事出了之後，東府那邊一直瞞著老太君的。田姨娘之前得知了這個消息，嚷著要大老爺和大太太給二姑奶奶作主，大太太沒搭理她，還讓人將田姨娘給關了起來。這次是看守的婆子一個沒注意，田姨娘自己跑到了老太君的田園居去告狀了。」

朝霞輕呼了一口氣，道：「田姨娘也是個硬茬，在老太君跟前投了繯，蹬掉了下邊的高凳……自縊。」

鄔八月一口氣差點沒上來。

在郝老太君面前自縊，這不是明擺著要讓大太太等人難堪嗎？老太君身體再強健，也是古來稀往上的年紀，這麼多年恐怕也沒有經歷過這樣的情狀，能不被嚇到才怪。

田姨娘當時的舉動肯定是很瘋狂的，郞八月稍微想一下那情況，就覺得後背冒冷汗。

怪不得老太君還暈倒了呢！

戲班子唱的戲被中斷，西府的人都朝著東府趕了過去。

再是與東府不對盤，老太君總也是兩府最大的長輩，老太君出了事，西府不可能裝聾作啞當不知道。

郞八月將半身的重量倚在高辰複身上，一邊往東府疾行，一邊問朝霞道：「田姨娘自縊，被人救下來了嗎？」

朝霞搖頭。「還不清楚，這會兒也沒多少人顧田姨娘吧。」

田姨娘死不死是小事，老太君可不能出事。

高辰複喚人抬了小轎，讓郞八月坐轎子過去。

這是東、西兩府好長時間之後再次重聚一堂。

後輩們都站在田園居的外面，田園居中，鄭氏攜兒媳金氏、李氏著急地等候在外。

段氏身體不好，此事也並沒有驚動她。賀氏帶著兩個妯娌走了過去，淡淡地給鄭氏見了個禮。

鄭氏一見她們便有些防備，也不搭理她們，只盼著田園居裡能走出個人來說說老太君的情況。

李氏望向賀氏，淡淡地對她點頭道：「二嫂，大夫正在裡面給老太君醫治，二丫將我們都給攔在了門外，不允許我們進去。」

鄭氏頓時瞪了李氏一眼，怪李氏多嘴。

李氏淡淡回望過去，也不怵她。

在外稍候了半炷香的時間，田園居的門方才從裡面被推開了。

二丫挺了挺胸，往外望了一圈，「呀」了一聲，道：「二老爺也在啊？大夫開了藥方子，您過來給瞧瞧，這藥方子行還是不行。」

鄔居正聞言便走了過去，鄭氏頓時不幹了。「二丫，為什麼讓老二看藥方子？」

「給妳看妳也不會看呀。」二丫嫌棄地嘖了嘖鼻，引鄔居正進田園居。

待鄔居正跨進門去，二丫才鼻孔朝天地哼了一聲。「郝奶奶已經醒了，沒說要見旁人。等郝奶奶願意見人的時候，自然會叫你們進去的。」

二丫是郝老太君身前的紅人，她說的話等同於是老太君說的話。鄭氏頓時閉了嘴，生怕在裡頭的郝老太君聽到她的抱怨，對她心生不喜。

鄔居正走進房中，老太君坐在炕上，背靠著牆壁望著紙糊的窗戶出神。

一位大夫打扮的人趕緊上前給鄔居正鞠了個躬，雙手捧上他開的藥方子給鄔居正審閱。

鄔居正看了看，道：「老太君這是陡遭驚嚇，所以心有餘悸。你開的安神藥倒是中規中矩。」

那大夫便立刻笑道：「在鄔太醫面前，鄙人也是班門弄斧了。」

鄔居正笑著抬手拱了拱，以示謙遜。

他走到老太君炕前，輕聲道：「祖母，您可覺得還好？」

老太君面色有些白，看上去似乎一下子老了好幾歲。

她點了點頭，出聲問道：「田姨娘怎麼樣了？」

鄔居正搖頭道：「孫兒不知。」

「那叫個知道的人來回我這個話！」老太君的語氣陡然嚴厲起來。

鄔居正頓了片刻，方才恭敬地應了一聲，走到屋門口，正對上望向他的鄭氏和金氏。

「老太君有問，田姨娘如何了。」鄔居正清淡地開口問了。

鄭氏沒好氣地道：「沒怎麼樣，當時看到就被救下來了，老太君暈了，她可還好好的呢，裝瘋賣傻的……」

鄔居正便回去告知了老太君。

老太君靜坐了良久，方才再次開口道：「去，讓我的兒孫們都到我跟前來，我有話要說。」

鄔居正有些擔心。「祖母，您身體還虛著呢……」

「我沒那麼病弱！」老太君伸手拍了拍牆，道：「讓你叫他們進來你就叫他們進來！」

鄔居正心裡暗暗一嘆，只能折回去，叫鄭氏等人進田園居。

田園居本就是郝老太君令人侍弄出的一處田園茅屋，裡頭的空間並不大，鄭氏等人全部進來之後，顯得這裡面十分窄小。

鄔國棟和鄔國梁這兩個兒子都不在，便由鄭氏打頭。她站在最前，身後一字排開了金氏幾人，金氏後邊是鄔八月一輩的曾孫。鄔居正等在府裡的男子都站在一邊。

郝老太君朝他們望了一圈，鄭氏靦著臉正要上前說話，郝老太君忽然怒聲一吼道：「都給我跪下！」

鄭氏頓時一驚，等她反應過來時，已經雙膝跪到地上去了。她悄悄往後望了一圈，見所有人都跪了，心裡才安定了些。

郝老太君沈沈地喘了口氣，看向鄔居正。「你母親人呢？」

鄔居正低頭道：「回祖母，母親近來身體一向不好，祖母出事時母親也正昏睡著……孫兒便作主，沒讓人將母親喚起來。」

「你是個孝順的。」郝老太君道了一句，手卻顫巍巍地指向床炕邊跪下的一群人，尤其在鄭氏和金氏的面前使勁地點著。「你、你們這些個混帳！府裡的人出了這麼大的事，你們也瞞著我！」

金氏垂著頭，嘴角微微揚起一絲嘲諷的笑。

鄭氏強笑著抬頭回道：「老太君這事可是誤會了……陵柳病亡的事，我們也悲痛。您年紀大了，我們想著此事就不好煩勞您老人家知道。您知道了，也只能傷心，對您的身體沒個益——」

「放妳娘的狗屁！」

郝老太君本就是粗人出身，當著子孫的面，絲毫不忌諱所說的話。「那丫頭真的是病亡嗎？那為什麼田姨娘這麼不依不饒的，在我面前還差點、差點自縊而死?!錢家給了一個什麼樣的交代?!才出嫁多久的姑娘，不明不白地就這麼沒了，你們也沒想過這其中有沒有什麼蹊蹺?!」

郝老太君手頓時一指金氏。「還有妳！妳為什麼將田姨娘關起來?!」

金氏不慌不忙地回道：「老太君，田姨娘自從得知陵柳身死的消息，便精神異常，直說陵柳是被人給害了。孫媳是擔心她患了失心瘋，要是哪日想不開，傷了人可怎麼辦？迫不得已才將她給關了起來。」

「好，好，妳說得可真好！」

郝老太君冷笑一聲，道：「田姨娘有沒有得失心瘋暫且不論，我倒是要聽聽，田姨娘自個兒的說法！妳說的不算！二丫！二丫！」

「欸！」二丫立刻答應了一聲，挺著渾圓的胸脯擠了進來。「郝奶奶，啥事？」

「妳去，讓人把田姨娘帶到我跟前來！我要當著她家太太的面，把事情前因後果給問個清楚！」

二丫忙應了一聲，轉身就趕緊著去辦郝老太君交代的事情。

金氏面色都沒變一下。

說了這麼一通話，發了這麼一通火，郝老太君也是筋疲力盡，口渴至極。鄔陵梅上前給郝老太君倒了茶，親手遞到她跟前。

郝老太君喘了口氣，道：「還是陵梅貼心。」

鄭氏撇了撇嘴，心裡暗暗道：要不是西府搶了東府的運道，讓東府就只得兩個姑娘，如今得老太君寵愛的，還不定能輪得到西府的姑娘呢！

想到東府僅有的兩個姑娘，鄭氏便覺得心痛。

一個是輔國公府的登雲梯，都要爬到頂了，啪一聲，摔下來了；還沒緩過勁呢，另一個輔國公府的搖錢樹又枯死了……
鄭氏一想到鄔陵桐和鄔陵柳兩姊妹，就覺得心口哇哇的疼，再一想本來都要抱上的曾孫子也這麼沒了，更覺得輔國公府怎麼運道如此不佳。
老太君歇了一會兒，辦事俐落的二丫便匆匆回來了。
不過，她並沒有帶著田姨娘過來。
二丫扶著門框，急喘了兩口氣，嚥了口唾沫，方才大聲道：「郝奶奶，田姨娘沒氣，已經歸西天了！」
「什麼?!」
叫出這聲的是鄭氏，金氏的表情從一開始就沒有變過。
「怎麼會……」鄭氏驚疑不定。「明明在最開始的時候就被人救下來了，怎麼會……」
田姨娘在未被大老爺納為妾時，是鄭氏的丫鬟，鄭氏安排田姨娘到大老爺身邊去，為的就是牽制自己的兒媳金氏。
雖說田姨娘所出的鄔陵柳害得鄭氏失去了一個曾孫，但這些年田姨娘也是鄭氏的左膀右臂，鄭氏雖然惱怒田姨娘擅作主張，但她並不希望田姨娘死。
可田姨娘怎麼就死了呢？鄭氏頓時將懷疑和震怒的目光投向了金氏。
「是不是妳?!」鄭氏指著金氏怒問道。
金氏緩緩抬頭，莞爾一笑。「母親這話倒是稀奇，這與兒媳有何相干？再者說，您為了一個妾，而對兒媳這個正房嫡妻橫加指責，恐怕是不妥。傳出去要是讓御史知道了，咱們輔國公府出個『寵妾滅妻』的傳言，那可就不大好了。」

鄭氏悻悻地收回手，心裡更加篤定一定是金氏在當中做了手腳。

金氏不理會鄭氏的悻悻，微微低垂了頭下去。

東府內宅中的爭鬥廝殺，與西府並沒有什麼相干。西府內宅和諧，即便有妾，那也都是安分守己之人，是以賀氏等人聽到田姨娘身死，都知這其中必有蹊蹺，幾人心中都泛上噁心。

沈默不語的郝老太君臉色更加難看。她坐在炕上不吭聲，鄭氏和金氏一番話後，茅屋之中一派靜謐。

二丫才不管這些事，開口直接問道：「郝奶奶，那邊也正發愁呢，田姨娘的身後事要怎麼辦，讓大太太給拿個章程。」

金氏聽二丫點到她的名，輕輕一笑，道：「妾室死，自然是按規矩辦了。念在她給老爺生過一個女兒，給她一份厚點的陪葬。」

二丫撇撇嘴。「二姑娘出嫁的時候，錢家也給了不少嫁妝，田姨娘一點都沒撈著。」

二丫說這話本是無心，但聽者有意，一時間，大家的目光都聚集在了金氏身上。

金氏卻是絲毫沒感到尷尬，她還接過話道：「陵柳是鄔家女兒，吃穿用度都是鄔家提供的，田姨娘不過是生了她，也因為她而享受了一生富貴，她還能要些什麼？有一份厚點的陪葬也算是不錯了。我還沒治她驚擾老太君、害得老太君暈厥之罪呢，沒丟她到亂葬崗子去，已是我宅心仁厚。」

裴氏頓時露出一個嘲諷的笑。不過在這事情上，她也沒有要給田姨娘出頭的想法，東府愛怎麼折騰便怎麼折騰吧，不礙著他們西府就行。

裴氏挨著賀氏跪著，附耳過去輕聲耳語。「二嫂，老太君瞧著沒什麼事了，咱們能不能回去了？」

賀氏輕輕搖了搖頭。「老太君讓咱們跪著呢，她老人家要訓話。」

郝老太君仍舊坐在炕上沈默，二丫悻悻地過去傳金氏的話。

直等到二丫傳話回來，郝老太君方才開口。

「二丫，把我收起來的東西給我拿出來。」

「啊？」二丫頓時一愣，脫口而出道：「那是郝奶奶您的私房啊！」

鄭氏眼前頓時一亮，立刻抬起頭來，試探地問道：「老太君，您這是……」

郝老太君不搭理鄭氏，只對二丫道：「讓妳拿妳就拿，啥時妳也不聽我說的話了？」

二丫撇撇嘴，只能去牆根邊上拉開了堵在那兒的大箱子，露出明顯中空的牆體，外面凸出一面木頭。

二丫費了老大的勁兒將木頭朝外拉了出來。

那是一個裝東西的木箱子，有人半截高，二丫縱然力氣大，也使出了吃奶的勁兒，才將它抱到了郝老太君的床炕上。

鄭氏伸長脖子去瞧，二丫看見了，心生不滿，故意擋在她面前。

郝老太君將它打開看了看，然後又闔上了。

「居正媳婦兒。」

郝老太君叫了一聲，賀氏一愣，忙道：「孫媳在。」

「這個，妳拿去吧。」

郝老太君一句話落，鄭氏頓時尖聲道：「老太君，您這是何意！」

郝老太君冷冷地道：「何意？妳弟媳婦不在這兒，我將我的全部私家都給她的長媳，讓她回去交給妳弟媳婦。妳管不好妳的兒媳婦，妳弟媳婦還不至於管不好她的兒媳婦！」

郝老太君敲了敲那木盒子，道：「居正媳婦兒，讓人把這木箱子抬回去給妳母親。老婆子我的私家，就全給她了！」

「老太君！」鄭氏愕然，不可置信。

賀氏也立刻覺得那木箱子是一個燙手山芋……這要如何辦？真接了這木箱子，東、西兩府可就成了仇敵了！

郝老太君不是這般糊塗的人，她不可能不知道，她這樣偏心的舉動，會引得東府恨上西府。

所以緊接著，郝老太君對鄭氏說道：「妳別叫我，等今兒晚上國棟、國梁回來了，兩府的人都叫上去璿璣堂，我們來說說兩府分家的事。」

「分家?!」

不只鄭氏愣住，就連鄔居正和賀氏等人也都愣住了。

鄔八月一直跪在最後，膝蓋下是高辰複撩過去的衣襬，她渾身的力量都倚在高辰複的身上。

起初聽到田姨娘死、郝老太君給西府私房的時候，鄔八月還覺得這突如其來的變故尚可接受。

但當老太君說要兩府分家時，郝八月也愣住了。

老太君一直希望兩府能夠修復關係，也一直強調自己還沒死，兩府就不能分家，怎麼老太君突然就改變主意了？就因為一個田姨娘嗎？

「祖母，您……」

郝國棟和郝國梁不在，長孫郝居清也不在，在這兒最有發言權的自然只剩下次孫郝居正了。不管他願不願意分家，這種態度總是要拿出來的。

郝居正跪在郝老太君面前，懇切地道：「您怎會突然有此想法？伯父和父親定不會答應……」

郝老太君往下看了一眼。賀氏等人難掩的喜悅之色讓她明白，東、西兩府早已不是一條心了；既然不是一條心，勉強將兩府拴在一起，對兩府來說也並不是一件好事，更可能掣肘兩府各自的發展。

更何況……郝老太君看向鄭氏和金氏。

東府這些年的表現，實在讓她失望，長此以往下去，東府會拖累了西府。

西府兒孫孝順，一府和睦，郝老太君又何嘗忍心西府也變得如東府一般，時時刻刻不得安寧？

田姨娘之事，只是將她長久以往堆積在心中的隱憂冒出來。

她悔啊！當初她怎麼讓鄭氏這樣的兒媳過了門？這些年她又為什麼放了權出去，讓好端端的東府變成了如今的模樣？

反觀西府，她給國梁娶了一個好媳婦，段氏將整個西府打理得井井有條，根本不需要她操心。

娶妻當娶賢，這個錯誤，她是掰不回來了。

「不管你父親和伯父怎麼想，趁著我還沒死，趕緊把家給分了吧！省得我死了，兩府還要吵鬧不休。」

郝老太君擺了擺手，一錘定音。「就這麼辦，都不用再說了。」

「我不同意！」鄭氏卻突然高聲怒叫，猛地從地上站了起來，對著郝老太君大聲道：「老太君怎麼能這麼偏心！把所有的私房都給了西府，那我們東府呢?!您不要臉面了嗎！這要是傳出去了，別人會怎麼說我們東府？還不知道外人會把我們東府傳成怎樣的不堪！」

郝老太君瞄了她一眼，不鹹不淡地道：「那妳要怎樣？」

鄭氏心裡道，自然是將所有私房給東府才是。但她自然不會這麼說。

鄭氏理直氣壯地道：「至少也要一邊一半，這才叫公平！老太君不是一向自詡公平嗎？」

「妳要公平？好！」郝老太君冷笑一聲。「我這兒還留有一塊免死金牌，是當年江山平定之後，太祖爺感恩老國公爺替他擋了那致命一箭，給他的一項額外恩賜。老國公爺留著，就怕今後鄔家出了不肖子孫，會連累整個鄔家，若真有那時候，金牌好歹也能饒鄔家人一命。東府行事乖張傲慢，難保有一日不會闖下彌天大禍，所以我打算將錢財給西府，將這枚金牌給你們——」

話音未落，鄭氏就立刻道：「如果只能在錢財和金牌之中選其一，那我們不要金牌！」

賀氏脾氣頓時也上來了。

合著東府說要什麼就要什麼？憑什麼東府說了算？都要分家了，這口氣可不能這麼生生嚥了！西府對老太君的私房並沒有太多覬覦，但白白給人，他們也做不到這樣好欺負！

賀氏頓時也道：「老太君既然將錢財留給我們，那我們也當仁不讓。」

鄭氏頓時看向賀氏，眼光像刀子一樣，恨不得將賀氏給凌遲了。

鄔八月卻在聽到郝老太君提到「免死金牌」時，猛地伸手抓住了高辰複護著自己的手，差點將高辰複的手腕都給掐青了。

她多想上前對賀氏道：「母親，我們要金牌吧！」

可她又能想到什麼樣的理由來解釋這樣唐突的行為呢？

鄔八月咬著牙，內心翻滾煎熬。

這時賀氏卻也表明了她的想法，讓鄔八月頓感如墜深淵。

關鍵時候，高辰複輕輕拍了拍鄔八月的手，出聲道：「岳母，依小婿看，既然國公夫人中意錢財，那便將錢財禮讓給他們吧！」

第六十一章

賀氏一愣，隨即便注意到高辰複話中的嘲諷之意。

鄭氏之前並沒注意到還有高辰複這樣一號人，回頭去看向高辰複，鄭氏有剎那的吃驚和尷尬。

被人親眼見到自己對錢財的貪婪，對她這個國公夫人來說可謂是十分諷刺的一件事。

賀氏心裡有些猶豫。

西府並不大看重老太君的私房。在賀氏的心中，老太君的私房給誰都沒問題，那畢竟是老太君的銀子——西府也不缺那些產業和金銀，讓賀氏沒法忽視的是東府的態度。

然而女婿既然這樣說了，賀氏也不好不給他面子。

可要她就這樣對東府妥協，賀氏也不甘願。何況賀氏還不明白女婿怎麼會突然開這個口？雖然是鄔家的半子，但她覺得高辰複也算是個穩重之人，這種涉及妻子娘家長輩私房的問題，高辰複不應該開口啊……

賀氏心思玲瓏，已經在腦海中認定高辰複會開口，定然是別有用意。

場面一時間僵持了起來。

二丫站得累了，掩嘴打了個哈欠。靜謐的環境中突然冒出了這樣的聲音，眾人頓時都看向她。

二丫努了努嘴，對賀氏道：「二太太還有啥好猶豫的？東府缺錢，西府缺錢嗎？西府要是不缺錢，拿一塊那什麼金牌不是多個保障嘛……」

賀氏頓時一笑。

郝老太君坐在炕上閉目養了會兒神，此時也開口問道：「決定了嗎？」

鄭氏率先開口。「我們不要金牌！」

說著，鄭氏便瞪著賀氏。

賀氏輕蔑地一笑。「沒想到東府居然都缺錢缺成這樣了。」

鄭氏臉上一窘。

賀氏看向郝老太君，誠懇地道：「老太君，您問話，我們不得不答。但事關分家之事，公爹婆母不在，孫媳雖為西府長媳，也不敢妄自替公爹婆母決定，還請老太君體諒。金牌還是錢財，此事還要等到晚上時方才能定。」

郝老太君面上閃過一絲讚嘆。

「西府的規矩教得好。」郝老太君讚了一句，看向鄭氏的眼中毫不掩飾地帶著失望。

鄭氏咬了咬牙，深覺得自己被賀氏擺了一道。

「都下去吧。」郝老太君又閉了眼睛，道：「記住，晚上的時候，兩府全府上下都到璿璣堂來。」

賀氏等人默默起身，低聲應了一句，退出了田園居。

鄭氏還想在老太君跟前磨蹭一會兒，二丫不客氣地去拎她。

待田園居終於清靜了下來，二丫用腳勾了張小凳坐了下來，好奇地問道：「郝奶奶，妳把東西都給出去了，就不怕妳兒孫不孝順妳了？」

郝老太君無奈地笑了一聲。「就是沒給，也沒見他們有多孝順。西府的倒還能指望指望，東府……唉，能供著我吃穿就行了。」

「我就覺得西府的太太們為人要好些。」二丫拿手支了下巴，忽然又笑了一聲，道：「郝奶奶，四姑娘嫁的姑爺長得真俊秀。」

郝老太君頓時笑道：「二丫也想嫁人了？」

「沒有啊，二丫要陪著郝奶奶呢。」二丫正經地說道。

郝老太君嘆了口氣。「待分家的事完了之後，我得給妳找個歸宿才行。短時間內找不著一個可以讓妳託付終身的，也要給妳找個新的好主子。」

「郝奶奶說什麼呢！二丫才沒嫁人的打算呢！」二丫嫌棄地撇撇嘴。「男人花心，娶了一個又一個。」

郝老太君哭笑不得。「給妳找個沒膽娶第二個的。」

「靠不住、靠不住……」二丫不斷搖頭。「郝奶奶就不要為我操心了。」她故作惆悵地嘆了一聲。「西府的老太太身體不好呢，我瞧著二太太她們臉上都有些憔悴，肯定是每日都在老太太跟前侍疾熬出來的。老太太有這樣的兒媳，也是好福氣。」

郝老太君一嘆，卻是搖頭道：「老二家的要是平日裡對她的兒媳婦們刻薄，這時候哪個兒媳婦願意身前身後地伺候著？這人跟人啊，也都是處出來的。」

郝老太君說著，臉上便露了憂色。「比起西府來，咱們東府就真的太讓人失望了。妳看看老大家的，還是國公夫人，她要是和老二家的一樣臥病在床，指不定兩個兒媳都不會搭理她的。」

郝老太君一說起這個，只覺得心窩疼。「陵桐在宮裡呢，留一枚免死金牌給他們，還想著讓他們到了絕路能有一條生路走。可老大家的倒好，就盯著那點錢財……」她捶著胸。「都半截身子入土的人了，要錢財來有什麼用？老國公爺當年留給我的不是什麼護身符，要我說啊，是禍害！」

二丫噘了噘嘴，道：「那要是西府不跟東府搶郝奶奶的錢財，願意就拿金牌呢？郝奶奶妳給不給？」

郝老太君頓時苦笑三聲。「那樣的話，可真是天意……倒也好，倒也好……」

郝老太君輕嘆一聲。「老二家拿了金牌，要是以後老大家出事，老二家總能拿出金牌來救老大家。都是骨血兄弟，這一點，老二妥協得多。」

二丫使勁兒點頭。「我就說西府的人好。」

「二丫，那我把妳送到西府二太太身邊去行不？」郝老太君認真地問道。

二丫揉著自己的耳朵回道：「等郝奶奶要死的時候再說這個話，現在說這個，我不愛聽。」

說著，二丫便捂了雙耳，郝老太君無奈地道：「行行行，不說這個，不說這個。」

郝老太君捶打了下自己的腿，忽然又「咦」了一聲，道：「八月的夫婿怎麼會突然開口讓居正媳婦兒要金牌？他和八月怎麼也來了？」

二丫放下手的時候正好聽到後半句，她回答道：「今天是四姑娘的生辰。」

「啊……」郝老太君頓時恍然道：「今兒初一啊！」

二丫撇嘴，道：「郝奶奶，要給四姑娘送生辰賀禮嗎？」

郝老太君想了想，道：「還是算了吧，權當我不知道。」

「妳明明知道了。」二丫指出道。

郝老太君哼了一聲，說：「我還生那丫頭的氣呢。東、西兩府走到如今——」

「郝奶奶，妳明明也知道這跟四姑娘沒啥關係。」二丫打斷郝老太君，道：「妳要找替罪羊，也別找四姑娘。四姑娘這會兒身體也不大舒服呢。」

「她怎麼了？」郝老太君忙問。

「四姑娘可是懷有身孕了。」二丫道：「四姑爺寶貝她得很，郝奶奶，妳可不要給四姑娘臉色看了，四姑爺要是不高興，當心他拿刀架妳脖子上。」

郝老太君頓時笑道：「胡說八道。」

夜晚很快就到了。

鄔國棟白日和人在酒樓裡喝酒去了，被鄭氏派去的人找回來後還有些醉醺醺的，還嚷嚷著要去捧個角兒，氣得鄭氏差點沒伸手撓他。

鄔國梁倒是未曾沾酒，接到消息便從宮中回來了。

晚上也不過是在正式分家之前，讓相關人都在一起商量，所以並沒有太隆重的儀式。不過這樣的場合，女兒女婿自然是不能在的。

鄔八月和高辰複只能留在瓊樹閣，沒辦法去東府的璿璣堂。

段氏醒來之後，也被陳嬤嬤告知了要分家的事情。

彼時鄔八月正守在段氏的床邊，端了藥碗餵段氏吃藥，段氏聽得消息，頓時一愣，然後喜道：「真的？要分家？」

陳嬤嬤連連點頭。

段氏笑了一聲。「總算盼著這一天了！」

鄔八月張了張口，笑言道：「祖母原來一直盼著分家的這一天呢。」

「盼著，一直盼著呢……」段氏眼神有些恍惚起來。「公爹婆母都是好相處的人，可是大嫂人的確不好，夾槍帶棒、尖酸得厲害，在旁人面前作戲又作得那麼好……」

陳嬤嬤喚了段氏一聲，拉回她的思緒。

鄔八月餵完段氏喝藥，趁著陳嬤嬤也在，試著簡略提了提在田園居中的事情。

鄔八月道：「祖母，錢財和金牌要是讓您選，您要哪個？」

段氏一笑，道：「這還用問啊，當然是選金牌了。」

鄔八月心裡一喜，卻又有些疑惑。「祖母為什麼會選金牌？」

「因為……」段氏臉上的表情迅速地變化了一下，臉色似乎有一瞬間的凝固。

「祖母？」鄔八月心裡頓時一個咯噔，忙出聲喊了她一句。

段氏吸了口氣，回過神來，揉了揉腦袋道：「頭有些疼……剛才說什麼了？」

段氏這樣，鄔八月再不敢問她，生怕她用腦了會頭疼。

「沒事，祖母，剛才說您喝藥一口就吞了，連蜜餞也沒吃。」

鄔八月笑了一聲，段氏指了指自己的嘴，笑著搖頭道：「嘴裡沒味道。」

鄔八月心裡一揪。

正當這時，賀氏和裴氏走了進來。

賀氏上前扶過段氏一邊手臂，輕聲道：「母親，該去東府了。」

段氏疑惑地問道：「去東府做什麼？」

賀氏心裡輕嘆，面上笑容不變，道：「去談兩府分家的事。」

這日晚上，東府的璿璣堂燈火通明。

鄔八月沒在那邊，但心裡卻一直牽掛著。

高辰複知道她的秘密，也明白她的擔心。

「岳母那邊來問過我了。」高辰複輕聲道。「岳母問我為何開口讓她要金牌。我告訴她，金牌可以換很多東西，但錢財卻買不來那麼一塊金牌。」

鄔八月微微一笑。「母親認同你這個解釋嗎？」

「誰知道呢？」高辰複輕笑一聲。「岳母只問了那一句，再沒有問別的。」

鄔八月輕嘆道：「祖母倒是說要金牌……就不知道她那會兒回答我的時候，是不是糊塗的。」

「西府裡的人都不是貪圖富貴的，東府若是執意要金銀產業，鄔老定然不會與東府對著幹才是。」

鄔八月頷首。「依祖父的性子，的確是這樣。」

「那妳就沒什麼好擔心的了。」高辰複一笑。「國公夫人這般堅決，想必她沒有改變主意的打算。」

鄔八月抿唇點了點頭。

她如今嗜睡，雖然心裡掛念著此事，但也架不住瞌睡來襲，早早地睡了。

第二日醒來時，高辰複已經離開了鄔府。

朝霞和暮靄伺候著她起身，鄔八月開口詢問她們可有聽到昨晚東府璿璣堂那邊的消息。

暮靄趕緊道：「有啊有啊，昨兒個國公夫人對著老太爺破口大罵來著……」

鄔八月擦臉的手一頓。「那祖母怎麼樣了？」

「大奶奶別擔心，老太太沒事。」暮靄忙擺手，道：「國公夫人要尋老太太說理，但老太太人又有些渾噩，坐在太師椅上都快睡著了。二太太擋在老太太跟前，國公夫人說了一大篇，老太太幾乎算是沒聽到。」

鄔八月呼了口氣。「那她罵祖父是怎麼回事？」

「罵老太太沒效果，就只能罵老太爺了唄。」暮靄撇了撇嘴。

鄭氏罵了鄔國梁些什麼，鄔八月沒興趣知道，她更關心的是那塊金牌最終花落誰家。

「最後可都談妥了？」鄔八月問道。

暮靄張了張口，遺憾地搖頭。「奴婢們不知道，大奶奶待會兒可以問問二太太。」

鄔八月洗漱妥當，用過早膳之後去了主院。

陳嬤嬤說段氏早上醒得很早，吃過早飯之後，還在花園裡遛達了一圈，回來後又說累了，這會兒正睡著。

鄔八月便留在了主院候著段氏起來。

她拉住陳嬤嬤，問陳嬤嬤昨日的結果。

陳嬤嬤嘆了一聲，道：「國公夫人寸步不讓，老太太沒心氣跟她爭。老太爺一向禮讓國公爺，這結果……四姑奶奶您還能想不到？」

鄔八月心裡一喜，微微笑道：「那就是說，老太君的私房還是讓東府拿去了？」

陳嬤嬤點點頭。

「那金牌呢？誰收著的？」

「自然是老太爺收著了。」陳嬤嬤一嘆。「老奴瞧著，老太君那會兒的表情也是十分難看。不過她給四爺、五姑娘幾個還沒有成親的，都留了一份。當時說的時候，國公夫人臉上的喜色一下子就沒了，瞧著特別不甘願。」

陳嬤嬤搖了搖頭。「國公夫人這是吝嗇得一點銀錢都捨不得摳出來啊，早些年，老太太在國公夫人跟前吃了多少排頭……」

鄔八月伸手拍了拍陳嬤嬤的手，道：「嬤嬤別傷心了，祖母也不會願意看到嬤嬤這樣的。」

陳嬤嬤吸了吸鼻子，眼睛忍不住紅了。

臨近晌午時分，段氏才醒了過來。鄔八月陪著她用了午飯，段氏捏著鄔八月的手嘆了一聲。

「八月啊，妳怎麼瘦了？」

鄔八月摸摸自己的臉，沒覺得自己哪兒瘦了。

她懷孕後的反應並不大，也不會吃了就吐，就不知道段氏是怎麼瞧出她瘦了來。

正疑惑的時候，段氏又指著陳嬤嬤，說陳嬤嬤怎麼老成這樣了。

陳嬤嬤一愣，無奈地和鄔八月對視一眼，彼此眼中都有嘆息。

老太太又糊塗了……

這一點，鄔八月和段氏聊天時也能看得出來。

段氏會說些以前的事，但是人物和時間卻是對不上的，鄔八月也不好件件事情都糾正她，只能附和著段氏，偶爾說上兩句逗趣的話，讓段氏笑上兩聲。

主院裡的氣氛一直很寧謐，段氏醒著的時候就喜歡和鄔八月聊天，而段氏睡了，鄔八月便也在一邊稍作休息。

偶爾段氏清醒的時候，會溫柔地望著鄔八月的腹部，輕聲說：「八月啊，祖母多想抱抱妳的孩子……祖母看到妳啊，就好像看到自己年輕的時候。」

提起自己年輕的時候，卻不管清醒還是糊塗，段氏都不會提到鄔國梁。

陳嬤嬤嘆息著同鄔八月說：「老太太這是還和老太爺生著氣呢，四姑奶奶生辰那晚，老太太好不容易見著老太爺了，兩人卻是一句話都沒說。老奴曾經聽人說，這越是親密、對自己越重要的人，老的時候，忘得越乾淨……」

不過陳嬤嬤也疑惑。「老太太最喜歡四姑奶奶了，可為什麼單忘了老太爺，卻念念不忘四姑奶奶呢？」

陳嬤嬤想了想，還是篤定道：「一定是老太太還生老太爺的氣吧。」

鄔八月也不知道段氏心裡在想什麼，對她來說，現在最重要的，就是保證段氏最後剩下的日子是平安快樂的。

除此之外，她這個孫女也沒辦法給她更多。

如此這般，又過去了一個月。

東府在這段時間內拿著老太君給的私房，開始大肆接管原有的產業、置辦新的產業。

相比起東府的風風火火，西府顯得尤為安靜。

段氏昏睡的時候越來越多了，鄔居正使出了渾身解數，也只能保證段氏的痛苦能夠減輕一些。

鄔陵桃在這期間回來過三次。

第一次是聽說了鄔家分家的消息回來的，本來還欣喜若狂的，當得知東府得了絕大部分老太君的私房後，鄔陵桃簡直是暴怒。

還是鄔八月拉住她，輕聲同她說：「三姊姊，可我們有太祖爺賜下來的免死金牌。光這枚金牌，比起那有限的錢財，豈不是有分量得多？」

鄔陵桃盯著鄔八月望了好一陣，方才輕嘆道：「八月，我同妳說了我有分寸，妳不要為我操心。」

鄔八月只笑著搖頭。

第二次是四爺鄔良植訂親，鄔陵桃趕了一次熱鬧。鄔良植雖不是裴氏親生的，但四老爺鄔居明膝下只有兩個兒子，鄔良植的生母龔姨娘又一向老實，裴氏對鄔良植也很看重，訂親儀式辦得還算隆重。

第三次便是前兩日段氏有些病危的徵兆，鄔陵桃回來過一次。

每一次，鄔八月都在鄔陵桃身邊見到了明焉。

鄔陵桃解釋，明焉已經成為了她這個王妃的護衛統領，明年春試武舉後，明焉大概會進宮做御前侍衛。

鄔陵桃提起明焉的時候，眉梢眼角都帶了些許的情意，而明焉，仍舊是冷冷的模樣。

「啊，對了。」鄔陵桃對鄔八月道：「明焉還是表兄的摯友，妳可知道？」

「啊？」鄔八月頓時一愣。

鄔陵桃笑道：「我就猜妳並不知道。明焉和表兄相識之後成為了摯友，他們一文一武，倒也相得益彰。」

鄔八月略有些茫然地「喔」了一聲，還是忍不住問起鄔陵桃和明焉現在的關係。

鄔陵桃失笑。「妳怎麼老糾結這個？」

「三姊姊，我擔心妳。」鄔八月嘆道。「我知道妳是不聽勸的，可這樣很危險……」

「不用擔心。」鄔陵桃摸了摸鄔八月的頭。「妳現在有身子呢，可不要操心這些有的沒的。」

鄔陵桃頓了頓，道：「我能向妳保證的是，我絕對不會讓東府看我們西府姑娘的笑話。」

鄔八月靜默不語。

鄔陵桃輕輕敲了敲她的頭。「妳多笑笑，祖母要是見妳哭喪著臉，還不得以為我欺負妳啊。」

鄔陵桃說著，便憂慮地低了低頭。「祖母今兒是熬過來了，恐怕……也熬不了太久了……」

鄔八月伸手輕輕撫著自己微微有些隆起的肚子，應了一聲，哭音幾不可聞。

這一天是重陽佳節，段氏的精神很好，一大清早就讓陳嬤嬤去叫了鄔八月，讓丫鬟吩咐廚下做菊花糕，呈上菊花頭簪，一定要給鄔八月戴。

鄔八月本來十分高興，但她一個不經意，見到陳嬤嬤背地裡抹淚。

鄔八月突然明白，段氏精神忽然好了，並不是轉危為安了。這是她大限之前的迴光返照。

鄔八月忍著心下的惶急，讓陳嬤嬤趕緊去通知賀氏，又想了想，還是讓陳嬤嬤也派人去宮裡尋鄔國梁回來。

「八月，來。」段氏坐在椅子上，手上拿著一枝菊花簪，笑著朝鄔八月招手。

這一天，段氏的話多了很多。

鄔八月安靜地倚在她身邊，聽她嘮叨。

段氏不單精神很好，人也並不糊塗。

說了一會兒話，段氏說口渴了，偏要喝陳嬤嬤親手泡的菊花茶。

陳嬤嬤無奈，只能親自去了廚房。

接著段氏對鄔八月道：「我也躺了好久了，今兒天氣不錯，秋高氣爽的。八月啊，陪祖母去花園走走。」

鄔八月便扶著段氏，去了湖景花園方向。

段氏給尾隨的丫鬟下人們打招呼，說她不需要人伺候，讓她們別離得太近。朝霞和暮靄也被段氏打發得遠遠的。

鄔八月直覺段氏是有話要和她說。

行至湖景花園中央的清液池，段氏停住了腳步，讓鄔八月和她去清液池旁邊的香亭裡坐坐。

「八月，這一年來，苦了妳了。」

段氏沈默地坐了一會兒，忽然蹦出這麼一句話來。

鄔八月心裡咯噔了下，不知道段氏從何而來這樣的感慨。

她笑了笑，道：「祖母說的什麼話，孫女哪兒苦了？要說是去漠北之事，不還有父親和孫女一起的嗎？何況若非如此，孫女興許還不能嫁得如意郎君呢。」

段氏便笑了一聲，道：「辰複那孩子瞧著穩重心細，倒也不失為一個良配。就是蘭陵侯府的情況複雜了些，妳是蘭陵侯府的媳婦，以後麻煩事少不了。」

段氏望了鄔八月的肚子一眼，欣慰道：「好在有了身孕，等生下了大胖小子，妳的位置也就坐得穩當了。」

鄔八月抿唇笑了笑。

段氏望著清液池中的淼淼碧波，忽然輕聲道：「我第一次見妳祖父，就是在重陽節。」

鄔八月唇角的笑意頓時一僵，心下忽然發冷。

她緩緩抬頭看向段氏。

段氏目光平平，並沒有太多柔和之色，彷彿只是在訴說一個平淡的事實。

「那時天下初定，封侯拜相，恰逢重陽佳節，我隨著母親和姊姊去玉觀山登高望遠，巧遇了輔國公夫妻和兩位公子。那時候，妳祖父年輕俊朗，是小有名氣的京中才子，他望向我時，我覺得他眼睛裡都閃著光。雖然只是驚鴻一瞥，但他的樣子，就烙在了我的心上。」

段氏頓了頓，又道：「後來和輔國公府締結婚約，我十分高興，認為自己修了福氣，今生能得嫁一個如意郎君。成親之後的日子和我所想的相差無二，夫妻和睦，琴瑟和鳴，即便妳祖父後來也納了妾，但他並非耽於美色之人，且妾室本分，我也並無太多心結。這近四十年來，我一直認為，這一輩子除了妯娌之間有些嫌隙，並沒有太多遺憾，尤其是妳祖父，給了我一個女人最想要的一切。然而……」

段氏緩緩收回目光，看定了鄔八月，忽地憂傷一笑。「八月，妳明知道妳祖父心有旁人，卻為何一直隱瞞著我這個祖母？」

「祖、祖母?!」鄔八月霎時瞪大眼睛，不可置信。

祖母怎麼會知道這件事？祖父可是瞞了這麼多年！

「呵。」段氏搖了搖頭，望向鄔八月的目光中並沒有責備和失望。

她伸手輕輕捧了鄔八月的臉，輕聲道：「八月啊，為了這個秘密，妳受了多少苦……」

「祖母……」

「妳奇怪我怎麼會知道，是嗎？」

段氏恍惚一笑。「是啊，這件事，原本是即便我入了土，也不可能知道的。可是就有那麼巧……我知道我身體不大行了，心裡捨不得，想找妳祖父年輕時給我畫的畫像出來，再多瞧瞧。可是……我卻找到了妳祖父和那人從多年之前就開始往來的書信。」

鄔八月大吃一驚。

「我原來還驚疑，可是看得越多，越發明白，原來那不是一個玩笑……這麼多年啊！書信一直保留著，精心裝裱了起來，藏得嚴嚴實實……」

段氏自嘲地笑了兩聲，輕道：「我這四十年，也不過是一場笑話……」

「祖母！」鄔八月頓時跪在了段氏跟前，眼淚奪眶而出。「您不是什麼笑話，至少，您有父親幾個兒女，您還有我們幾個孫輩！」

段氏伸手輕輕拉鄔八月起來，道：「祖母沒有怪罪誰的意思，活到我這個分上，還有什麼看不開的？」

鄔八月順著段氏的力道，復又坐到了一邊的平廊上。

「祖母……和祖父之前吵的那一架……」

段氏點了點頭，道：「我試探地問他，結果，一問他就惱了。」

段氏看向鄔八月。「他以為是妳將他的事告訴我的。那個時候我才知道，原來當初妳會在宮裡出事，被迫無奈前往漠北都是有原因的。怪不得……我讓妳親近宮裡那位，妳並不願意。得知入宮的消息，妳也心情惶惶……」

段氏拉過鄔八月的手，微微抖了一會兒，方才輕聲道：「八月啊，是祖母……對不起妳。」

「沒有，沒有，祖母怎麼會對不起我……」鄔八月連連搖頭。「這些年祖母寵我順我，孫女都記在心裡……」

段氏拍了拍鄔八月的手，望著她良久。

「八月不怪我就好。我看著妳，就好像看著年輕時候的自己……」段氏輕聲道：「祖母這輩子自以為過得比尋常女子都要好，但原來是我一葉障目了。我糊塗了四十年，也沒時間讓我重新來過……我只希望，八月妳能過得好……」

鄔八月立刻點頭如搗蒜。「祖母放心，孫女一定會過得很好……」

「性子別再那麼柔了。」段氏輕輕給鄔八月抿了鬢角的散髮，道：「不然，在蘭陵侯府會吃虧的。」

鄔八月點頭。

「還有一件事，祖母要拜託妳去辦。」

段氏頓了頓，看向香亭遠處正帶著人端著菊花茶來的陳嬤嬤。

「八月，那些書信還藏在妳祖父的書房裡。妳祖父吩咐過，那地方尋常人不能進去。我上次進去找到那些書信，並沒有告知他。那時候我便該燒毀它們，卻想著那也是一項憑證，妳祖父要是否認，我總有一個證據。現在想想，是我失策了。」

段氏盯住鄔八月的眼睛。「從妳祖父那兒確認了那件事後，我本打算回去將那些書信燒毀，但我已經心有餘而力不足，此後人更是糊塗的時候多，清醒的時候少。此事今後會不會暴露，誰也不知道，但至少，不能留下這樣一個足以讓整個鄔家顛覆的證據。八月，待我死後，妳要趁著家裡忙著給我處理後事時，悄悄讓人將那處書房給燒了。」

鄔八月張口愣住。

「妳不是給鄔家添亂，反而是在救鄔家。」段氏緊緊握著鄔八月的手。「八月，妳記住，家族榮則妳榮；家族衰則妳衰。妳的命運和鄔家的命運是緊緊連在一起的。」

「祖母……可是，那個時候，您、您……」

「那是我的喪期，我知道。」段氏冷靜地道。「不要想著喪期中的火災會讓我有什麼劫難，比起鄔家的安全而言，那不算什麼。」

段氏輕聲道：「八月，這個秘密，就讓我帶到地下去吧。」

「祖母！」

「答應我。」

陳嬤嬤越來越近了，鄔八月只能含著淚，沈沈答應了下來。

段氏輕渺一笑。

陳嬤嬤走進香亭，見鄔八月眼眶紅紅，頓時也紅了眼。她捧上菊花茶，輕聲道：「老太太，您讓老奴親手泡的菊花茶來了。」

段氏笑著應了一聲，衝陳嬤嬤招招手。「妳跟在我身邊，一晃也過去四十年了。」

陳嬤嬤的眼裡頓時湧出淚來。

她側過頭去壓了壓眼角，道：「可不是嗎？四十年了。」

「我沒多少日子了。」段氏輕輕吐了一口氣，輕聲道：「妳再替我辦件事吧。」

陳嬤嬤連連點頭。「老太太只管吩咐。」

段氏一笑。「八月還是個小人兒呢，以後啊，妳就跟著八月吧。她旁邊的嬤嬤和丫鬟都還年輕，妳在她旁邊，能多提點她。八月……」

鄔八月吸了吸鼻子，忙應了一聲。

「祖母放心，八月不會虧待陳嬤嬤的。」

「那就好。」

段氏笑了笑，聞了聞托盤上淡淡飄來的菊花茶味道。

「真香啊……」段氏緩緩合目。「跟那一年在玉觀山上，妳泡的菊花茶的味道一模一樣……」

陳嬤嬤緩緩跪了下去，咬著唇，淚水直流。

段氏又昏睡了過去。

隨後趕來的賀氏等人讓人將段氏小心地抬回了主院。

鄔居正臉色微白，輕聲道：「母親她……出氣多，進氣少了。」

鄔居正又問了一句。「父親呢？」

陳嬤嬤搖了搖頭。

是夜，段氏再醒來了一次，清醒地交代了遺言。她也有一部分私房嫁妝，雖比不上老國公留給郝老太君的，但也是一筆不菲數目。

段氏不偏不倚，兩個嫡子和一個庶子都分了一份。

鄔居正是長子，他伏在段氏床前輕聲哽咽道：「母親，父親還在回來的路上……」

段氏笑了笑，搖了搖頭。

她看了一眼被朝霞扶著跪在鄔居正後方的鄔八月，對她輕輕一笑。

然後，她永遠閉上了眼睛。

「老太太！」

陳嬤嬤悲戚地叫了一聲，鄔居正趕緊上前探段氏鼻息。

良久，他方才收回手，沈痛地道：「母親……去了！」

主院中，頓時哭聲震天。

第六十二章

段氏故去了，在萬樂十五年的重陽，沒有和她丈夫鄔國梁見最後一面。

鄔國梁不在府中，鄔居正作為西府長子，忍著悲痛讓人升了靈堂，著人給段氏換衣。

賀氏流著淚，讓顧氏跑一趟東府，告知郝老太君這個噩耗。

鄔八月呆呆地跪在床前，望著段氏斑白的頭髮。

段氏閉著眼睛，並未死不瞑目。她神情安詳，也似乎沒有太多遺憾。

鄔八月心裡並不清楚祖母是否怨恨祖父，雖然祖母說，她活到這般年紀，什麼事都能看得開，可祖父畢竟是她一見鍾情、傾心相伴了一生的男子。

到最後發現這不過是一場鏡花水月，祖母心裡當真能毫無怨懟？

「大奶奶……」

朝霞和暮靄上前輕輕地扶她，朝霞哽咽道：「您現在的身體可不能一直跪在地上，大奶奶趕緊起來吧。奴婢已經讓侍衛前去京畿大營通知大爺了。」

鄔八月將頭靠在朝霞的肩上，輕聲道：「朝霞，祖母走了，我好難過……」

朝霞眼中頓時溢出淚來。

因為段氏偏疼鄔八月，朝霞和暮靄也多有得到段氏那兒的獎賞。

段氏為人慈愛寬和，西府無不敬重，連庶媳婦顧氏也將段氏當作親婆婆一樣尊重看待。

暮靄已經哭得說不出話來了。

「八月。」賀氏走了過來，拿絹帕擦了擦鄔八月臉上的淚，輕聲道：「妳回瓊樹閣去，母親要讓人將妳祖母送到定珠堂了。」

定珠堂是西府的主堂，段氏乃是鄔府主母，靈堂設在定珠堂是毋庸置疑的。

鄔八月閉了閉眼，伸手抹掉臉上的淚。

她扶著朝霞和暮靄的手站了起來，輕輕點頭道：「女兒知道了。」

「八月，別太難過。」賀氏心裡不放心，輕輕握住鄔八月的手，道：「早知老太太有這一天，妳現在是雙身子，情緒切忌太激動。」

「女兒明白。」鄔八月輕輕頷首，回握了握賀氏的手，對朝霞道：「走，回瓊樹閣。」

鄔八月是孕婦，不能參加喪儀。這是賀氏發現段氏情況不大對時就已經交代過她的。

在鄔良株和鄔陵梅兄妹倆的關切下，鄔八月的身影漸漸消失在了夜色中。

回了瓊樹閣，已經有下人開始在屋宇上掛白燈籠，吊白綢、白幡了。

瓊樹閣處守著的肖嬤嬤也是一臉沈重，弓腰遞上了孝帶和孝花。

朝霞除掉鄔八月頭上唯一一對金簪，將潔白的孝花給她戴了上去。

暮靄則將白布孝帶輕輕地纏在了鄔八月的腰上。

肖嬤嬤低聲道：「老太太仙去，大奶奶節哀。」

鄔八月低應了一聲，回到了自己的臥房。

朝霞欲點燈，鄔八月輕聲阻止道：「別點，我想一個人靜一靜。」

「大奶奶……」
「四姑奶奶。」
朝霞正要勸，陳嬤嬤的聲音卻緊跟而來。
陳嬤嬤無視鄔八月的命令，接過朝霞手中的燭檯和火摺子，將臥房給點亮了。
鄔八月抬頭望了陳嬤嬤一眼，又低下了眼去，也沒呵斥陳嬤嬤不聽主子吩咐。
「朝霞，下去吧。」
陳嬤嬤道了一句，朝霞一愣，正要說話，鄔八月卻也出聲道：「聽嬤嬤的，下去吧。」
頓了頓，她道：「把門闔上。」
朝霞無奈，也只能退了出去。
臥房內燈光不算太明亮，鄔八月和陳嬤嬤卻也看得清楚彼此的面容。
「嬤嬤撇開朝霞，可是有話要與我說？」鄔八月輕聲問道。
陳嬤嬤尋了個小杌子，端到了鄔八月身前，自己坐了上去。
「四姑奶奶。」陳嬤嬤沙啞地開口，道：「老太太……是不是讓您去燒老太爺的書房？」
鄔八月驚愕得不由往後一躲，不覺道：「嬤嬤怎麼知道？」
陳嬤嬤便是一笑。「原來真是這樣……那麼，四姑奶奶不用再費心找人去做老太太交代您的事了。老奴雖然無用，這點事，卻也能做得好……」
「嬤嬤?!」鄔八月頓時瞪大眼睛。
她本以為是段氏還留了什麼話要陳嬤嬤轉達給她，所以才讓朝霞下去的。可沒想到陳嬤嬤她……她竟然也知道？

她怎麼會知道？祖母不是連她也瞞著的嗎？

「四姑奶奶放心，老太太想守著的秘密是什麼，老奴並不知道。」陳嬤嬤搖了搖頭。「但老奴知道，今兒老太太支開老奴，同四姑奶奶單獨說了話，必定是要交代四姑奶奶些什麼。既然從四姑奶奶這兒確認了，那麼，還請四姑奶奶讓老奴為老太太做這件事吧。」

陳嬤嬤輕聲說道：「這麼多年，陪著老太太從她還是個未出閣的姑娘，到她嫁人、生子、娶兒媳、當祖母……走到現在的，也只剩下老奴一個了。老太太走了，老奴還是想為她做點什麼……」

「嬤嬤您……您怎麼知道祖母她……」

「老太太身邊沒別人，這些日子，老太爺都不怎麼露面了。昨兒個……」

陳嬤嬤輕輕頓了頓。「昨兒個，老太太夢中囈語，似乎是在和老太爺說話。她叫著老太爺的名字，說，我要燒了你的書房，那是罪惡的源頭。老太太說得含糊不清，可老奴還是聽明白了，因為老太太說了好久好久……」

「嬤嬤。」鄔八月伸手拉過陳嬤嬤的手，嚴肅地道：「這件事，祖母交給了我去辦。嬤嬤就不要操心了。祖母交代——」

「四姑奶奶。」陳嬤嬤打斷鄔八月，緩緩站起身。「老奴來這兒，一是確定老太太交代的事，二是要將這東西交給您。」

陳嬤嬤從懷中捧出一物，金光燦燦的。

鄔八月一看，頓時一驚。「金牌?!」

「老太太問老太爺要的，讓老奴妥善保管起來。老太太曾說，若是她故去了，讓老奴將金牌交給四姑奶奶。」

陳嬤嬤將金牌塞到鄔八月懷裡，道：「還有三，老奴也等著確定了，便和四姑奶奶通個氣，免得老奴去了，您還使人去。」

「嬤嬤?!」

「四姑奶奶，老奴走了……您多保重。老奴……去陪老太太了。」

陳嬤嬤輕輕一笑，起身，極快地奔到門邊，拉開屋門，轉瞬間就在迴廊上消失了。

鄔八月大驚，高呼道：「嬤嬤！」

「大奶奶？」朝霞和暮靄衝了進來。

「陳嬤嬤呢？」鄔八月焦急地喊道：「快！快去將陳嬤嬤帶回來！」

「陳嬤嬤？」朝霞一愣。

鄔八月喝道：「還愣著做什麼！」

「是！」朝霞忙應了聲，暮靄卻出言道：「可是大奶奶，已經瞧不見陳嬤嬤身影了啊！」

鄔八月腦筋極快地一轉。「往老太爺的書房那邊找！快！」

朝霞和暮靄雖然不明所以，但見鄔八月那麼著急，也只能答應著去。

鄔八月還算清醒，在朝霞和暮靄出門之前喚住她們，叮囑道：「不要讓旁人知道，妳們自己去找。找到陳嬤嬤就帶她回來，聽明白了嗎？」

朝霞和暮靄答應著去了。

鄔八月在瓊樹閣中焦急地等待著。

瓊樹閣和鄔國梁的書房雖有一段距離，但要找個人也不困難，可現在已是深夜，而且因段氏故去，西府裡已經不同往日的布置，朝霞和暮靄能不能找到陳嬷嬷並帶她回來，著實是未知。

半個時辰不到，朝霞和暮靄氣喘吁吁地趕了回來。

兩人蓬頭垢面，暮靄更是滿臉驚駭。

鄔八月上前盯著她們。

「大、大奶奶……」朝霞竭力穩住情緒，道：「奴婢二人到老太爺書房附近的時候，陳嬷嬷似乎已經、已經進去了，有、有煙味傳來，陳嬷嬷她……她自焚於老太爺的書房裡……」

鄔八月站立不穩，朝霞忙伸手將她扶住。

她定了定神，撥開朝霞的手，提裙上了閣樓二層。

登高望遠，有透亮火光的地方霎時映入她的眼中，依稀還能聽見下人們在遠處高喊：「走水啦！」

「大奶奶……」

朝霞和暮靄跟了上來，又驚又怕又憂慮地看著她。

鄔八月望著鄔國梁書房方向之處，咬著下唇，默默淌淚。

「大奶奶，陳嬷嬷她……她是一心求死，想跟著老太太去……」

朝霞勸了一句，卻找不到一個合適的理由。

鄔八月緩緩轉過頭，看向自己兩個貼身丫鬟。

她沈聲說道：「記住了，今晚我讓妳們去追陳嬤嬤的事情，妳們要閉緊了嘴，誰都不可以說。」

暮靄頓時緊閉了唇，朝霞輕輕點了點頭。

「不要再生疑問。」鄔八月輕聲道。「知道得少，是一種福氣。」

朝霞和暮靄都低了頭。

鄔八月緩緩下了閣樓，回到臥房，躺到了床上。

懷裡揣著的沈甸甸的金牌似乎還有從陳嬤嬤身上傳來的體溫。

而她只覺得身心俱疲，臉上的淚痕似乎還未乾。

半睡半醒之間，似乎有人在輕輕地撫摸著她的臉。

鄔八月緩緩睜眼，高辰複坐在床邊，眼睛燦如星子。

「爺，你回來了。」

鄔八月要坐起身，高辰複伸手扶住她雙肩，拇指指腹輕輕在她眼下滑過。

「睡夢裡也在哭？」

高辰複語氣中含著嘆息，鄔八月坐了起來，他將她攬到了懷裡。

「爺，祖母去了……」鄔八月哽咽了一聲，再說不下去。

高辰複輕撫著她的後背，低聲道：「我知道。」

頓了頓，高辰複道：「哭過了，妳還要好好的。老太太她不會希望看到妳一直傷心落淚的模樣。」

鄔八月用鼻音應了一聲，吸了吸氣，抬起頭來。

「祖父回來了嗎？」鄔八月低聲問道。

高辰複搖頭。「還沒，我回來的時候，聽府門口的門房說，鄔老還未歸家。」

「都夜深了，祖父還在宮裡？」

「不可能在宮裡，宮裡早就下鑰了。」高辰複道：「應當是去和人談事了吧。」

鄔八月微微咬了下唇。

「爺。」她輕聲道：「等祖父回來，我想……和他聊幾句。」

高辰複立刻道：「不妥。」

「若是尋常時候，我也不會自找麻煩，去尋祖父說話。可祖母她……」鄔八月微微咬牙。

「祖母她、她知道祖父的……那件事！」

高辰複一驚。「總不可能是妳告訴她老人家的？」

「不是我告訴祖母的。」鄔八月搖頭。「是祖母偶然間發現的。世事難料，祖父藏了一輩子的秘密，祖母卻……在人生最後的時間發現了。」

鄔八月仰頭看向高辰複。「祖母說，初見祖父便是在重陽……」

重陽……

「今日，也是重陽。」

高辰複輕聲一嘆，靜默不語。

良久，他才摟著鄔八月道：「可妳見了鄔老，又要和他說什麼呢？這秘密如此之大，能不提及，便永遠不要提及。」

「我只是想問問，這麼多年的夫妻，祖父可曾對祖母有一絲情意，又是否因為他這般不計後果的背叛，對祖母有半點愧疚。」

鄔八月捏了捏拳。「祖母這一輩子，沒有絲毫對不起祖父。」

「我知道。」

高辰複心中清楚，鄔八月是為段氏這一生而不值。可段氏已去，鄔八月糾結於這個問題，就高辰複來說並無多大意義。

他更擔心，鄔八月和鄔老說上話後，會激動憤怒到難以自持，到時再生出別的事端，可就不好了。

何況，透過這段時間的明察暗訪，高辰複終於確定淳于氏早在高彤絲偷偷入宮之前，就已知鄔八月有孕的事情。

安胎藥中下藥的事，總算有了進展。

此事總要和鄔八月說一聲，但顯然現在不是好時機。

高辰複是孫女婿，不用守孝，京畿大營之中告假也最多只能三天，他沒辦法時時刻刻守著鄔八月。

「別想太多，現在最重要的，是要辦好老太太的喪事。妳和鄔老要是吵了起來，豈非是給岳父岳母添亂？」高辰複道。「聽我的話，別和鄔老見面。」

鄔八月不語。

高辰複心裡暗嘆，知道妻子心中並不樂意。

他暗中決定，要讓人看著鄔八月，不許她胡來。

夜色已深。

收到西府噩耗的郝老太君已經趕到了西府。

彼時段氏已經換上了壽衣，神態安詳地躺在了棺中。

定珠堂裡點起了白蠟燭，堂中一片縞素。

靈堂案桌之上懸掛著一個大大的「奠」字，黑白色讓人在這秋老虎的季節有些脊背發涼。

郝老太君扶著二丫的手，行至定珠堂前，忽然頓住了腳步。

換上了孝衣的賀氏、裴氏、顧氏三人上前迎郝老太君。

郝老太君怔怔地望著底部對著她的黑漆棺材，有些飄忽地問了一句。

「老二媳婦……真沒了？」

賀氏等人頓時又抹起眼淚來。

一向感性的二丫也哭了起來。「西府老太太那麼好的人，怎麼說走就走了啊……」

郝老太君抿了抿唇，抬腳走了進去，一直走到段氏的棺材旁邊，伸手撫上了棺槨。

沒到出殯下葬的時候，還未封棺。鄔居正在段氏口中放了可令屍身三天不腐不爛的定顏珠，段氏的面容看上去依舊慈祥和藹，彷彿只是睡著了一般。

郝老太君默默地看了她一會兒，忽然回頭厲聲問道：「老二人呢?!」

賀氏上前答道：「回老太君的話，已經派人去請父親回來了。」

郝老太君大怒。「這個逆子！他老妻身子骨越發不行也不是這一、兩天的事情，緣何他到這般時辰還不歸家！」

賀氏等人皆不敢出聲。

郝老太君回頭又看了段氏一眼，似乎是不忍心擾了段氏的安寧，她握了握拳，扶著二丫的手坐到了一邊。

此後不久，前去安排段氏身後之事的鄔居正、鄔居明、鄔居寬三兄弟身著一身孝服、腰纏孝帶、頭上披麻，回了定珠堂。

見郝老太君在此，三兄弟帶著自己的妻兒、未出嫁的女兒，給郝老太君磕了頭。然後，段氏的兒子兒媳、孫子孫媳以及未出嫁的孫女，全都跪在了段氏的棺前。

郝老太君不動如山，一直坐在那兒，等著鄔國梁回來。

半個時辰之後，東府的三太太李氏攜兒子鄔良柯與兒媳小金氏，趕了過來。

他們也是東府除了郝老太君外，唯一來了西府弔唁的人。

西府賀氏等人對李氏並無惡感，見她還特意趕了過來，也十分欣慰。

李氏陪了一會兒，瞧見西府這樣悽然的景象，難免觸景傷情，想到自己的丈夫過世時的場景，心裡更覺難受。

李氏囑咐鄔良柯和小金氏在這邊陪一晚，她則和郝老太君說了一聲，回了東府，打算睡一覺，明兒再過來。

待李氏走後，如入定了一般的郝老太君緩緩睜開眼睛，道：「也就居廉媳婦懂點人事。」

賀氏望向定珠堂外，一面在心裡冷嘲，東府還真是人情太冷，連表面功夫都不做。另一面卻又在心裡擔心——都這時候了，老太爺怎麼還不回來？

然而，直等了一夜，鄔國梁卻始終不見人影。

待第二日清早，弔唁的人紛紛來了，鄔國梁才姍姍來遲。

他昨日歇在了宮裡，壓根兒不知道家中出了這樣的大事。

郝老太君已在定珠堂坐了整整一晚，定珠堂內，鄔居正等人都面色難看。一是熬夜熬的，二也是因久等鄔國梁不至，心中自然都有些想法。

「母親。」

鄔國梁上前給郝老太君行了個禮，郝老太君定定地望了他半晌，忽然抽手給了他一個大耳刮子。

鄔國梁長至這麼大，除了小時遭過郝老太君的打，長大後被郝老太君打的次數屈指可數。

這一巴掌，讓鄔國梁有片刻的怔愣。

「雪珂要是我的閨女，我有你這麼個女婿，我殺了你的心都有！」

郝老太君面色平靜，聲音也放得很輕，可語氣卻是極重。

所謂小杖受、大杖走，鄔國梁頓時朝著郝老太君跪了下去。

「母親息怒，兒子錯了。」

鄔國梁低聲認了一句錯，郝老太君卻伸腿使勁踢了他一腳。「跪我做什麼？轉過去，跪雪珂去！她這段時間身子骨不好，你不知道嗎？你不多回府來陪陪她，竟然連她嚥氣的時候你都沒在她跟前！你們做了一輩子別人口裡稱頌的恩愛夫妻，到頭來，你這個丈夫是怎麼當的！」

鄔國梁只低著頭，任由郝老太君罵。

鄔居正心裡也埋怨鄔國梁，但前來弔唁的賓客都紛紛到了，要是被人看到這一幕，豈不丟人？

鄔居正上前打圓場，正好有賓客被迎了進來，鄔國梁避到了後堂去換衣，方才躲過了郝老太君的責罵踢打。

鄔國梁尚且有些惶然。

真的……去了？

「老太爺。」

換好衣裳，猶豫著回到定珠堂後要如何和郝老太君說話的鄔國梁，被他書房處的管事給喚住了。

「怎麼了？」鄔國梁心中正煩亂著，有些沒好氣地問道。

「老太爺，您書房……給燒了。」鄔國梁心不在焉地應了一聲，隨即驚愕，立刻轉向那管事，怒聲問道：「什麼？燒了?!」

「是，是給燒了……」管事縮了縮肩，哭道：「老太太身邊的陳嬤嬤也不知道著了什麼魔，昨兒老太太故去後，她跑進了您的書房，一把火將您書房給燒了個乾乾淨淨……要不是您書房旁邊沒連著什麼易燃的屋宇，這走水恐怕還歇不了……」

「她人呢！」鄔國梁震怒地問道。

「您問陳嬤嬤？」

管事擦了擦頭上的汗。「小的方才不是同您說了，陳嬤嬤跑進您的書房放的火。陳嬤嬤她……自然也葬身火海了。」

鄔國梁瞪著雙目，簡直不敢相信。

管事緊接著又道：「陳嬤嬤燒得也幾乎成了灰，四姑奶奶令人來跟小的說，要撿了陳嬤嬤的骨灰，把陳嬤嬤給安葬了……小的不敢擅自作主，所以來問問……您的意思……」

「四姑奶奶?!」

鄔國梁微微瞇了眼，雙唇抿成一條直線。

「四姑奶奶說，老太太故去前讓她好好照顧陳嬤嬤的。她沒給老太太辦好這件事，但將陳嬤嬤收葬……卻還是能辦到的。」

管事低垂著頭，鄔國梁冷笑一聲。「陳嬤嬤做下這等事，還想要被收葬？去！你讓人轉告你四姑奶奶，陳嬤嬤燒書房之舉，簡直是大罪！我要把她挫骨揚灰！」

「什麼？挫骨揚灰！」

鄔八月坐在瓊樹閣，陡聞此話，頓時驚得站了起來。

高辰複立刻扶住她微抖的身子，甚為不悅地掃了一眼前來報信的書房管事，冷冷地道：「你說什麼？」

那管事擦了擦頭上的汗，輕聲道：「老太爺說……說陳嬤嬤縱火燒屋乃是大罪，自然沒有……沒有被收葬的說法。」

「祖母才去，陳嬤嬤是伺候在祖母身邊幾十年的老人了，祖父這般做，有沒有為祖母想過一分一毫！」

鄔八月氣得想要抓了茶杯砸人，被高辰複給攔住，動彈不得。

「我要去找祖父說個清楚！」

她怒喝一聲，抓住高辰複的衣袖，回頭直盯著他。

高辰複心裡連連嘆息，卻也無計可施。

妻子內心鬱結，要是不讓她發洩，長此以往對她的身體也不好，讓她去和鄔老說個清楚也好。

高辰複未再攔著她，卻一定要陪著鄔八月去見鄔國梁。

定珠堂中，鄔國梁鞠躬答謝著前來弔唁的賓客。

靈堂中哀婉不絕的哭聲讓鄔國梁心裡也堵得慌。

他站在段氏的棺前，幾次猶豫想要去看段氏一眼，最後又放棄了這個念頭。

他告訴自己，人已逝，也沒有再見的必要。

可是內心深處是否也是這樣的想法……鄔國梁自己也不知道。

又或者說，他不允許自己深想下去。

哀樂陣陣，鄔國梁覺得耳朵都有些疼了。

這時，書房管事擦著汗跑了進來，附耳對鄔國梁說道：「老太爺，四姑奶奶和四姑爺在書房旁的抱廈裡等著，四姑奶奶說，請您過去，她……她有話要和您說。」

鄔國梁眼睛微微一沈。「為了陳嬤嬤的事？」

書房管事裝聾作啞道：「小的不知……」

鄔國梁哼了一聲，讓書房管事先下去，並囑咐他閉上嘴，不要跟別人說這件事。

鄔國梁仍在定珠堂待了一會兒，一炷香之後抬步朝書房方向而去。

鄔國梁的書房已經付之一炬，火雖然已被撲滅，但那兒只剩下一片廢墟。

書房旁邊的抱廈離書房稍有一段距離，中間還隔了一條觀賞小溪，方才倖免於難。

鄔國梁拾級而上，抱廈中，高辰複開啟了屋門。

「鄔老。」

高辰複施了一禮，鄔國梁點了點頭，微微一笑。「高統領也在。」

「不敢。」高辰複低頭謙虛了一句，回頭對鄔八月道：「八月，和鄔老好好說話。我在外面等妳。」

鄔八月點了點頭，高辰複對鄔國梁道了一句「少陪」，便走了出去，闔上了屋門。

「吱呀」一聲，門外的陽光也被遮擋了大半。

鄔八月抬起頭看向鄔國梁，正好是逆光的位置，她有些看不清鄔國梁臉上的表情。

索性便也不看，鄔八月伸手做了個請的姿勢，道：「祖父隨意。」

鄔國梁坐了下來，冷冰冰開口。「找我就是為了要給陳嬤嬤收葬的事？」

「祖父同意嗎？」

「當然不同意！」鄔國梁冷哼。「她燒我書房，此等惡僕——」

「祖父別急著惡人先告狀。」

鄔八月冷笑一聲。

段氏既逝，鄔八月心裡空了一塊，又被憤怒占滿。

面對著鄔國梁那張冷情的臉，鄔八月也不再願意和他做表面功夫。

「祖父就沒想過，陳嬤嬤做什麼燒書房？」

鄔國梁一頓。

鄔八月冷冷地道：「不，祖父心裡也是清楚的。陳嬤嬤縱火，不是她自己的意思。只是事情到這一步，祖父你總要找個人發洩。陳嬤嬤便是死了，你也不會放過她。」

「妳住嘴！」

「我不住嘴！」鄔八月斷然喝道。「我後悔我以前說得太少了！」

「妳……」

鄔國梁斷沒有想到鄔八月竟然會跟自己這般對上，還說得如此義正辭嚴。從前鄔八月也不是沒有這樣言來言去過，但之前的幾次，她表現出來的，更多是一種柔弱的祈求之姿，從來沒有像今日這般，彷彿豁出去了一切。

而為的，竟然只是一個僕人！

有極短的片刻，鄔國梁心裡甚至有那麼一下咯噔，畏懼一閃而過。

但鄔國梁到底是活了大半輩子的一家之主，怎麼能容許鄔八月騎到他頭上？

「當真是嫁了人了，覺得有靠山了，就什麼都不怕了是嗎？」

鄔國梁沈著臉看著鄔八月，道：「不管陳嬤嬤是聽了誰的吩咐縱火，縱火的人總是她，這是她賴不掉的事實。我要把她挫骨揚灰，那也是依家法辦事！我這個一家之主，難道還處置不了一個奴才？簡直笑話！」

鄔八月頓時哈哈笑了起來。

「妳笑什麼！」鄔國梁冷喝道。

「我笑祖父，到了還是沒問，是誰指使陳嬤嬤去燒書房。」鄔八月停下了笑，冷冰冰地說道：「祖父，你骨子裡真是一個懦弱到了極點的人。」

「一派胡言！」鄔國梁猛地一拍桌子，站起身道：「休要再與我糾纏！」

話畢，鄔國梁便要離開，鄔八月在他身後說道：「祖父，你無言以對，所以要逃避而走，是嗎？還說你不懦弱？」

鄔國梁停下腳步。鄔八月緩緩站起身，面向轉過身來望著她的鄔國梁。

「祖母油盡燈枯，我不是神仙，救不回祖母。陳嬤嬤身體康健，但她決意要跟隨祖母而去，我沒能攔住，那也是陳嬤嬤的選擇，我強求不得。但是，祖母臨終前讓陳嬤嬤到我身邊伺候，我答應過祖母，會好好照顧陳嬤嬤。如今陳嬤嬤死，我已經辜負了祖母，要是陳嬤嬤的骨灰我還要不回來，豈不是大大的食言？」

鄔八月頓了頓。「這一次，我不會再和祖父妥協。要麼，你把陳嬤嬤的骨灰交給我，要麼，我就是與祖父你撕破臉，陳嬤嬤我也要定了！」

「妳好大的口氣！」鄔國梁暴怒道：「妳憑什麼跟我撕破臉？妳憑什麼篤定妳要得回陳嬤嬤的骨灰！」

鄔八月緩緩一笑，慢慢從懷中抽出一物。

鄔國梁一看，頓時驚愣。「金牌！」

「是，金牌。」鄔八月將金牌舉至與肩同高，說道：「祖母從祖父那兒要來了這塊金牌，又轉給了我，祖父可知道原因？」

鄔國梁眼中似有風暴，沈默了良久才道：「因為……全家上下，妳是唯一一個知道那個秘密的人。」

「是啊，祖母本也可以不知道，安安心心地等待離世的那一天。可造化弄人，祖父你千算萬算，沒有想到祖母竟然會在最後，得知你的驚天秘密。」

鄔八月冷嘲地一笑。「祖母直到死，也在千方百計要守住這個秘密。她同老太君要了金牌，是要謹防著萬一有一天秘密洩漏，鄔家會面臨滅頂之災，那時，這塊金牌或許還能保住鄔家一脈。她吩咐要燒掉祖父的書房，因為書房中的秘密，足以坐定通姦的事實。而祖父，卻想著要把祖母身邊忠心耿耿的老僕挫骨揚灰。」

鄔八月舉著金牌，緩緩向鄔國梁走近了兩步。

「祖父可還記得，祖母離世的昨日是什麼日子？」

鄔國梁緊抿著唇。

鄔八月也沒打算讓他回答，她微微低了頭，緊接著說道：「祖母說，重陽節是她第一次在玉觀山上見到你的日子……昨日也是重陽節。從哪兒開始，從哪兒結束。祖母恨不恨你不知道，但是，我想告訴你。」

鄔八月驀地抬頭，清晰地說道：「你，配不上祖母一世深情！」

「夠了！」鄔國梁一拳砸在了他旁邊的桌上。

屋內靜默片刻，鄔國梁緩緩收回手，聲音中有些疲憊。

「陳嬤嬤的骨灰……妳要撿就撿吧。我給妳三天時間。」

鄔國梁轉過身，不再說話。

他妥協了。可鄔八月也不見得有多開心。

她輕聲開口道：「祖父，你和祖母幾十年夫妻，對祖母，真的沒有一點情誼？你真的不覺得，你與姜太后之間苟且是對祖母大大的背叛？你當真沒有絲毫的愧疚嗎？」

鄔國梁背對著她，沈默地站了良久。

然而他沒有回答便踏步走向了屋門，伸手將屋門打開。

霎時，滿目的陽光照耀進來，彷彿可以驅走黑暗和寒冷。

高辰複立在中庭，聞聲朝這方望了過來。

「鄔老。」

高辰複上前鞠了一躬，鄔國梁望了他一眼，只見高辰複眼中波瀾不驚。

鄔國梁頓住腳步，輕聲道：「八月有了身孕，脾氣也不大好，常有些無理的言論和舉動，還望高統領多包涵。」

高辰複點點頭道：「孫婿遵命。」

鄔國梁點了點頭，抬腳離開了抱廈。

鄔八月從屋中緩緩走了出來，手撐著腰，微垂著頭。

高辰複幾步上前將她扶住，有些心疼。

「我能好好把陳嬤嬤安葬了。」鄔八月輕聲道了一句，靠在了高辰複胸前。「祖父妥協了……」

她閉上眼睛，輕輕抓著高辰複的前襟。

高辰複將她摟得很緊，很緊。

——未完，待續，請看文創風331《一品指婚》4

2015年9月出版

一品指婚

文創風 328～332

一場看似皇室恩寵的際遇，卻惹來驚濤駭浪般的劫難！
她本是世家千金，為了保護家人和自己，
不得不放逐邊關，但這樣就能逃過殺身之禍嗎？

最大器的宅門格局 最細膩的兒女情長／狐天八月

鄔八月受太后召見，卻撞見了驚天的宮闈祕辛——
那祕密如濤天巨浪擊毀了八月平靜的生活，但無論怎麼小心、忍讓，
她還是落入有心人設下的陷阱，只能含冤吞下勾引皇子的罪名，
甚至一向備受敬重的太醫父親也受連累，落得要流放邊關；
為求自保並護著心愛的家人，她選擇和父親一起離開是非之地⋯⋯

2015年7月出版

相公換人做

文創風 314～318

美人尚未遲暮，夫君已然棄之，
多年來的萬千寵愛，到頭來更顯諷刺，
良人啊良人，原來亦不過是個涼薄之人……

莫問前程凶吉　但求落幕無悔／麥大悟

上一世，她嫁予三皇子李奕，隨著他登基後被封為妃，極受聖寵，
然而，數年的恩愛，最後換來的竟是抄家滅族的下場，
而她這個萬千寵愛的一品貴妃，則是加恩賜令自盡！
如今能再活一遭，她定不會聽天由命，再向著前世不得善終的結局走去，
雖然前世最後那幾年到底發生了什麼事，她一概不知，
但有一點她很明白——此生她不想再和三皇子有交集，她的相公絕不能是他！
她看得出娘親有意讓她嫁給舅家表哥，令兩家親上加親，
正好她也想趁此斷了三皇子對她的一切念想，
豈料，兩家正在議親之際，表哥竟突然被賜婚成了駙馬，
更沒料到的是，與三皇子兄弟情深的五皇子竟向聖上請旨賜婚，欲娶她為妃！
這……究竟是哪個環節出了錯？五皇子是何時喜歡上她的？
她此生最不想的便是與三皇子有交集，無奈防來防去卻沒防到五皇子，
而另一方面，三皇子對她竟是異常執著，不甘放手，
她向來知曉三皇子表面看似無害，實則城府極深，
卻不想仍是著了他的道，一腳踩入他設下的陷阱中……

一品指婚 3

國家圖書館出版品預行編目資料

一品指婚 / 狐天八月著. --
初版. -- 臺北市 : 狗屋, 2015.09
冊 ; 公分. --（文創風）
ISBN 978-986-328-499-4（第3冊：平裝）. --

857.7 104013461

著作者 狐天八月
編輯 戴傳欣
校對 黃亭蓁 蔡佾岑
發行所 狗屋出版社有限公司
地址 台北市104中山區龍江路71巷15號1樓
電話 02-2776-5889～0
發行字號 局版台業字845號
法律顧問 蕭雄淋律師
總經銷 知遠文化事業有限公司
電話 02-2664-8800
初版 2015年9月
國際書碼 ISBN-13 978-986-328-499-4
原著書名 《香闺》，由起點女生網（http://www.qdmm.com）授權出版

定價250元
狗屋劃撥帳號：19001626
網址：love.doghouse.com.tw E-mail：love@doghouse.com.tw